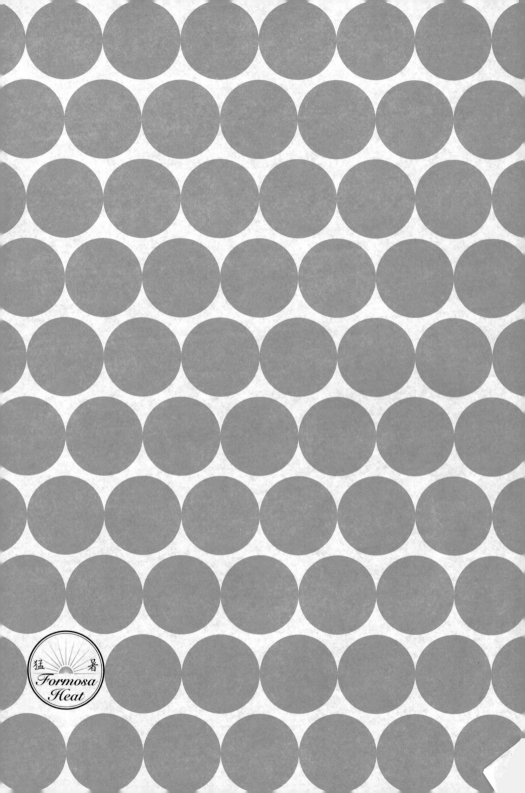

猛暑

Formosa Heat

Lin Chun Ying

林　俊　頴

日頭赤豔炎，隨人顧性命
——《猛暑》看見台灣

／王德威

噢多麼美麗的一顆心／怎麼會／怎麼會／就變成了一灘爛泥？

〈爛泥〉——草東沒有派對

多少年後，回看二〇一七年台灣的夏天，有什麼還會被記得？這年夏天，「看見台灣」成為絕響，「台灣之子」捲土重來；國民黨群醜爭豔，基本教義派親中愛台；巴拿馬五星旗升起，太陽花花好月圓。與此同時，誰知道呢，美中日暗室密商台灣未來。夏日炎炎正好眠，台灣人做了個大夢，醒來已經是二十年後，一切恍若隔世。

這是林俊頴小說《猛暑》的開始。他要看見台灣二十年後的未來。獨派、統派讀者都不必擔心，林俊頴告訴我們，既沒有槍炮，也沒有嘴炮，自自冉冉的，台灣已經成為美中託管地。大統領流亡，權貴撤退，能跑的都跑了，剩下無處可去的只有安安靜靜過著小日子。又是一個夏天到來，美麗島上鬱鬱蒼蒼，廢都台北人去城空。太陽底下無新事，那些年的喧囂激情彷彿從來沒有發生過。

《猛暑》可以視為當代台灣敘事又一轉折點，但注定不會討好。對天然獨讀者而言，林俊頴如此唱衰台灣未來，簡直靈魂需要反省，何況他對世代鴻溝毫不留情的嘲弄。但更大的反諷是這本小說有可能無聲無息的消失。這年頭網路傳訊氾濫，人人討拍按讚，爭相童言無忌。《猛暑》文字刻意求工，雕琢隱晦，並不容易閱讀——什麼時代了，誰有閒功夫看這樣的東西？

但也正因如此，這部小說促使我們思考台灣文學當代性的另一層面。我們能容忍一本砲口向內的惡托邦（dystopia）預言小說麼？小說虛構和政治現實的底線是什麼？作者既然有話要說，何以又選擇這樣極其耽溺的小眾書寫形式？這些話題其實可以合而觀之，讓我們探測林俊頴創作——以及他的讀者——的挑戰和底線。讀者當然可以批評林的保守和抑鬱，卻必須正視他的書寫所彰顯台灣想像的徵兆，或症候。

而面對他的批判者，林俊頴可能有話要說，所謂的「純天然」，保鮮期往往是最短的。而談到語言的曖昧和蠱惑，小說家哪裡是政客的對手？本文不必為任何立場背書；要強調的是《猛暑》如何可以被視為一場事件，引向更深層次的討論。這些討論至少包含以下三個方面。一、林俊頴和「後人類」歷史觀；二、他的「準科幻」敘事在當代華文小說中的脈絡以及其政治隱喻；三、文學／政治書寫所透露的倫理辯證。

後人類，再殖民

林俊頴一九九〇年以短篇小說集《大暑》嶄露頭角，到最新的長篇《猛暑》（二〇一七），創作時間已近三十年。他的文字細緻穠麗，極具風格化特色。題材從家族剪影到同志傳奇，從職場黑幕到城市誌異，呈現的景觀總是頹靡危疑，彷彿時刻瀕臨內爆的臨界點。彳亍其中的是一個憂鬱的敘事者，冷眼旁觀，卻又不能完全忘情。

林俊頴曾參與「三三」集刊後期活動，與朱天文、朱天心等相互往還，因此常被貼上標簽。的確，他的風格與題材每每讓我們想到朱氏姐妹，《世紀末的華麗》式的筆調，《荒人手記》般的人物，外加「老靈魂」商標的喃喃自語，都讓人覺得似曾相識。但作為一位自覺而專志的作家，林必曾努力琢磨自己的寫作立場。他的作品少了胡（蘭成）學包袱，也沒有「想我眷村」的焦慮；相對的，他寫在地閩南的家族過往，男性之間的陰鬱情事，還有無可如何的都會生存境遇，如《夏夜微笑》、《玫瑰阿修羅》、《我不可告人的鄉愁》等，都是值得關注的例子。林俊頴極其內斂抒情的文字讓他少了些力氣，而他似乎無意求變。在我們這個喧譁躁動的時代，他是孤獨的。

《猛暑》最大的突破在於一反作家以往謙抑的形象，直接挑戰台灣政治現況及未來。他讓故事發生在「我島」上，經過科學技術操控，沉睡二十年的主人公，在二十一世紀中期醒來，赫然發現島上已經歷最後一輪政治風暴。上個世紀末以來曾有三次政黨輪替，曰柴桶、飯桶、屎桶時期，三十年來「壞壞壞連三壞」。之後的大統領馬沙號稱大肚王國後裔，以復國為名席捲全民選票。然而「四百年聖戰」、「我島完全自主」口號餘音繚繞之際，「我島」的命運卻斷送在他手裡，東西「強國」監管。當主人公從夢中甦醒，馬沙和一班權貴富豪早已潛逃。「我島」民主奮鬥數十年，又回到殖民狀態。

但更令人不安的還不是台灣是否被再殖民而已，而是人民的反應。醒來以後主人公發現「我島」生活一切如常。島上人口減少，一切急速退化，鬧區人煙稀少，豪宅雜草叢生。過去求之而不可得的「天然」逐漸回復，沒有了國家領導人的日子反而更為輕鬆。但是且慢，講好的浴血奮戰，XX不兩立，XX共存亡呢？有主體性的人民經過多少年的民主陣仗，何以大難之後，反而如此處變不驚？《猛暑》寫的是「明天過後」、什麼都不曾發生的故事。「我島」託管後一切蕭條，但島民照常穿衣吃飯。平庸是福。這是小確幸的最高境界了。

林俊頴的廢墟書寫要讓很愛台灣的我輩瞠目結舌。他的敘事方式其實前有來者，朱天心的《古都》、或朱天文的《巫言》都曾渲染一種大廢不起、寶變為石的感傷。「點金成石」

是林喜歡的措辭。朱天心曾有意以《南都一望》為題，寫出未來台灣的遺事，但未成書。林俊頴似乎把故事接著講下去，但講述的方法有所不同。朱天心仍然囿於我所謂的「後遺民」癥結裡[1]。明明已經是民主進步的時代，不作興孤臣孽子那一套，她卻活得「彷彿在君父的城邦」裡[2]，不忍想像世界何能墮落如斯。三十三年總歸一夢，瀰漫她字裡行間的是時移事往的鄉愁，「我們回不去了」的感傷。

作為正港台灣人，林俊頴沒有這樣的包袱。但仔細閱讀《猛暑》，我們發現他的焦慮別有所出，甚至比朱天心有過之而無不及。他描繪的是中心思想消弭於無形的「我島」，徹底掏空的歷史。東西強國進駐後，島民見怪不怪，在「休眠」狀態裡討生活。剛從膠囊幽谷醒來的主人公陷入一種半夢半醒的輪迴裡。一方面「我島」是進步的，螢幕就是王道，人人見機而行。愛情由虛擬程式實現，生化人進駐日常起居；但另一方面「我島」又是退化的，島民猥瑣狹隘，猶如「附生的低等動物」、「女堯」。「人之異於禽獸幾希」，歡迎回到野蠻世界。

與其說林俊頴思索的是後遺民情境，不如說是後人類情境。「後遺民」錯置已然錯置的

1　王德威，《後遺民寫作：時間和記憶的政治學》（台北：麥田出版，二〇〇七）。

2　楊澤詩集名（一九七九年龍田出版，一九八〇年時報再版）。

時間，卻仍不脫在歷史和記憶的縫隙裡玩弄改朝換代的遊戲。「後人類」則根本懷疑「人」所主宰、置身的一切。在最近的學院論述裡，「後人類」研究眾說紛紜，或強調賽博格（cyborg）機器人降臨，取代血肉鑄成的文明，或想像資訊爆炸，吞噬任何以人類主體為本的意義建構，或號稱末世革命再次到來，徹底翻轉世界甚至宇宙秩序[3]。要之，西方啟蒙時代以來的「人」或「人類」的觀念或實踐已經瀕臨破產關頭。從生態環境危機到原教旨主義暴起，從性別階級、信仰階序重組到人工智慧、生化基因、時空思維突破性發展，都促使我們在新的千禧年重新思考「人」的意義。「後」人類不必是「非」人類或「反」人類[4]，但卻是對任何視為當然的啟蒙革命、建國復興的主體論的嚴肅顛覆。

在現代華語文學裡，「人」的出現和塑造一直是重要主題。晚清翻譯小說《造人術》，魯迅兄弟提倡的「人的文學」，共產黨「新社會把鬼變成人」的口號，還有台灣民主運動的「新台灣人」論述，儘管內容南轅北轍，但嚮往啟蒙主體的建構相互呼應。台灣自一九八七年解嚴以來彷彿進入遲來的啟蒙時代。作家論國家再造、正義轉型、歷史重整，時至今日依然樂此不疲[5]。然而上個世紀末台灣開始出現後人類的想像：朱天文的「荒人」，舞鶴的「廢人」，駱以軍的「人渣」，乃至伊格言的「噬夢人」，吳明益的「複眼人」，這些人物也是人／物，迫使我們正視人和世界、時空的互動，不再由名喚「人」的主體操控，而必須成為廣義的物種現象一環。

這些台灣作家的後人類觀點各有源頭，比起來，林俊頴對「我島」的描寫還不是最驚心動魄的。但《猛暑》令人不安，因為有意觸犯當代台灣政治的大忌。林筆下的「新台灣人」如此憊懶無能，勢必引起讀者的苛評。他描寫「我島」柴桶、飯桶、屎桶時期，各個政權的「造人術」不斷推陳出新，馬沙大統領時代更是集其大成，但在歷史神祕的一刻，曾經銳不可當的主體們不戰而降。大難來時，人人自顧性命——民族大義那套東西本來就是中國人的玩意兒，不能當真。小說中的主人公甚至想起，一八九五年台灣民主國建立沒有幾天，日軍壓境，主要的頭頭不就立馬偷渡出亡了麼？

林俊頴的敘事犬儒虛無，師承之一可能就是「三三」作家群的祖師奶奶張愛玲。張的〈燼餘錄〉寫盡珍珠港事變後，日軍佔領香港以後的亂象。歷史斷裂，人心渙散，「想做什

---

3 Donna J. Haraway, "Manifesto for Cyborgs: Science, Technology, and Socialist Feminism in the 1980s," *Socialist Review* 80 (1985): 65–108. N. Katherine Hayles, *How We Became Posthuman: Virtual Bodies in Cybernetics, Literature, and Informatics* (Chicago: University of Chicago Press, 1999).

4 James, Paul, "Alternative Paradigms for Sustainability: Decentring the Human without Becoming Posthuman," In Karen Malone, Son Truong, and Tonia Gray, eds. *Reimagining Sustainability in Precarious Times* (Singapore: Springer, 2017), 29-44.

5 以近期文學討論為例，賴香吟、童偉格、黃崇凱等針對台灣啟蒙症候群有細膩的辨證。〈解嚴三十年：告別青年時期的結案報告〉，《印刻》二〇一七年七月，頁三三—四五。

麼立刻去做都許來不及了。『人』是最拿不準的東西」。的確在後人類的語境裡，一切關乎人的理想和價值，從愛情到國家，從時間到生命，什麼都拿不準了。「我島」的稱呼本身就充滿了諷刺意圖。在這唯我獨尊的島上，主人公大夢初醒，卻發現整個島上處於昏昏然休眠狀態中。一切恍若隔世，但卻又似曾相識。更奇詭的是，一切似乎「還沒有發生，就已經消失」（déja disparu）[6]。

科幻，語言，與政治

後人類想像投射現實的不可知、不可見的面向，往往以科幻小說作為敘事模式。科幻標榜天馬行空的架構，翻轉跳躍的時空，還有不可思議的生物與事物，正是孕育後人類最好的語境。《猛暑》一開頭就介紹沉睡二十年的主人翁甦醒，來到「美麗新世界」。這其實是科幻小說最基本的橋段，林俊頴也僅僅點到為止。他的主人公怎麼進入睡鄉，如何甦醒，都缺乏交代。小說有數章以電姬——主人公的侄女——的來信展開對話。電姬青春年少，與CyB908熱戀，「他」是「極簡的紙盒包裝是一片小指甲般晶片，還有他的造型墜飾，印滿他頭套的筆盒、手帕與襪子」。情到濃處，欲仙欲死，但有一天訊號開始微弱，春夢了無痕。電姬也曾關心國事，馬沙大統領宣布「我島」棄守時，她和大家一起觀看超大公共螢幕——

又名「小甜甜」——實況轉播，但無人表示激情。熱血和憤怒是過時的東西。「我島」彷彿操得太兇的機器，已經耗盡力氣，進入能趨疲（entropy）狀態。

百年來華語文學與科幻小說的關係不絕如縷，而隱於其下的政治意涵耐人尋味。一八九一年貝拉米（Edward Bellamy，1850-1898）的烏托邦小說《回顧》（*Looking Backward:2000-1887*）中譯出現[7]，是為科幻進入中國敘事的濫觴。小說寫的正是個年輕的美國人被催眠後長睡百年，醒後重溫已成過去的未來。中國現代小說的起源梁啟超的《新中國未來記》（一九〇二）部分靈感即得自此。晚清最後十年科幻小說風行一時，氣球、飛艇、烏托邦、機器人紛紛出現。我在他處已經說明這些想像從根本撼動中國傳統知識體系，政治批判猶其餘事[8]。

但五四之後寫實主義興起，被公認為通透真理真相的法寶，科幻銷聲匿跡。直到二十一世紀初，科幻在網路世界異軍突起，形成又一波風潮。韓松的《火星照耀美國》（又名

---

6 參見Ackbar Abbas 對這一觀念的詮釋。*Hong Kong: Culture and the Politics of Disappearance* (Minneapolis: University of Minnesota Press, 1997)。

7 《萬國公報》於一八九一年十二月至一八九二年四月，連載貝拉米小說《回顧》的節譯版《回頭看紀略》，一八九四年上海廣學會出版節譯單行本《百年一覺》。

8 參見王德威，《被壓抑的現代性：晚清小說新論》（台北：麥田出版，二〇〇四），第五章。

《2066年之西行漫記》），王晉康的《蟻人》都是佳作，而劉慈欣的《三體》寫雄渾壯麗的星際戰爭，人類文明的續絕存亡，已經成為當代經典。中國大陸小說在兩個世紀初的表現必須與政治危機或轉機相提並論。面對晦暗紊亂的人間，科幻作家聲東擊西，從不可能中探尋可能，從不可見中看見一切。[9]用宋明煒的話說，科幻「再現不可見之物」[10]，以此也質問了寫實／現實主義——不論名之為批判現實、浪漫現實、社會主義現實、還是新現實——的霸權。

台灣的科幻小說在二十世紀中期有張系國、黃海、葉言都等人的努力，其實頗有可觀之處，之後由黃凡、平路、張大春、洪凌、紀大偉等接棒。近年吳明益的《複眼人》、伊格言的《噬夢人》、駱以軍的《女兒》，外加香港作家董啟章在台灣出版的《時間繁史》三部曲等，也都引起注意。在本文脈絡裡，最值得一提的卻是本土派作家宋澤萊的《廢墟台灣》（一九八五）。這本小說描寫二〇一〇年台灣發生核災，人口滅絕，成為國際禁區。五年後洋人專家登台探究浩劫原委，發現攝影家李信夫自殺前的日記。李記錄上個世紀末台灣一黨專政，壓迫人權媒體，濫行發展核電，終釀大禍。島上污染、疫症蔓延，道德淪喪，怪象充斥，儼然末日前夕。宋澤萊在台灣解嚴前出版此書，需要相當勇氣，而他天啟錄般的風格一方面預示島上山雨欲來的政治危機，一方面也透露個人信仰上的執迷。

但總體而言，台灣科幻敘事並未引爆像劉慈欣、韓松那樣的狂熱現象。林俊頴的科幻演練淺嘗輒止，只能稱為「準科幻」。比起劉慈欣等描寫星空冒險、宇宙戰爭，展現雄渾（sublime）的美學，他顯然力有不逮。比起宋澤萊、吳明益等描寫環境災難、核能浩劫，他也缺乏那樣堅實的末世論立場或環境學知識。《廢墟台灣》預言台灣滿目瘡痍，永遠沉淪，卻能被當代論述認可。相形之下，《猛暑》的「我島」災難敘事不啻是小巫見大巫，反而未必能見容於主流讀者。

我認為林俊頴的能量不在想像驚天動地的災難奇觀，而在操作文字意象，將「我島」夾處幽明兩界的現象渲染開來，營造頹廢風景。在他的世界裡，人活著猶如二次元的存在，機器似乎會鬧鬼。層出不窮的意象幻化，不，無性繁殖，後人類彌散蒼茫的感覺結構。這是另類科幻——科幻抒情學：

9 近年華語小說對後人類思維與科幻文學的研究最受矚目者，首推宋明煒教授。見〈在類型與未知之間：科幻小說及其他形式〉，《上海文學》第十二期（二〇一五），頁七二—七五；〈未來有無限的可能〉，《人民文學》第七期（二〇一五），頁一三五—一三八。

10 宋明煒，〈再現不可見之物：中國科幻新浪潮的詩學問題〉，《文學》二〇一七春夏卷，將出版。

白熾的日光裡洶湧著塵埃絲絮，我確實看到也感受著光的能量與重量，我伸手進入光裡，那所謂的以太自由地穿過我那手的血肉骨骼。我這才發現門神板桌上攤著一張我城古地圖，皴褶的山，粼粼的河，小塊堆疊的街廓，幾處以紅筆畫了圓圈，莫非四人要與我玩捉迷藏？我瞇眼看著，彷彿其上有人如蟻一釐一釐行走。我將地圖丟給以太。

「我島」的災難是「看不見」的災難。套句張愛玲的話：「人們只是感覺日常的一切都有點兒不對，不對到恐怖的程度。人是生活於一個時代裡的，可是這時代卻在影子似地沉沒下去，人覺得自己是被拋棄了。」[11]

「三三」作家早期都以寫實取勝，白描人生百態的世故多情尤其拿手。林俊頴的《大暑》就是一例。然而九〇年代以來，這些作家紛紛改弦易轍。現實如此不可思議，傳統的寫實主義早已不能應付。他們放棄以模擬為目的之故事性，以夾纏而不無耽溺的文字投射他們對現實的怨懟與疏離。朱天文「手記」式寫作衍生成為自言自語的《巫言》；朱天心在孤獨的《古都》之旅後，轉向動物寓言（《獵人們》）、自傳式傾訴（《三十三年夢》）。她們企圖極度貼近所關心或信以為真的真實，挖掘其下政治、倫理、情感的祕密。然而她們所形成的敘述卻往往流於碎片化或感傷化，反而遮蔽題材的公共性與複雜程度。

林俊頴的「準科幻」雖只是極有限的嘗試，卻畢竟回應了《巫言》、《三十三年夢》，以及類似作品批判現實的困境。他的「未來完成式」時間觀，後人類學式掃描，還有「惡托邦」的視野都再次提醒作家無論多麼趨實逼真，必須自覺照顧到虛構所可承諾的龐大空間。也恰恰因為科幻元素的中介，讓他「再現不可見之物」。《猛暑》雖然仍留存「三三」式的抒情標記，卻能將政治問題端上檯面而不顯得突兀。

追根究柢，「三三」精神導師胡蘭成的文字高來高去，原本就有脫離現實的一面。試問胡的「大自然五大基本法則」無論行文還是立論，不就十分「科幻」？在這一方面林俊頴也許是無心插柳，但卻可能顛覆他得自「三三」原有的資源，另闢蹊徑。

「絕望之為虛妄，正與希望相同。」[12]

《猛暑》的最後三章，醒來以後的主人公決定離開庇護所，開始獨立生活。他結識四個年輕人，和他們共居一處。這四個年輕人經營一家螢幕急救站，「螢幕軟硬任何毛病，他們

11 張愛玲，〈自己的文章〉，《傳奇》。
12 語出魯迅，〈希望〉，《野草》。

都修理得來」，因此大大獲得鄰近老人歡迎。與此同時，他們遇到「反抗者」。「反抗者」曾經叱咤風雲，各種運動無役不與，甚至熟能生巧，將「反對」化作存在目標，無限重複操作。然而「我島」遭到託管後，「反抗者」突然發現英雄已無用武之地。更令人尷尬的是，「反抗者」已經有了年紀，逐漸成了被反抗的對象。

這一情節表面稀鬆平常，卻隱藏「禍心」。我們的年輕人看來無憂無慮，雅好天然；他們在託管的無政府狀態裡過起波西米亞式生活，種植花草樹木，享受小國寡民的風光。然而他們的植物卻包括以劇毒著稱的大花曼陀羅。隨著故事進行，我們隱隱發現他們對常相過往的老人心懷叵測。「反抗者」與年輕人們盡歡而散，第二天清早，「反抗者」被發現已經死亡。

「反抗者」是怎麼死的？故事急轉直下，周遭老人非正常死亡事故接踵而起。一日螢幕傳來一訊，「我知道去年夏天你們做的事」，年輕人回信：「花露水無限量免費供應。」

林俊頴寫作多年，這次終於使出殺手鐧。《猛暑》不但欲想死亡，甚至以神祕死亡作結。但林無意譁眾取寵，讀者必須憑著淡淡的線索讀出兇險的情節。更重要的是，借著年長者非正常死亡，林對世代鴻溝的批判表露無遺。這個國家一向以青年為馬首是瞻。在百業蕭條、經濟停滯、生育率絕低的時代，為了下一代的幸福，老年人更應該犧牲小我，甚至不惜加工速成。

林俊頴對世代政治的憤怒令人側目，但如果青年讀者覺得是可忍孰不可忍，好戲還在後頭。小說最後處理了一場河邊盛宴，眾多男女食客蜂擁而至，大啖美食。但菜名頗為耐人回味。柔荑美人？七竅比干？子孫滿堂？靈魂伴侶？我們口頰留香之餘又不免有點不是滋味。這不會是人肉盛宴吧？「飽食的人沒有悲觀的權利。不知吃的人是可恥的。」

林俊頴筆鋒閃爍，遊走虛實之間。即便如此，這頓河邊盛宴已經足以讓我們想起「強國」作家魯迅的〈狂人日記〉（一九一八）。在那篇小說裡，有四千年歷史的中國就是一場完不了的吃人遊戲。親如父母子女也都彼此相食。狂人置身其中難以倖免，「有了四千年吃人履歷的我，當初雖然不知道，現在明白，難見真的人！」小說最後狂人絕望呼喊，「沒有吃過人的孩子，或者還有？救救孩子……」

〈狂人日記〉首開現代中國啟蒙論述先河，對五四時期「禮教吃人」的控訴做了最戲劇化的表白，日後中國各式運動莫不以「救救孩子」作為無限上綱訴求。林俊頴幾乎要告訴讀者，有四百年歷史的「我島」無論有無啟蒙，人是照吃不誤。魯迅的狂人意識到自己深陷吃人禮教的詭圈，難以自清，唯希望「救救孩子」。到了林俊頴筆下，孩子是不必救的。「我島」世代轉型正義早已完成，年輕的孩子當家作主。要救的，反而是隨時可能就被餵了「花露水」的老啃族們。

就這樣，《猛暑》引領讀者來到淒迷而憂傷的結尾。回顧四百年「我島」追尋自由自決的歷程，敘事者幽幽寫道，「你得到的答案，我不是詛咒，我認為將全變成了謎。玫瑰到了手上化成灰燼。」「在最後的國境之後，我們應當去往哪裡？在最後的天空之後，鳥兒應當飛向何方？」「我島」最後陷入「無物之陣」，敘事者的絕望躍然紙上。但作為讀者，我們掩卷之餘，不免還是要問，果如此，《猛暑》只寫出一則悲觀虛無的預言麼？

德國思想家彼得・斯洛德吉克（Peter Sloterdijk）在名作《犬儒理性批判》（*Critique of Cynical Reason*）曾指出犬儒主義是種「偽啟蒙知識」。犬儒總以為自己看透事實真相，無能為力之餘只能冷嘲熱諷，或鬱憤消極以對。但在古典希臘哲學脈絡裡，犬儒思想有高下之分。上焉者仍然以思考生活的善美為己任，對社會問題採取介入、聲援姿態以引起公眾注意。下焉者則玩世不恭，以嬉笑怒罵為能事。斯洛德吉克指出現代犬儒主義與資本主義同聲一氣，形成惡性循環。他號召重新認識犬儒的古典定義，致力生活最素樸、誠懇的實踐——如果不能改變天下，至少先自求多福[13]。

我認為林俊頴（甚至三三諸子）寫作的力道和弱點可以從古典和現代犬儒主義辨證上來觀察。作為「老靈魂」，林俊頴有著與生俱來的憂鬱；世事固然難料，但又全如所料。來日大難，口燥唇乾，老靈魂們以先知姿態，見證一切。《猛暑》從當代台灣政治看到崩壞之必然，讓人心有慼慼焉。這樣的犬儒觀以人聲鼎沸的吃人宴會，安靜而優美的謀殺銀髮人渣等情節達到高潮。

令人注意的是，《猛暑》的主人公儘管毫無實際作為，卻畢竟甘冒多數讀者的大不韙表明立場。他揭發「我島」偽善不義，嚮往簡單、美德的生活，顯然還是懷抱某種理想——不論理想如何渺不可得。是在這樣的拉鋸中，《猛暑》又呈現古典犬儒觀積極的一面。

再回到魯迅。「從絕望中找希望」，在大悲哀中想像大歡喜。魯迅之所以精彩，正在於即使看穿了人生一切的虛無，也不願意沉浸在「無物之陣」裡。就算不能作個義無反顧的革命者，也不願意成為一個一了百了的消極犬儒者。「絕望之為虛妄，正與希望相同」，他從希望和虛妄的緊張關係裡淬煉文學的自覺。

林俊頴當然無從與魯迅相比。但在《猛暑》裡，我們看到他有所不為的一面，也看到他有所不棄的一面——那就是對文字的敬意。「我島」一切意義紛然潰散，林的敘事者居然以最繁複華麗的文字描寫「我島人」的一頁消長過程。這是知其不可為而為？還是無所為而為？

論者嘗謂林擅長「文字煉金術」，在本文的科幻語境裡反倒有了新解：文字以其晦澀的物性抵抗世界的虛空，以其多義抵抗任何政治承諾的虛偽，以其虛構指向另類時空的可能。文字

13 Peter Sloterdijk, *Critique of Cynical Reason* (Minneapolis: University of Minnesota Press, 1988).

「再現不可見之物」，是林俊頴持續書寫、反抗絕望的「機器神」（*Deus ex machina*）。

齊柏林的遠距離空拍，以俯視、鳥瞰方式讓我們「看見」不一樣的台灣。然而二〇一七年的夏天《看見台灣》在舉國震驚中成為絕響。但我們必須繼續看見台灣，它的美麗，它的醜陋。在這一意義上，林俊頴的《猛暑》默默的從時間的軸線上，實驗另一種「看」法。他試圖「看到」台灣的未來，再回過頭來觀看這個島嶼可能的命運選項。

日頭赤豔炎，隨人顧性命。沒有人願見林俊頴所擬想的結局。但沒有虛構的先見之明，我們又何從檢查現實世界的盲點？《猛暑》以另一種形式看見台灣，而我們又該如何看見《猛暑》——林俊頴一個人的前瞻計畫？

目次

1 天光時叫醒我

沉睡滿二十年甦醒的第一天。如果。

甦醒在美麗的島嶼，美麗的新世界。如果。

如是因，如是果。

沉睡在空虛混沌中，淵面黑暗，直到這一天，我說，讓光進來。

有光，進來。

在光的焰火裡，身體一寸寸燒成灰燼，意識才一節節甦醒。

沉睡滿二十年甦醒的第一天。

陷入長睡前的最後記憶是這膠囊隔間，一個男性成人的長高寬的兩倍，溫度攝氏25度，濕度60％，一隻女性的小手軟涼的覆貼我額頭。離開，我說，讓安眠的光離開，燈光從天青色漸層加深，知更鳥蛋藍，乙醇藍，鈷藍，藏青，午夜藍，柔緩了腦波，促使腦內啡分泌。

如是我聞，視網膜有感光能力的錐狀與桿狀細胞超過一千萬個，礁石上的千萬隻觸手搖擺，推送我下沉，沉到底。我這一副皮囊勻勻細細地呼出一道長氣。只剩那觸底的念頭如同給一條蜘蛛絲垂繫著。睡眠輔導員在每一堂融合瑜伽與靜坐的課結束前，誦經般說，我生，是世界加一，加一個一；我死，是世界減一，減一個一；世界加一又減一，反之亦然，我加了世界，又減了世界。長長的一次睡眠，就是那反之亦然，我暫時減了世界，然後將世界加了回來。一顆露珠沿著蠟亮的葉脈滑下，再滑下莖與根，化入土地。啪，輔導員拍掌，好脆亮的一記響聲。

醒來時，光還在那裡。

年少時的友人說，最大的噩夢是醒來時，恐龍弟或妹在那裡。我居然記得那玩笑話。那裡是哪裡？

離開我島到了異國，遇上一日夜大雪後的早晨，打開窗，掩蓋地表的積雪吸收了聲音與空中的雜質，純淨甘鮮的冷空氣灌入肺葉，雪光如新刃，一瞬間讓人幸福得溢出熱淚。那些年，總是計畫著假期飛離我島，愈遠愈好。

也是那稻穗飽熟的正午，無風的田中央，烘烘的稻香，裸露的肌膚竟然微覺發癢，神聖的時刻，卻因不能辨識秈米粳米而羞愧極了。

神聖的時刻更是那次搭船去離島，進了黑藍的海域，返身看到了巨靈般的斷崖，心跳疾疾加快，兩腿發軟，船卻好像打了個嗝，引擎突然熄了，海潮大力搖晃船體。不過一年前，一場豪大雨引發斷崖的土石崩坍，一輛載滿強國人觀光客的遊覽車衰透了正好駛在斷崖路上，遭土石掩埋，一起直落海底，現世的科技文明無法挖掘收屍，慘死的數十幾條冤魂都啞巴了，卻用力敲打船底，新鬼力大，船舷幾次傾斜了三十度，怨氣最強的一隻手得以破海伸出，險險就要抓到欄杆。分不清是恐懼還是暈船，我極力仰頭看那蒼鬱的斷崖之頂，據說九百萬年前，好神準的推測整整的九百萬年，深海底兩板塊相互擠壓造成岩脈陡升，石破天驚的時刻，那時，沒有時間，沒有人。九百萬年後，誰是登上崖頂的第一人？可以移開大山、改道大河的最勇猛的阿布南灣族？曾經讓那丑年生屬牛的扶桑國人類學者喜歡得以性命相交，他好天真好感人的為阿布南灣族奔走請命，請統治者走在時代之前，施展大魄力劃出高山自治區，建立一個蕃人樂園，讓他們自給自足。阿牛奮鬥了多年，散盡了錢財，徹底失敗，遂愧疚投海，當年的洋流不知將憂鬱且牛脾氣的他帶到哪個海域。

起碼一千年前就發生了吧，阿布南灣族某一人，攀登上了崖頂，看見海上日出，不妄想彎弓射日，也不沮喪逐日的不可能，當海風與太陽光鬆亮他們的頭臉全身，自覺是太陽之子也是海洋之子，是為神聖時刻。

總之，阿牛與數十幾條強國人冤魂都遠不及那四位歐羅巴異國人幸運，他們在島最南的瑯嶠外海潛水，遭北上的黑色洋流那強大力量拖往二百公里外的沿海，驚惶了四十小時後給海巡隊救起。幸運的四人必然仰望了一整夜的星空並有所感悟，一如我島唯一親海的原民所相信的，星星是靈魂的眼睛。

然當代光害嚴重，星星集體隱遁，意思是我們甚至失去了靈魂。

某一個太平日子，在海拔一千公尺的向陽山坡，那裡的植物因應地形與氣候開始收斂長相，葉子變小變細。夏七月，強風自是來自西南，天空乾淨，我再次羞愧自己對此山甚至此島的認識如此貧乏，想起也是來自扶桑國的天才博物學家，從少年起一十六年間，踏查我島每一皺摺，他結識了一高山少年，兩人成為共患難的探險伙伴，一如福爾摩斯與華生，唐吉訶德與桑丘，虯髯客與紅拂。兩人之後，全島再無祕境。天才博物學家說我島高山的雲，飽收水氣形成格外壯美的流動感，且有強大的黏著力。此後無人比他形容得更好。據說他最後失蹤在南十字星照耀下的島嶼。

無與倫比的神聖時刻，勝選之夜，我的世代開始，每四年一次大統領選舉，因此，一生可以每四年為一分界點，端看勝選那一夜如何製造狂歡高潮，就像時尚界決定該年的流行色與衣褲長短或寬窄。

搭環城捷運，車門開，遇上月台另一側也停車，人潮合流，勝選一國在額頭眉間、鼻尖、兩頰塗抹彩虹七色，手持七色小旗，擊掌喊耶，「贏了我們贏了，完勝完勝。」那熱情過剩的趁機擁抱接吻，久久不能分開。人潮洋流夾持我往足球場去，才三分鐘便澀滯不前，起乩大會已經進行兩個鐘頭了，一南極仙翁似的光頭老叟，笑眯眼滔滔開講，正副當選人與幾位首長都是夏生火旺的命格，今起五年大火見金得財，尤其某某六十歲起一路走月財到八十八。四周有默契接應齊喊：「發喔發喔。」到處是累累的巨大探照燈，即使要燒傷眼角膜了，無人在乎，自願忘了一己的存在，但願這一夜集體融化成為一整塊意志的鋼鐵。環繞足球場的高處燃起七處煙火，七色滾滾升天的雲龍，喇叭的回音太大，說的話與四年前一模一樣，「這是人民的偉大勝利。這是始終相信公平與正義的偉大人民的勝利。」驚濤裂岸的歡呼與汽笛。

「我必須以大統領的身分告訴大家，我們真正的困境不在島內，是在島外，請時時刻刻記著，我們活在千瘡百孔的地球上，而不是一個美麗的小島。我們未來的路比我們想像的更慢長更崎嶇，我們不在這個時候團結，還能有別的時候嗎？我們不在這個地方認清現實，還能有別的地方嗎？」

「我在這裡向各位承諾，我也懇請各位答應我，我們要團結一心，一齊抵達目的地。當我們手牽手、心連心的時候，即使太平洋的海浪我們也可以阻擋。我們要告訴全世界，那些想分裂我們、擊垮我們的，從來看衰我們的，不會得逞，我們會以信心、理想、價值擊垮你們。」

如同煙火綻放時，每一張臉向著同一個方向，一片接一片連成的巨大環形液晶螢幕出現了一位好似孩童，鏡頭拉近卻是無牙癟嘴的黥面老婦，頭戴一圈鮮花枝葉，兩眼晶亮充滿了好奇，群眾歡呼：「媽姆，媽姆。」她笑開了，舉起蒼老的右手向大家揮手，喇叭洪洪的音量：「我們一百零六歲的媽姆，我們的國寶，見證過最後一隻雲豹，見證過我們最美麗的天空與山林，見證扶桑國來又去，坐過我們史上的第一班火車，也見證萬惡的車輪黨來又去；媽姆更經歷過滅族的屠殺，親眼見過子彈與大砲的殘暴，親手埋葬了她最愛的兒子，她栽種的櫻花如今是一片森林。媽姆不是悾悾地等，她是相信，相信不論怎樣的黑暗寒冷，一定會天光。今天就是天光的時候。」

空中一記巨大音爆，隨即彷彿雲端吹下一串吟哦的古調，由媽姆領唱，蒼茫迤邐三分鐘，那是久遠久遠以前，當我島天上的獵鷂與地上的螳螂一樣多，蝴蝶飛舞形成颺風，溪流源頭常常在雪線上的高山雷鳴，西南西沿海沙洲瞌睡著七條大鯨，當千年大樹與鹿群的數量比人族多很多，不知有漢，遑論魏晉，先人預知那樣的美好不會長久，遂以靈魂唱出永恆的哀悼與安魂。看著眾人眼淚汪汪，我竟也眼前模糊了。

接著大選主題歌響起，數萬人搖晃齊唱，一波又一波的迷醉海浪，前方突然盪開了一小塊圓周兩公尺的空地，一緊身衣少年舞起一對花火流星錘，冰藍火星飛濺，跌在一張張年輕的臉上，每一張臉都一樣。我迷失在複製人的人潮裡。恍惚間，我看到了仙翁，他看我一眼，像海釣者勉力扯起一件垃圾，拉著我去到稍微人稀處，問我生辰八字，在手機上觸鍵，瞇眼瀏覽後，說：「可憐喔，你五十歲之前命中無火，不是缺火，而是一點火都沒有，你是怎麼生的？火代表母親，也象徵師長、貴人，所有會幫助你的人。我指點你一條明路，往西邊走，將來走投無路，記住，往正西邊去就有活路。我告訴你，我們島就是被那首歌唱衰，什麼像一隻船在月夜裡搖啊搖，催眠就是攝魂大法，睡死了，船沉了都不知道。滿船盡是大傻瓜。能走就快點走，早走早好。」

我呆立著看仙翁走入人潮裡淹沒。輪舞流星的圓周裡，喝叱跳進一人，兩手甩轉著一長串的香腸與流星錘對舞，竟也虎虎生風。

圓周邊一對黑衣似雙胞胎，削薄短髮，瓷光的尖下巴，劉海斜披一眉，目光凶惡正瞪著我像餓了許久的豹子。我才驚覺自己是個好猥瑣的後中年老人。

背向太陽往西邊走，首先遇到的當然是那沒有嵌蓋的海峽。

烽煙再度蓬蓬燃起，四下分布的鐳射光射向半空那煙霧，光點旋即具象成為大型幻物，是鯨豚是遊龍是長蛇是虎豹，是一群水鹿，一隻豹子一躍跳進鹿群，一滾變成穿百褶裙的結髻女子，人群咯咯笑說，虎姑婆啦；一語道破，其後必然是一群我島特產的妖魔鬼怪，只要有人喊出名字，群眾就哇的歡呼大叫。

那一張張仰望的臉如此激情如此天真可欺，足以點金成石。又是哪個人說的，集體的激情是一群蠢蛋。

滿城盡是大蠢蛋漣漪般盪開，讓出空間給一架巨大的竹製鞦韆架聳立起來，四層樓高，兩個人連體嬰穿著長裙虎虎生風盪著，眾人仰頭等著兩人將鞦韆繩索飛盪成水平的一剎那，戳破夜空，所有的心隨著幾乎蹦出胸膛。

那一位有著黃金的心的殉道者——他究竟是什麼名字？——曾說，小憩是小快樂，夜裡好好睡一覺是大快樂，與世長辭是真快樂。

我就要告別過去二十年的真快樂。

且慢，殉道者更說，鳥愛自己的翅膀，人愛自己的歷史。

飛鳥影子掠過，還是一隻女性的小手，軟涼有汗氣的觸摸我額頭。

小手有佛手柑、玫瑰、杏仁的香息，好聞極了，令人振奮。

香息閃電到下身。我下意識要伸手去遮掩。

她溫柔地幫我戴上似乎是眼罩。上世紀末的一場強震，救難隊以弔臂拉出活埋廢墟下三日夜的倖存者，第一動作是遮住獲救者的眼睛，避免光害。我分不清自己是因為興奮或羞愧而臉紅了。

這種事據說常發生在吊死者身上，是動物求生本能的最後掙扎嗎，死亡勃起，另有個詩意的名字，天使色慾。

我知道自己的下體現在像一座金字塔，復活的聖殿。

我確實是自死亡陰影的膠囊幽谷醒來。

2 玫瑰穿過夢中

Dear Uncle：

終於，我開始血性給你了。

雖然這是那年我與你尾指打勾勾、大拇指蓋了印章想來好幼稚的約束，然而每次想要血性給你，我就後悔當初為什麼答應你。

我屎尿未及的是，背信（嗯，這字詞有意思）的壓力會是這麼重。

我幼時，你陪我蟲讀好多童話故事，那些裹著糖衣的故事曾讓我歸納一個感想，背信輕諾的經常是獲利的聰明人，信守諾言的則多是自討苦吃的傻瓜。我仍然清楚記得，聽了我的感想，你臉上那冷笑又掙扎的神情。就像祖父愛啼他的叔伯阿兄、我得叫他伯公，去扶桑國當少年工的古早代誌，可憐喔十幾歲囝仔被操得非常悽慘，跟豬共沉，三頓吃豆粕，他舉起手，模仿當年他阿兄因為餓，錯手鐵鎚敲擊了自己的手指致使扭曲變形，祖父愈說愈兩眼發光，他有那種嫁接別人的故事據為己有的本領，隨後誇讚扶桑人愛乾淨、勤奮、頂真的天性，以及種種令人敬佩的文明，又說起在扶桑國遭遇空襲暴擊的經驗，大罵盟軍豬狗禽牲，罵渡海來島的強國人政權共況是豬狗禽牲，罵同理可證的強國人。全家都明白，數錢計數、說夢話都是操扶桑語的祖父，一輩子遺憾的是，未能做一個完全的扶桑國人吧。他也不願面對現實，正宗的扶桑人事強不事弱，根本看不起我島人。

你的親弟弟，我爸，搭上到強國開工廠經商致富的最後一班車，面對祖父的認同，一貫是：「請裁啦，他歡喜就好。」在強國的網路商店購物，是我爸平日的最大嗜好，我媽只嘮叨一句話，便宜貨、加工食品一律不許買。

你對我祖父就是那冷笑又掙扎的神情，因為理解，竟不能理直氣壯的鄙視。就像我始終不懂你的杯羹，不懂你究竟在抗拒什麼？厭惡什麼？

信念與價值，在我看來已是一組專有名詞，甚至如同一對官窯極品瓷器，我並非不知道其珍貴，然而這個遠在我出生前就是手錶比時間更有價格優勢的世界，我為自己的選擇負責，順流而下的愚人船，滿船歡樂的人們，我實實在在告訴你，我不願做那清醒且妄想逆流而上的一個，我寧願與整船的人一起觸礁沉沒。

你的信念與價值，與我的究竟有怎樣的不同？若確實有不同，你我本就呼吸不同的時代空氣而成長，那就讓你我各拜各的神吧。

追究到底，你的信念與價值究竟是什麼？

你的整個中年時期、借用你討厭的某蛋頭學者之言，正是我島致力歷史性的全面盤整，側翼的激進的另一用語是清算，是覺醒，而最終目的在自決我島要成為一個怎樣的島嶼？我島人要做怎樣的人？

盤整前代的錯與罪，清算舊帳當然標的是壞帳爛帳呆帳，一如拆房子總比建房子容易。前代人的種種努力，無非是希望下一代更強大更美好，那麼，當我們擁有充分的力量、知識與武器，進行盤整與清算，一如開墾前必要之惡的放火燒山，這樣前進的實踐，你們「大人」因何又覺得我們是在既幼稚又無情地造反。

人之異於禽獸幾希。My dear uncle，我理解那兩者之間的微妙差異。Let's face the truth。人族繁殖過盛，早已遠遠超過這可憐的星球的承受量，必然導致資源的爭奪，一言以蔽之，老馬的名言，人類歷史就是階級鬥爭史，而歷史是加速度的前進著，我的世代在物質豐盛的背後是倉促與荒謬的總和，容我做一個粗糙的結論，過去起碼兩三百年的資源鬥爭搶奪，包括人族自己對這星球的掠奪，累積的惡果到此瀕臨臨界點，而如何彌補、修復，極可能需要另一個兩三百年的時間。我是必須贖罪的一代，也是必須盤整與清算的一代，因為發給我們的是一手的爛牌。我們固然樂於享受，但並非忘恩負義，你必須理解前代給予我們的幸福藏著劇毒種子。不知者不罪，當我們請你接下悔過書，具名簽字，認錯認罪，認了本就屬於你們的共業，為什麼不能就大方地畫押認了，皆大歡喜，此後一如以前，各自拜各自的神。

每個世代有他們的困局，每個世代有他們的限制，也就各有榮幸與不堪。這不是世代戰爭，這是戰爭前的儀式，必得有犧牲以祭旗，只不過是象徵，譬如酬神的戲。

拒絕入戲但偽裝入戲的我，給始終不願入戲的你的忠告，只能說到這裡。

在我寫信給沉睡中的你的此時，我島又正在進行四年一次大統領選舉，一年前完成的修法，四年一任此後改為六年一任，我將投下人生神聖的第一票，某種意義則是趕上最後一次。天佑我島。那一場盤整與清算的大戰，而今心平氣和去看，勉強算是結束了，然而哪有真正的贏家，那些自稱公知的精算師、手腦並用看風向、專在群眾運動插花、割稻尾的獲利者當然是有，由他們去吧，附生的低等生物總是能優先吃飽而且吃得好。看似落魄的我島還在猶豫不決要成為怎樣的一座島嶼。這看似未決的恍惚朦朧，我以為是好的，是必要的，也是值得的等待。

動物行為的銘刻說，那最新鮮的記憶，包含了語言、臉孔、味覺觸覺嗅覺的總和，我以為最能解釋祖父的認同。殖民給予他的不是單一的記憶，歡樂與屈辱同時，幻滅與覺醒也同時，他根柢是不做選擇的順民。世代差異的殘酷是實例如婚姻與生育到你一代可有可無了，到我一代，如何能夠輕易穿越國界有如一張強勢貨幣，才是我們care the most。

你曾經為我解說，在我祖父的時代，大眾文化商品譬如藝人，可以靠一次的成功如一首歌一片電影吃一輩子——讓我感嘆一下，哎呀，多美好的黃金時代。到我爸與你的時代，縮短為三十、二十年，我出生時，最快一年最慢三年就有雞肋感。時間愈來愈快。我們那麼恐懼淘汰與遺棄。事實的另一面是，我們急於淘汰與遺棄，才能快速換新。所謂歷史是無情的，立基於這樣的現實條件。

憂心的人一直認為黃金之後白銀，而後銅、鐵，再瓦解成為破銅爛鐵。其實我好厭惡這般的說教，世界已經碎片化，別再妄想單一的英雄、救世主；人生實難，愛是唯一的救贖。人命各自一條，讓我自己去過好嗎？

童話之餘，你帶我反覆閱讀的是那位大隱於我島最南的田園，潔身自愛的作者，尤其是他的植物哲學三篇。幼時我不解，指著「動物的吃食是殘忍相，動物的排洩是污穢相」一行字而吃吃笑了。

我偶爾想，當你醒來，多像復活了在棺材裡坐起，你要做的第一件事是什麼呢？好好地從頭到尾看一份透著油墨香的當天報紙？但那時還有紙本報紙嗎？攤開倖存的發黃的聯絡簿，打電話給每一親人好友？比你年老的不是死去就是失智癡呆，小你十三歲的我爸我媽離開我島遷居到、嘿嘿、你最愛偷用的「我要搬到那溫暖有人愛我的地方去」那香茅青木瓜叻沙與肉骨茶的熱帶島嶼。

最壞（然也可能是最好）的狀況，無親可依，無友可訪，完全自由自在。

我非常好奇，當你讀到我的信時，你會怎樣面對那世界？你急著熱愛擁抱或者讓你一刀割了頸動脈徹底死去？

阿伯，最讓我感激你的，是那年我瘋狂愛戀CyB908的一百零三天。你當我是女兒般的陪伴與傾聽，必要時做我諮商師，讓我其後的愛情經驗維持在優化狀態。雖然後來我明白，你視我一如實驗室的白老鼠吧，目光灼灼觀察我對CyB908的每一反應。你究竟看到了什麼？

一〇三天完成初戀程序，然後告別童年，那是最理想的成長模式，理論認為對我日後的人格發展最有正面助益。五年後，我在小農百工市集與幾個社群友人忙了一天，忙得有點亢奮，一停下來反成真空狀態，黃昏時天氣轉為陰涼，突然有一縷古老樂音悠悠忽忽不知從哪裡飄來，我辨識出是「綠袖子」，勾起我內裡深沉的情緒，我徘徊尋找那樂音，進到一僻靜帳篷裡有幾箱二手雜物，我蹲下檢視，抽出一個真空包裝的塑膠袋，居然是CyB908，極簡的紙盒包裝是一小片指甲般晶片，還有他的造型墜飾，印滿他頭像的筆盒、手帕與襪子，一小瓶還有一半容量的香水。

我呆在那裡。塑膠袋封存的是我對CyB908滿滿的回憶，那年我是花了兩天時間等待所有考慮人選回了信或確定不回信才決定選誰，不憑第一眼的皮相，你訝異地給我讚許的眼光。

CyB908回信寫他家靠近植物園，自信對草木的認識不輸圖鑑，也相信他們有感覺聽得懂音樂喔。與CyB908每天最多一小時的互動包括視訊，週末假日可放寬到二小時，不包括他給我睡醒睡前與三餐的簡訊問候。進展良好，我們可以晉級一起上學或出遊逛街，當然程式設計還是有時間控制，據統計那是最常發生爭吵的時候。第五十八天，我們合照了四連拍的大頭貼。一星期後，我邀他來參加家族聚餐，之後三天，我們有了第一次吵架，我因此哭濕了枕頭（其實只是灑了幾滴）。第六十九天，他以法蘭西語說我愛你。第七十一天，我收到一束實體紅玫瑰（我相信那是因為我的優良表現得分累積而兌換來的）。

想念他是一件好奢侈的事。那是相當美好的情感預備教育。每晚，我希望第二天成為一個更好的人，成為沒有殘忍相與污穢相的譬如一種植物。那時，性意識尚未啟動。與他視訊前，我在鏡子前端視自己。就在我身心處於滿溢狀態時，第九十五天，螢幕出現一團黑影，跑出我失去他的警訊，那天上下學的路途，我覺得事物的影子特別長，時間過得特別慢。次日，我收到一堂性別與身體的視訊課程，結束後隨即的共感覺測驗我得到滿分，墨漬評鑑也遠超過健康均值線甚高。

時隔五年，我都以為好久好久了，埋在我意識裡的那份期望，CyB908將以真正血肉之軀與我重逢，也只能是這樣。並不壞。

那麼，因著這樣的感激與同理心，我覺得當你醒來，我有義務告知且提醒你長久不在場的時間裡這世界的變與不變。

讓我們從一隻死鯨魚開始。

你進入睡死的第四個月，鯤鯓海岸倒斃了一條十五公尺長抹香鯨，隔日運往海洋生物館時，牠的三十幾顆牙齒一夜間全部被偷拔光，印章的珍貴材料，解剖發現牠的胃是滿滿的塑膠袋與漁網。

再兩個月後，印度洋沿岸擱淺了好多瀕危的短肢領航鯨，累計總共四十五隻，所謂擱淺也就是慢性死亡。巴塔哥尼亞高地峽灣則更驚悚，集體暴斃了三百三十七條塞鯨，新聞標題為鯨魚墳場。

其後，鯨豚集體死亡成為常態，不再是新聞。

我是「守護我們的海洋」的社群成員，那一年我們唯恐來不及、確實已經來不及了的恐慌驅使，近程目標是籌募一萬個海洋過濾器的研發製作費，放置在環太平洋岸。但討論版顯示我們的內部分歧與矛盾，懷疑過濾器治標不治本的成員人數逐日增加，因為每年進入海洋的塑膠垃圾估計八百萬公噸，具體意象是每一分鐘一垃圾車的塑膠倒進海裡，此一病灶根本沒有對治的方法。還有，太少人警覺碳排放造成海水酸化的嚴重危機，一旦酸鹼值跨過8的防線，海洋生態浩劫比塑膠更可怕。所以我們只執一端的努力會不會是徒然白費力氣？就像我長期也是拒買還在獵捕鯨魚的扶桑國之農漁產品的社群成員，總結最後只得一份無力感。

需要我幫你複習那數據嗎？你睡死前，我島北海岸的魚種剩不到三十種，美好的古早曾經有一百二十種。我媽愛吃魚，每每一邊吃一邊喊，魚好貴，愈來愈貴。你一旁翻白眼，臭話：「沒得吃的日子很快就到了。」十六世紀中葉，歐羅巴洲某一海域的鯡魚多到好誇張，扔一把斧頭下去會被擁擠的魚群卡住。

寫這些，我的用意是讓你了解，我的世代面臨任一大議題的極艱難處境。正如地獄門口的三頭犬Cerberus，我們面對的不是單一的可以看得清楚的敵人。你醒時，應該加入我們，與我們同一戰線，除非你有彈奏優美琴聲讓三頭犬睡著的本領。

我們這一代的世故、無情，很難理解嗎？處於崩潰邊緣的世界不給我們時間了，遑論感情。生物被逼到只求保住生存的境地，那樣的本能通於要餓死之人的吃相，怎麼可能期望他優雅、文明。

反抗與自救的程序，表態、宣言、參與、實踐，我知道其中的差異，也分辨得出來誰是玩真的誰是玩假的。我想很多人也不是玩真玩假的問題，螢幕時代，議題潮流來潮流去，那探討起來與每一個人都有關係、公約數最大的，愈是有這樣的危險。我們怎會不知道譬如樂於表態反核的大企業家，敢不敢公開他家的電費帳單？又譬如那些步行十分鐘的路程也要坐計程車的公知，怎好意思大聲呼籲不綠能毋寧死、少就是多、簡單過生活？

過去五年，除了環境與氣候的持續惡化，真正的巨變是少，非常少，相對於先前諸多可信或無稽的末世預言。譬如，一學者根據我島是全球第二低的生育率推算，宣稱再十五年，我島的育齡婦女將是四成無子，五成無孫。譬如，南極洲最大的冰棚原本預期在今年完全崩解消失，導致海平面上升。又譬如，惡搞十年的量化寬縮的貨幣政策並沒有讓幾大強國的經濟完蛋，進而引發世界大戰。

除了北高麗的肥王子先後試射一枚氫彈，假稱發射衛星其實是長程飛彈意圖威脅亞美利堅西強國與扶桑國，還有，東強國實在太有錢了，繼續出國到各地顧人怨掃貨、蒐購地標建物、併購大企業。我信服一位智者的看法，因為對未來的深沉悲觀深入骨髓，世界陷入一個誰也不敢輕妄先動的僵局。你想起來了嗎？那個古典用語，恐怖平衡。

另一方面，從我島的立場來看，這是最美好的幾年，站對了風口，豬也能飛起來（ㄞ，其實是滿可愛的畫面），加泰龍亞地區獨立公投成功，東歐羅巴洲也冒出了幾個名字很難念的小國，雖然他們距離我島遙遠，但是給了我島人莫大的振奮。曾經讓你輩煩躁不堪的身分認同戰爭，一年前有了個健康的轉向，我先賣個關子，以後再寫。

總之，期望的美好遲遲不來，擔憂的種種噩夢似乎靠近一步又退後一步半，如此的焦慮擠壓下，時間，滔滔地過去了。

去夏開始，「天光時叫醒我」為主調的流行語冒出來，那種潛藏幾分頹廢的期待，又百無聊賴的情調很快攫取絕大多數人的心。

跟你寫這些，我覺得自己好像冬天農閒坐在庭院曬太陽的舊時老人。

回到屬於我的年齡層的同輩吧，我參加的社群有一些非常有意思，「自己的肺自己救」起源於某個民間的呼吸道疾病基金會，名為「甲必丹計畫」是東到南亞細亞的學生串聯，那年從九月到次年春天，分不清是霧霾追著我們還是我們追著霧霾，狼狽憤恨之餘，我們決定推那位戴著防毒面具拉著空氣清淨器走遍京城的行為藝術家為年度人物（看清楚喔，不是英雄，不是偶像），他將集塵袋的霧霾渣製成小方塊再疊製成小金字塔，而古來傳說金字塔是有復活、保存生機的神效。結盟了「呼吸道受害者自救聯盟」、「綠能is king」、「白袍症候群」、「繁花盛開的樹林」、「祖靈生氣了」、「就愛孔明車」、「剩食好好食」……，我們歃血為盟，發誓要引爆理念，找出不世出的能人，我們藉由螢幕集氣，亂想著好美的夢，在我們世代達成呼吸器官的複製。

奇想、大夢一向是先行的。最重要的是那次的串聯，我認為是一次相當好的經驗，我們擁有不同的國籍卻使用同一種古老的文字，坦坦蕩蕩地正視我們共有的甲骨文基因，是可以引導我們走上通往美好世界的路。

我真喜歡「遇洪而開」的老傳說，三十六天罡星七十二地煞星從地底竄出像煙花炸開，散向四面八方。當他們會合，大事成了。

社群，我猜孤僻的你肯定嗤之以鼻。我想你並不了解我是相當警覺社群的群聚效應，數大因而情緒過度亢奮。激情與愚蠢是孿生的兄弟姊妹。

去年夏天我決定遠離那一對孿生子，獨自做了一趟旅行，試試看能跑多遠，第一站搭船去對岸的古海港，海洋如此老衰骯髒，但海岸的雲天如此輝煌，上岸盈耳都是祖父與伯公那樣的鄉音，本想去一訪泉州府同安縣高林村的祖上老家，但市區的熱鬧方便令我沒了興致，我轉而取道鐵路去港島，中午出發，晚上抵達，整個島濕淋淋。次日白天發神經又搭船近一小時去傳說有海盜窟遺址的離島，碼頭長長岸邊全是啤酒品牌的遮陽傘，岸邊爛泥發臭，不是假日，稀疏的遊客人手一串魚蛋，走過一座俗麗的廟，廟前籃球場，場邊披披掛掛地曬衣服，大太陽下我一身汗非常寂寞。回去的船顛簸得厲害，海水黃褐色，我暈船吐了，沒出息地想到自肺自救的社群，企圖在螢幕找個活人來救我，走在荒涼的碼頭，隔著深水海灣與坤丁即時訊談，海風濕膩，很重，奇怪這季節如此冷清，屏幕的冷光映在我臉上鬼似的可憐吧，對岸的霓虹燈也只亮了一半不到，傳說去年能源日是夜全島霓虹燈熄滅一小時，超級駭客趁機入侵，港灣幾大區塊再也不能亮燈，官方反制裁居然袖手，企圖激起民怨，黯淡的港島延續至今。我還是罵自己沒出息，才第三天就撐不住。那棟傳說可以將建材一一拆卸運走的桁架鋼索大樓，居然真的不見了，原址好大一塊空曠的不毛之地，我來回走著，想像天際線如同一口牙齒缺了門牙，雖覺涼快，不免詫笑難道像科幻片整棟大樓給星艦吸走。

坤丁拖到快十一點才乘滑板出現，用髮箍將一頭披肩長髮收束整齊，那些繁榮大道好像宵禁，他立即叫了第諾多帶一塊滑板來，我因太久沒滑，先練習了下，柏油路面呱啦呱啦好響，我小摔了下，乾脆一躺，看整個港島的燈安靜卻蕭疏亮著，螢幕知識告訴我，這裡的黃金時代過去了，直接進入破銅爛鐵時期。我們三人滑去紮營抗爭現場，我數數總共十頂，抗爭者大都睡覺了，更有一人打鼾，師老人頑的景況。絕非嘲諷，那鼾聲令人心安。兩個警衛在巡邏。與我從小看到大、我城的抗爭場景完全一樣，不待我問，兩人說，就是要讓當權者好像喉嚨卡到魚刺。那標語很醒目，「直到石龜爬上山頂」。坤丁解釋，傳說石龜爬上山頂，港島便要陸沉。我猜那標語所在原本是一棵聖誕樹，豎立帳篷旁，成了許願樹，來訪者將許願留言的卡片琳琳瑯瑯掛滿了。

坤丁與第諾都比我瘦，話少，但我覺得溫暖。薄青的光好像夜霧，或是海上來的濕氣，因而更像夢遊，我們滑過一座球場，兩隊拚籃球像在演默劇。滑進老建物的巷弄裡，我們去吃大排檔，我餓極幹掉兩碗牛丸河粉，一滴湯也不剩，最後去坤丁家。家裡只有他一人，不需要問原因。是坤丁來抱著我睡，頭臉磕著我胸前，我自然地讓他依附，我們聽著彼此的心跳。第諾則是長手長腳窩在沙發。我且母性發作，手梳著坤丁綿羊似的濃密頭髮，他更安心喜歡了。他有著乾淨好聞的男生味道。

天光時，沒有人叫醒我們。

我們單細胞一樣的獨生子女（我上兩代合起來是個大家族，這在同輩才是怪胎），一等親之外的親屬名詞既然不存在，對我們毫無意義。我相信到哪裡都可以找到像坤丁第諾拯救我於空虛心慌的同代人。出於生物本能的自我保護機制，我與坤丁第諾夜半來天明去的取暖，這樣的情誼也是朋友的義氣，甚好，我們明白底線之所在，不跨越，輕易避免感情的災難。就像樹葉需要日光。

我沒睡好，畢竟不習慣與人同床，天一亮就醒，我輕輕推開熟睡的坤丁，趺坐向陽的落地窗前，夏天的日出乾脆俐落，光亮猛烈打在深水港灣，似有鞭打的響亮，打在一層層面海的蒼老高樓，萬物的影子淡如水。離開我島，繞了遠路到了港島，這裡才是真正的島嶼。

去年煙花特別多。錦繡衣衫襤褸心。

曾經神話一樣的港島，諸神都走光了，徒留輝煌的神殿。

在新生的日光裡，我如同回魂悠悠想到與你的約定，那麼，讓我們回到那黃昏我買下那一塑膠袋CyB908舊物，它在我手裡熱燙，一如思念時含在眼眶的熱淚。

天起了涼風，廣場有人興起表演特技，一隻三公尺細長竿子，一人吸附上端好像鳥禽展翅旋舞，竿子柔軟大幅度搖晃。

他伸手應可抓到預告明天好天氣的明麗晚霞。

他每一次伸長手時，我的心莫名其妙悸動了起來。

鳥愛自己的翅膀，人愛自己的記憶。
我可笑地伸長脖子四顧，找尋什麼嗎，在不可解的孤寂中自覺是一顆隨時破滅的囊泡。

Love，姪女 電姬

3 白雲謠

如是我聞，黎明前的黑暗最寒冷最難捱。

我一人在昏暗中，亡靈幫我上課。

但我還處在類似癱瘓的狀態，或者潛意識不願醒來，因為外面世界更美好或更敗壞的機率一半一半。

亡靈即老獅，河洛話老師傳的簡稱，師獅同音，她自謙便以老獅為名，據說她師承老父的木工手藝非常好，踏查遍了我島的古道，一一寫成了導覽文章，所有的古道迷與健行人奉為經典，她卻有這樣的結論，前人走出的道路，我們只是踐踏，踐踏之餘，記得帶走你的垃圾。

據說死者最後喪失的官能是聽覺。甦醒時跑第一的感官想必也是。

影片中，濾鏡的關係，看不出晨昏但能感受那是寧靜的氛圍，斜射的日光溫柔但混茫，身形瘦長的老獅立在過膝的野草裡，棒球帽遮蔭著皺紋深刻的瘦長臉，好像一張羊皮卷，她似乎在仰望大樹的樹冠。鏡頭拉遠，一大片豐草地，緩緩起伏的蒼翠山巒，很遠的雲天有幾隻鷹飛著，她蒼老的聲腔彷彿在講古，我愛樹，尤其是大樹，我也愛種樹，種樹真快樂，真有意義，我嚮往樹比人較多的古早。因此，不說發願立誓的勵志廢話，她以行動自證，雲遊僧那般全島走，送出自己培育的樹苗，教人種樹。她認為的理想樹種，牛樟，毛柿，刺桐，鳳凰木，烏心石，阿勃勒。因為毛柿根正直，成長速度與樹身成正比，烏心石長得慢，尤顯珍貴；刺桐鳳凰木阿勃勒則是為了那豔麗熱情的花開。至於牛樟，啊，陽剛氣質的牛樟，還需要理由嗎，數十年、百年後當人們看見一片樟樹林自會領悟。她提醒，三百多年前，自伊比利半島遠來的皇家盜賊在海上看見我島時，海岸遍生著長葉奔放的海棗樹呢，海風吹著那長葉搖擺好像招徠，遠來的異鄉客歡迎歡迎，何其美麗的風情。

老獅的重要結論，種樹首選，原生種；外來種千萬謹慎，否則極可能危害我島生態。附註，此話毫無含沙射影的意思。

我昏沉沉木著臉喝著櫃台經理調製的飲料，櫃台後的她也是一張撲克臉，看不出是否說笑，說是還魂湯，我分辨出有洛神、百香果、金橘、愛玉，很好喝，提神拯救我不瞌睡。一系列短片雖運用了老獅的聲音魅力，內容都在意料中，樣板得乏味，高空鳥瞰攝影全島，載著鏡頭的小飛機沿著海岸線飛，掠過高度開發所以罕有差異的地形地貌，若無人解釋單憑觀者的肉眼很難看出哪裡遭到嚴重濫墾。雖然大河入海的一片金光真是壯美，但這是現實也是所有創作的限制，只遠距離看看，不能蹲點深入，就像油潑在水上，得到的只能是看過就忘的印象。我記得那種從大氣層鳥瞰地球入夜的燈光畫面，密密麻麻如同擴散的癌細胞，人類癌，那才是災難。

我仰頭一大口喝乾了飲料，腦袋鈍鈍地想，別裝了老實承認吧，每次出國一趟，返國飛機下降逼近台地時，一眼看到窗下必然鐵窗、冷氣機滴水且黴黑瓷磚外牆的千家萬戶，不總是心情跟著陡然低落，懊惱著又回到這醜陋的地方。雖然我清楚記得某條豔紫荊巷道，冷冷春雨裡，盛開的花糊爛了一地。那些年到處看到俗稱雞蛋花長得非常好的緬梔，我認為是長相最乾淨的樹。有一處大概地主是公家機關，得以就地荒廢，比壘球大的第倫桃果幸而沒砸傷砸死人只掉在草叢發臭，我們不知它從果實到樹汁可以做菜做果醬、治禿頭。為什麼一定得物盡其用，既來自大地，就讓它回諸大地。穿過那荒廢地，則是一條濃蔭路，那時我是要趕往哪裡？每年夏天走過後，我第一念頭總悵然還是聽不到小時候那刺耳欲聾的蟬聲。還有，遙遠年少的一個暑假，去到島最南，過程細節全忘了，冗長白天我搭客運車在因長年超抽地下水而地層下陷的某鄉鎮下車，蒙著厚厚沙塵的木麻黃下的公路邊滿是塑膠袋垃圾，日頭毒烈，無處可去，趕快轉往下一站，煉油廠的空污讓平原上的落日又大又紅，頗有重傷意味，車過溪水大橋，聯絡上同學某，機車載我檳榔花香裡到處晃，過一大彎度的新路，他問為什麼會突然這樣繞大彎?沒錯旁邊就是車輪黨議長家的土地。遊蕩一整夜不睡,整個人蟑螂那樣輕,一聲鳥叫後突然天光,竟然曉霧迷離,眼前是一塘凝結露水的粉紅荷花,好黏稠的霧裡那茸茸長梗與花苞充滿了性的暗示。我假設在那夜大醉,遺忘的時空裡,一腳踩滑淹死在荷花水塘。

任何人怎可能對即使生身之地只有單一、純粹的正面感情。老獅依稀在數說我島的滅絕生物,雲豹,梅花鹿,小黑人,帝王斑蝶,櫻花高山鱒,天牛。她拖長了語音,每一名詞後輔以我推測是某一高山族或平埔族語,好像在唱名召魂。我想老獅應該也死了多年。

我按摩太陽穴,催促自己徹底醒來。我厭煩極了這系列應正名為教育而不是宣傳短片,我不懂自己為什麼接受這種安排,譬如大醉時挖舌根催吐來解酒?片子結束前是一小節動畫,我島被畫成一隻可愛海獅,直立跳躍在留白的海洋,然後橫倒坦腹在五大洋游泳。直立、橫倒兩種姿勢輪流,身體輻射光芒,牠爬上北美洲,一路嘻嘻笑,然後登上北極冰山頂,賓果,嘴裡湧出金幣大雨撒向全世界。

我轉頭看四周,沒有其他人可以供我交換意見,確認這是不是一則玩笑。燈亮,我注意到玻璃杯與杯墊的公司標誌,古樸的鑄字,墨黑的拓本風格,瑰島Complex。櫃台經理解釋,整棟大樓是膠囊旅館,也是咖啡館,小吃輕食、酒都有,也出租個人工作室、會議室，是複合商場的經營概念。我心裡譏笑，整層樓冷清極了，眼角迄今瞄到過兩個賊似的人影，或根本是我的幻覺。

我這也才認真看清楚她，小小的雞心臉，暗紅長袖襯衫外是長及腳踝的織花拼貼黑色外衣，像打開衣箱撲鼻一股陳舊的樟腦味。她頭髮整齊往上盤梳，以水鑽髮夾抓著，或許是僵直性脊椎炎，讓她上半身是歪斜的僵硬姿態，目光只能下視，但她勉力偏仰頭與我目光接觸，勸我繼續在這裡先租一個單位住一個月，「不要小看適應期。」她冷臉給我一個例子，半年前有個男的出去租了老公寓獨居，大概是染上流感，等屍水滲到樓下才發現。

恐懼推銷成功，趁我在租賃文件上簽字，她去庫房取來一小箱子給我。身分證件，存摺，一牛皮紙袋的信件，一部長匣形手握剛好想必是電腦。

不急。我直覺可以信任她，想與她覓個安靜所在好好談談。某種意義，她是擺渡冥河的船夫。她不開口，眼光多了些溫度，手指比畫要我上頂樓去。

電梯位置在大樓中心，甬道通往幽黯的後半部，隱約看出一列平行的櫃牆，冷冷的螢光藍。正對著電梯的牆面，屋頂嵌燈一束柔光照著立几上一盆素雅蘭花，牆上的浮雕是Big Sleep大眠計畫的創辦人，生長在西強國我島裔的一對博士夫妻。

我彷彿立在時光隧道的入口，我父親肝癌死亡，及時出院回家死在他自己床上，隔天一早兩個殯葬人員來，用成人尿褲包妥他頭部，我隨著護送他去殯儀館冷藏庫，我被那一面巨大櫃牆嚇到了，之後我偶爾夢見仰望一洞穴峭壁，插著許多人體牙籤又像蟲蛹。幼年時，親人入殮的棺材放在廳堂，油漆味嗆鼻，蓋棺前，放進一截桃樹枝，讓亡靈回家時用來驅狗，全家舉哀，趴在棺沿哭喊，毋要嵌啦毋要嵌啦，且得注意不可讓淚水滴在亡者臉上。我島最早的住民，將死去的家人屈攏手腳成蹲踞或坐姿垂直埋在屋裡地下。如此執念，抗爭死亡，以示親人還在，就像每一日這樣的姿勢仍與全家一起吃飯抽菸喝酒講話。

死亡與睡眠，異卵雙胞胎。

跨進電梯時，我膝蓋發出喀啦一響，腰椎痠麻，我疑慮再跨步出電梯時，屁股會水泥塊般碎裂。

圓穹光罩下的頂樓，一座空中植物園，裝飾性的柱子爬滿了薜荔、爬牆虎與炮仗紅，幾個區塊簇擁著或闊葉或蠟亮或濛濛霧光的草木，間中一棵姿態奇矯的流蘇。隱藏的喇叭放送清脆的鳥鳴，更有空谷深壑之感，我只聽出五色鳥綠繡眼，以前常常早晨欲醒不醒時聽見。過往的經驗，甚害怕女性家長群聚時的噪音，我一直夢想那知性的公共空間，純白挑高敞亮，禁語禁食，細長柱子頂仿荷葉形狀的太陽能板，圈養在裡面看字或冥想兩年，人腦想必不輸傳說的猴腦美味。

不知從何而來一股氣流，滿滿的芬多精，好醒腦，電光石火令我想到那次小姪女說她失戀了，她約我到與此相似的高樓頂咖啡座，我驚訝她哭腫的眼睛，又不得不注意到她開始突起的胸部。性徵啟動，童蒙再見，我為她略感悵然。她問，人為什麼會有感情？感情又是什麼呢？既然生出了，為什麼又會失去？人可以沒有感情嗎？大哉問，我無法回答。她壓抑著不哭出聲，淚水像西北雨打草葉。我轉述同輩好友的古典作法試圖化解，每一隻認養多年的貓老死，火化後裝入小玻璃瓶或瓷瓶，隨身攜帶，每去一陌生地方，拿出來摩挲好像儀式，宣示我們還在一起。她聽得動容又疑惑，不哭了，卻問，那麼，感情是有機的嗎？我得承認不懂她的意思，她是有機為上、聞農藥色變的一代，所食蔬果全面在溫室大樓裡監視下水耕栽種，潔淨，鮮美，無有咬齧蟲害的痕跡。

因為她父親做生意的關係，她曾在強國東南沿海讀過三年國際小學，一直保持聯絡的幾位外籍同學之一回到亞美利堅西強國，家族有經營藥草生意，與東強國的企業合作一直相當順利，那同學已經決定加入家族生意並立志研究改良吸食性藥草，是的，那是未來美麗新世界的必需品。小姪女思路跳躍，情緒管理，複製動物，義肢或義體化，講故事都可以PPT化，那麼感情愛情如果數碼化管理呢？或者說，管控？運用體溫、汗水蒸發、瞳孔縮放、腦波、費洛蒙等各種生理監控，一旦反常數據出現，立即下藥。

不懂，也不想懂，所以我專注看她，笑著附和：「等你發明創造。」

那幾年的流行語之一是，讓年輕人出頭。從上世紀末到這世紀初的二十年，生於優渥長於優渥的嬌貴一代發現他們的所得與未來陷入殺人流沙般的死局，買不起房子，養不起小孩，可恨的貧富差距，正是資源分配的兩極化，環境污染從水質到農林地持續惡化，食品安全一場糊塗，而大批強國人觀光客一入境便一路驚呼，好便宜好便宜，當然他們指的是物價與服務水平。我島年輕世代出現未曾有的團結與憤怒，潑糞指責上兩代的集體犯罪，是蝗蟲是盜匪，吃盡穿絕後留給我們什麼樣的今天！他們大規模串聯，嘉年華化的集會遊行，示威抗議，要求公平正義，要求國家機器進行徹底的反省，承認之前種種罪惡，官僚、軍隊、財團，根本是三位一體的大惡魔。因此，一些究竟是較有羞恥心還是較世故的所謂長者，開始遞出橄欖枝求和，諂媚地說，讓年輕人出頭吧；這一代的覺醒與勇敢，遠勝我年輕時，真是令我萬分羞愧，請接受我寄希望於你們。嬌貴一代聽了，就樂了。也有一位大我十歲的女性，惶惑但實在白目地問，我們小時你窮我窮大家都窮，一路靠自己努力打拚，究竟是怎麼變成了土豪劣紳既得利益者，讓他們恨我們若此？她的話傳開後被譏笑是百年前話劇台詞的翻版，「我到底是造了什麼孽，要受這種罪？」

嬌貴一代，嘿嘿，我如實陳述，絕無嘲諷或鄙視，讓下一代嬌貴，正是作為父母的我之世代傾全心力要打造的，所謂的進化，最狹義的眼見為憑的解釋，讓兒女吃穿得更好，享受得更優渥。

我可以幫嬌貴一代也幫老白目表達得周延，在這打著世代不公義、世代剝削的大旗，一方面鞭屍舊政權一方面觀望新政體的時候，有幾人是玩真的？有幾人只是玩假的？所謂世代說，真相是我之舊世代從幼年到初老，是一條政經上由窮而富、從禁錮到解放的上升之路，也是擺脫窮困的路，我們一方面認定了只要奮鬥明天一定會更好，一方面看盡各式各樣的虛假、偽裝、詐騙、變節、轉進，時間果然是最嚴厲的教練，也是最好的解毒劑，因此我之舊世代，集舊時代的好東西與壞東西於一身，既世故又實際，對人的溫情是教養還是身段，很難說。

最好的季節，天空極大化悠遠，十月初總督府前大聚會，有個詩意盎然的名字，十月雪。我不小心路過，兩條十字交叉的大道人潮滿滿，約齊了一律是嶄新的白衣白帽——動員也是一門好生意——果然是衣冠勝雪也冰雪聰明，不哭調嘶吼或擊鼓，也沒有氣體喇叭的銳叫，遠處祭壇似舞台有人輪流發言，大家想必戴著藍牙耳機接聽，我若小聲請任一人分一邊耳機讓我聽，一定得到熱情回應，比諸陌生人的慈悲還更高級，此時此地，我們都是反者，堅固金石的群體。然我不好奇台上說什麼，總之，反，就對了，反，是時潮，也是大勢。數大即是美，即是宗教，免於落單，一女生聽得專注，膚如凝脂的臉上靜靜濡著淚水，散發好純情的光。我背向群體，走進公園，水黃皮淡紫花盛開就盛落，發育不良的綠草地遂如緹花毯子。

反叛會場四周牆上，張貼著「致敬 我的暴民學生」，主詞是謙懦得不署名，受詞則另有兒子、女兒、朋友、員工、同事、學弟妹。總之，向反者致敬就對了。

但是，哪有暴動跡象，那盛大聚會的創新之舉，不發噪音，運用螢幕連接耳機溝通，上演一場大型的白色默劇，總督府前只見好一片白茫茫大雪，集體行動劃一地奮臂握拳，擊空，起身跳躍離開地球表面一秒鐘，或者仰臥抬高兩腳踢，再來彼此手搭隔壁肩頭，搖擺上半身，製造人浪效果。

群體，迷人的群體，多嬌的群體，腺體飽滿、分泌旺盛的群體。

小姪女送我一首老搖滾歌，歌名就叫〈變化〉（Change），要我複習也好好反省，是那位比我還老、愛表演雌雄同體的大不列顛藝人所唱，「當孩子們試圖改變他們的世界，你們啐了一口。你們的教導，他們無動於衷啦。他們非常清楚自己正經歷著什麼。」

我真是那啐了一口以示鄙夷的「你們」之一嗎？

不註明出處，他們流傳一段文字直如大審判的總結，也是戰鬥檄文：「我從小受教要相信是真理與重要的事，幾乎沒有一件延續下來。而所有要我確信是不可能的事情，全都發生了。」所以，把老屁股們趕下位子，就有改變的希望。

不管是什麼民族，哪個國家，永恆的是奪權或是鞏固既得利益的戲碼，不變的是他們換穿不同的服裝卻講同樣的話。此中不乏極少數被視為拒愛我島者，是這樣看待世局，上世紀末葉到這世紀初葉，數古文明區域以改變、花朵、春天、顏色為名的奪權內戰，背後最大的幽靈正是亞美利堅西強國。他們牛虻刺問，一切值得高興嗎？改變究竟是變好了還是變得更壞？他們呼應的是那個因為解開強國諸多以鄰為壑、監聽各國領袖、策動政變、屠殺平民的機密檔案而遭通緝的白人駭客，他在流亡途中接受訪問說，現在是民主死於科技戰爭的時代。他自己就是活生生的例子。

我是認真的，我島人開始主動一胎化，嚴格算來是第二代的小姪女，我從不敢小看她各種稀奇古怪的想頭，主客觀形勢讓她獨享一切可得的資源，即便夜裡，她看到的是與我不一樣的妖魔神佛，她用以理解世界的工具與我的世代相比，渦輪引擎比諸木牛流馬，感情愛情數碼化管控，好主意不是嗎？從更積極的一面看，她更能領悟色即是空，空即是色，因此，老天保佑，她更能遠離顛倒夢想。

極端原子化、抹除一等親之外親屬名稱的獨生子女，不知伯叔舅姑姨，遑論嬸妗同姒連襟，我更好奇她是怎麼看待形同她兄姊輩為主幹所發動的世代討征？世代無義戰，這一代對老一輩的無情無負擔，下一代加倍滋長，她給我看他們同伴流行的一款遊戲，BBQ吃到飽，她說設計者是一中學生，遊戲內容滅獨裁，殺土豪，殲車輪黨，贏了處對方以火刑，敗者也需自焚，賽局結束時，總督府前輸贏一起行刑，一個個盤腿趺坐，雙手合十。螢幕上火光顏色隨受刑者的位階身分而不同，火勢逼真，在手掌上熊熊燃燒，大家輪流拋接手機，吱吱咯咯笑成一團。

我看著那揉合紀錄片與立體感的畫面，嫁接真實人物頭像的全民公敵，臨場的鏡頭運動，心裡湧起只有屬於老人類的厭惡與反感。

我問她，知道自焚抗議真有其人其事？她翻了下白眼答，很久很久以前的事了，有個莫名其妙的東南亞老和尚就在大白天的街頭，影片螢幕找得到啊，總之笨死了，自焚痛死了耶，死了不就什麼都沒有了，自己看不到結果有啥意義。

她起身去廁所，噠噠噠踏著光亮的地磚，短裙下束著大腿根的長襪，行走時她已經意識自己內在那神祕的繁殖力在茁長，不自覺地又收斂又款擺腰臀，我暗暗驚呼，那是介乎女童與少女的過度身軀，帶著奶臭、花香與糖果甜味，茸毛只在強光裡看得見，脂而不膩，柔軟有勁，色相尚未落實，氣韻先行的精靈，讓古今多少中年男人光嗅聞就為之瘋狂，視之為青春的泉眼。那過度期的身軀的迷魅張力，一百年前可以維持一兩年之久，現在縮短只有一到兩季，好像一夜曇花。

我找到一處綠森森隱蔽角落，那年在小姪女上廁所的空檔，我看著推到天邊的半個城市，雖然早已習慣還是驚詫其破舊又醜，細看到處是發霉的瓷磚外牆，樓頂的水塔，若將目光調整景深，則有一個印象，海嘯後壅塞建築殘骸與垃圾的河海口。那幾年，一邊的勇敢我島人大搞建設性的破壞，大拆特拆老舊房子，一邊有人，有很多人安靜地做著翻轉城市的實驗，微藻碳捕捉計畫，微藻這神奇的古生物，具有吸收二氧化碳的強大能力，最可行的譬如用各型培養反應器與窗、牆、柱、屋頂結合，吸碳的同時也可處理廢水，進而轉換成生質能源，也是燃料與肥料，美夢的連環套，證明了智慧藏在古老事物裡。所以，這是夢幻時刻嗎，我看到的不是虛假的造景，或者是電腦程式驅使在落地玻璃投射的幻影，居高臨下總有些暈眩，如在一艘大船的船首，一片屋海覆蓋藻綠的管柱、槽盆，在淡漠雲天下往地平線鋪展，由眼入心，讓人舒緩愉悅的一統的綠。

想到曾經在某一高緯度的城市，夏天太冗長的白日之後，回到旅館，窗戶外是廣闊如醇酒的藍色天空，遂信服了旅遊小冊上的句子，如同漲溢的河水。晚禱時刻，老城區的大鐘敲響，好深沉且素樸的宗教感，讓身心隨著鐘聲一陣陣和平沉澱下來。

離開太久，歸來的時候，今年花發去年枝，不必悲傷，不必嗟歎。

或者，我在瑤花琪草的仙界，在此一日，世上千年。

一連串短促鳥音，啄著我腦殼好像銀湯匙敲著雞蛋殼。

我沒聽到她的腳步聲，她落坐我對面，嘴啣一節金屬細管或者是電子菸，還是那僵硬的怪姿勢，雖然她連人帶椅融入身後的蕨類綠意裡。

她直視我，「還沒想起來？」

我口舌澀苦，若能將頭臉埋在她胸前，我猜或是恢復記憶的捷徑。

好像吉普賽女巫，她拿出幾張色彩消退的照片在我鼻端抖了抖，在小桌上攤開，好像是萬聖節在一間酒吧的聚會。

啊，凱西，高登，路易士，裘蒂，那個明明不是外商卻人人都取個洋名的上班族時代。只有她堅持本名，聳聳肩說，我鄉下人，牛牽到北京還是牛。

我叫她，阿珠。記憶潮湧。

震災重建村竣工晚會的高潮是法師進場，那於眾信徒必定是很熟練的儀式，罄笛清越的莊嚴聖樂挾著一股沁腦薰香拂開，兩列男女一身白衣白褲白裙是前導的人體儀仗，緩緩行走並舞著手語，我心中暗叫好佳哉沒有沿途撒花或人疊人特技表演，當左右護法扶著法師胖大身軀從帳篷顫顫搖搖走出來，風吹草偃，塞滿重建村戶外空地的信徒與受災戶一齊下跪低頭。

我不下跪的異類只得往後退，退到一屋簷下。環繞的喇叭播放著似頌似咒的樂音，還好無人歡呼或啼哭，但法師艱難地破人的潮水前行，一路彎腰摩挲信眾的頭，檀木念珠跟著輕晃，我透過單眼鏡頭看得清楚，搖滾巨星上場的抒情版。他蹣跚到廣場中央一束柔和的聚焦燈光裡，那喜氣且油光的臉龐其實很有喜劇感染力，未開言先甜滋滋笑了，露出有缺口的下排牙齒。他身旁想必埋伏了電風扇，吹得他寬袍大袖飄飄。每一個人的小小歡欣匯聚成了一場大歡喜。

遠眺那天災重創的山林仍然散發著哀傷的味道，人們的確需要自己製造神蹟，撫慰自己。

我真是嫉妒那些誠心把自己交付出去的信徒，那時我相信的是這一行字，「已經打了敗仗，再也沒有神聖的東西了。」我很難解釋我一己的失敗是什麼，畢竟這是一個挫敗感成為日常的世界，重點是在後半句。

幾聲嘰咯笑傳進我左耳，偏頭看，是兩位也不下跪不隨著起乩的女子退到屋牆下與我站一行。

一開口就讓人感到其幹練鋒芒的凱西，說是代替她好友也是她旅行社另一經營者高登來的，「久仰大名，趁這個機會來親眼看看搞什麼鬼囉。」大地震後，高登捐了一筆錢，金額不小，拒用公司名義可以抵稅，凱西戳破他，呵呵和中世紀富人買贖罪券是一樣的，躲過一劫雖不全然是運氣，事後捐錢消災，也是滿健康的心理治療。阿珠拉她衣袖，「講較細聲咧。」凱西故意哎喲嬌嗔一聲。

突然，人人點燃了手中的蠟燭，一苗苗燭火匯成光海，像是隨著溫暖洋流洄游閃著鱗光的魚群。法師的笑臉是光海上一個簡單有力的符號，關於他的傳說是妻死子病最艱苦時，上山挖筍，給毒蛇咬了一口，鐮刀一揮削了腳後跟一塊肉，滾下山坡，在山溝昏迷到隔日早晨，醒來後覺得中空輕盈，意識卻像一支指北針，一股與昏迷時護衛他的柔和大力召喚他前去。像世上所有的悟道者，都經過一樣的流程，非人的連環苦難，若干年孤寂的清修，清光了物累，重新入世，法師成為許多人心中另一個神聖自我的實踐者，也是完成品。怎樣的神聖自我呢，老老實實告訴你吧，斷捨物質，割棄親屬關係，冤親債主，說得真好，如此簡單，卻又如此困難。譬如我的大學摯友林君，經過數年無數次的相親，拜求無數寺廟神壇，以處子之身結婚半年發現丈夫是詐欺犯，從此成為法師的忠誠信徒，幾次她泛著淚光意圖說服我，「人生真是好苦好苦。輪迴更苦。」我是前一天接到她緊急電話，要我幫忙寫一篇重建村竣工報導，她是為法師宣道刊物的主力贊助者。

聖樂牽引著光海波動，我們三個異教徒只得聚攏，自覺像是刺客。安置受災戶的住屋聚落，入住新家照習俗貼上紅紙墨字的「福」、「招財進寶」，縱深屋內油漆光亮，無人在家，都去廣場排排坐感謝法師的慈悲，門口偶有趴著的黑狗一條，眼神哀戚。環繞住戶是新栽植的山櫻花，枝幹細瘦，讓人擔心種不活。

凱西與阿珠結論，如果重建村能住到山櫻開成花海，而不淪為貧民窟，高登就真的是做了好事。

氾濫我島的彌賽亞們啊，我一位在歐羅巴研讀社會學的老友如是說，偉人英雄們已被掃進歷史的灰燼，但人心思古是必然的，何況人是這樣膽小脆弱的生物，轉向心靈救援的救主。老友問還記得嗎，中學時我們在那家博物館般老書局，磨石子清涼樓梯上去安靜的二樓，一個土地測量員的文藝青年不知為何享有特殊待遇，玻璃櫃上擺一整排他自費出版的書，我們放學去一本本都看完，現在回想無非是諸多平凡人的生活雜感吧。多年以後，老友去西強國參加研討會，會後的參觀活動是去一寺廟，住持竟是那位文藝青年。老友說，看到牆上金框照片，法會的彌賽亞盛況，那一身華麗裝扮若搬上搖滾演唱會舞台一點都不奇怪。與一信徒聊起來，同鄉，「認識我家幾位老輩親戚。之後向我爸媽打聽，原來是我小時候鎮上的那個身世悲慘的怪人，一個獨身羅漢腳。小鎮以為他早就死在外鄉，竟然跑到了西強國當起彌賽亞的大弟子。太神奇了。讓他口述個人歷史，肯定是小說的上好材料。」寂靜的丘林，冬天的太陽，同鄉老人果核般的臉有著幾近涅槃的寧定，那是不可能偽裝的。

相信的得其所哉，不相信的各自找出路，自栽的果子自己吃。如此而已。

凱西飛車高手，邀我搭她的便車，跑車她駛得一如流星，一年前遭地震劇烈撕扯的山脈在彎路時突然展示了蒼白的褶皺，偶爾路心出現一團霧氣，她俐落操縱排檔，踩離合器，還高亢地說她與高登的發跡故事。那年她帶全家參加高登帶隊的扶桑國旅行團，七天六夜她不時與高登爭辯行程的安排。高登忍到最後動怒挑戰她，設計個購物、美食甜點、美景、夜生活四合一的平價高檔團，成功了我叫你祖媽。她兩死黨留學扶桑國，一個兼差專為電視製作人側錄日劇，翻譯劇情，隔日快件郵遞回國；一嫁作貴婦，只吃喝玩樂，每週寫一疊信報告細節。三人當作是以前計畫出國自由行，半年後，她成了高登的祖媽，其後展開做旅遊規畫的生涯，市場的飢渴程度與她快速累積的飛行里程數讓她又驚奇又悵然。十多年後，換高登得到情報，說服她改作跨國買房投資團，她沒有猶疑。阿珠則是高登遠房表姊，兩人的唯一助手。她與高登的幸運是，「準確撞上對的時機，做對了事，但是我覺得不能簡化那過程，時機可是開放給那時所有的人，整個島一整代的人不是小數目，所以，判斷力與能力是關鍵。我們一直需要勵志與冒險兼具的創業樣本。故事容易說，光聽也好聽，但真能抓到其中的楣角的，少之又少。」

不到三小時後，下交流道，跑車噗噗鑽進中古公寓群的污暗巷道，去凱西朋友路易士的酒吧，滿屋人慶祝萬聖節，屋中央一男子戴著尖頂闊沿巫婆帽，全身剝光只剩一條紅色絲質四角褲，肉盈盈被綁在單人座椅子上，口紅畫出一張血盆大口。那就是高登。

路易士，口腔癌三期患者，永遠手指夾著一根菸，但不抽，精神勝利法，一旦抽了，就表示他沒救快掛了。老王，專長大尺幅200F油畫門神，看起來完全符合一副藝術家的樣子，銀白長髮整齊綁了馬尾，落腮鬍修剪得有型有款，仿玳瑁圓框眼鏡後瞇瞇眼，他自稱畫的是後現代的丑角化門神，歷來東西方黨政軍一把抓獨裁者，影射各領域的名人，一度興起要以酒吧常客為模特兒，邀凱西去過一趟畫室，再沒下文，凱西淡淡一句話，「歐力桑欠抽，火辣辣地甩他一巴掌，痛快。」曹董夫婦結伴來，或者帶女兒女婿一起，四張麻將牌長臉，如同守靈。隔壁巷口熱炒店的梅子趁生意清淡時偷溜來喝一杯馬格麗特，顴骨高聳的臉很快胭脂紅，眼底積累多年很深的疲憊，說她也要個英文名，凱西說，就裘蒂吧。也有愛來下廚做幾樣菜給大家吃，職業身分成謎的中年人。矮小的酒商業務窩在吧台邊角趴睡，皮鞋脫落高腳椅下，腳臭漾開。移民亞美利堅拿兩本護照的高級國民一群人，年底候鳥般回來補牙全身健檢，夾著英文單字吹牛四十呎遊艇是這年的新玩具，總是招罵，幹，跨國賊，繳過一塊錢的稅了嗎好意思。

大選開票夜，車輪黨失去政權，路易士統計，酒吧三分之二叫好，不輸沒天理，三分之一哀嘆，換誰都一樣，豬勿會肥了，開始換狗肥囉。虛無征服了所有人，然而元旦升旗典禮，全熬到天亮好開心去參加，搖著小國旗比著勝利手勢拍照留念。路易士在牆角撿到一把舊舊的紅星，滿彈匣八顆子彈擦得澄亮，握著沉甸甸，取出一顆吧台上招財金蟾嘴裡咬著，等待失主認領。做期貨的比利不打誑語，拿來一把黑星配成一對。飛鏢機台的業務大胖認真問，本土製掌心雷有需要嗎？有現貨，隔日可交，可以刷卡。

那氣候錯亂的冬天，深夜彷彿天神眨眼睛，閃電銀燦燦鞭著，一小時後能量蓄積到最高點，破空打了好大的響雷。又一小時後，洶洶落下大雨，愈等愈覺雨勢短時間內不可能收歇，憶苦思甜正好，一耆老說小時候前面有兵工廠的小火車，四周一片稻田，午後探險，走過短河水塘與圳溝還是短河水塘與圳溝，遂被水肥氣味所欺而迷路。酒吧門開，大雨長腳光達達踐踏進來，一養著稀疏短髭的陌生客自言是某某某介紹他來，午夜前才下飛機出關。路易士一昂下巴說，託你來還錢的？強國幣沒關係，照收。像這樣的陌生客那時明顯多了起來，空中或海路渡海峽而來，將他們的出發地在地圖上插圖釘，牽繫紅線，我島成為輻射中心，一些老屁股賣老，很久很久以前，「到大後方去」曾經是一代人的心志所向，今日易以「到我島去」可乎？嘴賤的看著輻射紅線故意驚呼：「哎喲，飛彈路徑。」老屁股繼續說，許多年前，颱風過後，圳溝給一女屍堵塞，他們結伴去看，空氣飽含水氣非常清新，天空高曠淡青，女屍正好沉沉地撈起，仰臉，髮色好烏黑，童伴大喊，她眼睛睜開了。苦極呼天，好古典的台詞，老天你開開眼吶。老屁股手抬高一指，前面路口，一座土地公廟，就是那裡，我小時候可是一條大圳溝，比賽誰能從這岸游到對岸。

幾個街廓夜生活愈來愈競爭，也愈來愈乏味。土地公廟前一排紅燈籠迤邐而去，百年以前老神仙坐望門前一灣溪流，真不願相信滄海桑田而今這是首都房價最貴的地段，巷道狹窄，外牆瓷磚剝落，陰溝發臭，小公園裡晾床單內衣褲，隔一條大街，複合式餐飲店的新戰區，講究風格設計、創意料裡，玄色圍裙垂至鞋面的高個兒服務生明星臉，一笑傾城。唯老酒吧不死，自成一國。夜深的風悠悠吹著紅燈籠，儼然幾分靈氣，熱炒店往路面潑出一大鋁盆油膩的水，多美麗的誤會，酒吧國的人行過，以為橫渡星光。其中一人在廁所留言牆上新貼一張，手寫字飄逸，是偈是讖：「我們活在現在，我們又不活在現在。我們不與我們的時代同代。」凱西尖聲開罵：「我們活在古代、農業時代，當然不同代，整間店像臥床老人，廁所發臭，廚房有老鼠窩，酒促小妹妹都不敢來，搞屁啊你路易士。」

不定期總會闖進來一對熱戀中的狗男女，不擇地皆可狗入狗出，以致兩人散發著一股下體羶味，且連體嬰似不願須臾鬆開交纏的手腳，女生染髮一頭亞麻色，醉茫茫大眼睛其實甚美，吱咯一笑一頭滾落男生圓滾滾的腹肚，遲遲不起。凱西撂英文，Get a room，自省缺乏風度，端酒走去與他倆敬酒，開示，這事是有審美標準的，美的低標起碼得有，「房間裡你倆要怎樣恩愛瘋狂都好，公眾場合這樣秀就是不好看。」高登噴道，棒打鴛鴦。其後凱西還是有些懊惱，年輕的身體再濫用再腐化一如十月荷塘岸邊撈上的枝梗殘葉，還是有著香氣。

打賭政黨再次輪替的又一次大選開票夜，酒吧國的眾賭徒提不起勁了，曝日老狗的懶洋洋，返璞歸真的關係嗎，興起大家相招週末下鄉去當假日農夫，戴草笠從除草鋤土、搬有機肥料做起，收成的蔬菜瓜果當晚下廚聚餐，背出小學的國語課文，「荷鋤日當午，汗滴禾下土，誰知盤中飧，粒粒皆辛苦。」土地的療癒力量真是大，大家不再因為爛新聞而焦躁易怒。頭頂禿成地中海的教授說天下事，從前從前有個香蕉共和國，不是那個豪乳細腰、六塊肌的服飾品牌，而是執政黨不管怎麼換永遠在貪污、永遠勾結西強國奴役自己同胞的南美洲諸小國，永遠是被剝削的人民人人有票投又怎樣，永遠翻不了身。西強國操縱下的香蕉共和國可憐的香蕉人啊，比一比，我們可有比較好？我們憑什麼笑他們落後？我們要不自我調侃是番薯共和國呢，哎喲真抱歉，都忘了現此時我們是毫無幽默感的國族，呵呵。賭徒們聽得打呵欠或剔牙或掏耳朵，沒有力氣像從前計算每個候選人的身家財產，家族海外分枝散葉，原來都有一票的人人就是賤民的意思，而賤民的意義是從眾強國中選一個當主人，繼續自賤。教授又用一老故事刺激大家，當初從魍港、加老灣，到大員、堯港、打狗嶼、加哩林、沙巴里、大幫坑都有我們的先人，那時古老帝國的大太監來展示天威，先人不理睬，大太監送每戶銅鈴，下令掛脖子上，狗之也。可憐也可悲的先人，還將銅鈴當作傳家寶。

狗之也，廁所留言牆隨即新貼一紙，「我們活在番薯共和國，我們又不活在番薯共和國。我們不與番薯時代同代。」

麥可結婚半年後當了爸爸，送來油飯紅蛋，原本想扮送子鳥袱巾裹在胸前帶來獻寶，遭老婆喝止。傳看紅嬰的照片，吧台燈光最亮，已經一年多了，吧友們反覆推敲著推背圖與燒餅歌，苦苦等待兩岸最高領導人在第三地會面，童謠曰：荷花荷花幾月開？終於在十一月盛開，麥可的新生兒且給賭徒們新的啟示與想像，像一群荷蓋下划水的鴨子突然探頭呱呱呱亂叫，驚爆新聞，我島領導於晚宴後返回下榻旅館，半夜被野半島的叛軍綁架，這群受過特殊訓練、身手矯捷的叛軍來自雨林深處，長年神出鬼沒，這次綁架行動可說是籌畫縝密，事前的保密做到水洩不通——「這成語用在這裡不通吧？」「正正好符合我們記者風中蟾蜍（殘燭）的水準。」——而且奇蹟般的無人重傷或死亡，據信我島領導是被挾持到雨林的某一處神祕基地，截至目前為止，叛軍並未發布任何聲明。呱呱呱下一位接口，所以究竟是要錢還是有其他贖人條件，我外交與國安系統完全如在五里霧中，但本台記者掌握到的最新消息，當地輿論相信這是強國在幕後主使——「哪一個強國？」——提供充分的武器與財力，然而強國的外交部發言人三十分鐘前已經召開國際記者會，鄭重否認，並且表示願意提供我島協助。獅國大學一位政治學博士今天在螢幕發文，據他多年追蹤研究，叛軍與南美洲光明小徑游擊隊、呂宋新人民軍、還有交趾、紅棉游擊隊，多年來一直祕密交流並且尋找合作機會，這次出擊的成功可說是一個重大警訊。

愈呱愈興奮，震驚世界的我島領導人遭雨林叛軍綁架事件，在進入第三週時得到解決，叛軍與兩強國組成的談判代表經過一天一夜的馬拉松會議，同意釋放人質。談判代表共同表示，叛軍展現高度的誠意與文明，提出的交換條件基於互信原則暫時不能公布。一則花絮，叛軍領袖是古典搖滾樂迷，因此會談的見面禮是十位搖滾巨星的簽名專輯。尤其重要的是，兩強國這次的合作透露了相當強烈的訊息，對於往後牽涉到兩強國利益的國際事務，合則兩利顯然是最好的選擇，因此我們是否應該這樣樂觀看待呢，這次合作象徵著一個新世界、新時代的開始。

啪啪啪鼓掌聲中，廁所留言板再新增一張，「寧願跟罪人一起笑，也不與聖人一起哭，罪人有趣多多了。猜是哪一個搖滾巨星說的？猜對的33年威死忌一大悲。」

即將天亮前，鼠色蒼茫，天空下的建築都長出毛邊。黑漆龜裂的酒吧大門闔上，我回望那被關上的廢墟時光。眾人濡沫著不肯散，夜氣凝結成為露水滴滴答答落著，恍惚一種死別的預感。這城市如此疲老骯髒。

是年春節前，氣象稱為北極震盪，全島掀起一股瘋狂的上山賞雪熱。有人疾呼，常識常識，落在平地的是冰霰。

「路易士一年後走了。我去安寧病房看他，他很光棍說，夠本了。熱炒店的梅子、裘蒂，也是癌死的。曹董夫妻跟女兒女婿為了遺產的事，唉吵得真是難看。凱西高登都移民出去，凱西是聰明一世糊塗一時，愛上一個有老婆的，最後更被對方幾乎把錢騙光了。她弟弟通知我說她心臟病突發死的，我覺得她是自殺。」阿珠說。

「凱西高登一直勸我一起走。」凱西說了最後一個故事，王子騎馬出遠門去尋寶，來到兩條岔路的入口，遇見一位老人告訴他，小心地選，別走錯了，選錯的山路好像棧道迴旋而上，愈來愈窄小，最後是人馬不能轉身，而路的一邊是萬丈深谷，一失足就跌下摔得粉身碎骨。

我們迴避不做眼光接觸。每個人都會死也總得一死，所以後死的我們就是守在時光隧道口，脖子掛銅鈴的兩條老狗。

晝長夜短的夏天，黃昏尤其悠緩，我們眼前腳下的城市氤氳著渾綠霧靄，太樣一幅幻景。

那位一覺醒來變成一條蟲的說故事的人，看著他長年每日生活動線必經的老城區廣場，為自己寫墓誌銘般地說：「我這一生都關在這個小圓圈裡。」

畫虎卵兵棋推演次晚，酒吧換了芳香劑，松樹的，錯覺那空間難得幽森，確實我到得太早，大門、廚房門與通防火巷的後門都洞開，隱約一港風流，那是時間分分秒秒的流逝，昨天游離還未死透，今天又覺其奄奄一息，我徬徨其間，好想大喊一聲，戳穿時間的詐術。

矮子酒商業務坐在吧台高腳椅上，一身宿酒的發酵臭餿，對著手機譙，「幹，你們昨晚到底是讓那制服妹怎麼搞我的？搞得我一整天又腫又痛，尿尿時也痛。幹你娘咧，真搞壞了，你父要你們每人賠我一根。」

4 似是故人來

老友鍋巴是這樣看待我們青壯到中年的歲月，但鍋巴堅持自己才不只是我島民，而且是西強國的新大陸公民，有幸屬於跨國界的強勢族群，不如此定位，不足以看透我島人。

鍋巴認為，我島準內戰時期，總共有三位大統領，第一個老奸巨猾且壞，第二個看似聰明的笨蛋且壞，第三個看似笨蛋的聰明還是壞。壞壞壞，連三壞，他憤而將三人名之為柴桶，飯桶，屎桶，各自的任期則是柴桶時期，飯桶時期，屎桶時期。三時期加總是三十年，古之一世。

那一世，是我們一代人的盛年，我們乖乖繳稅，凡有所得一塊錢也逃不了，隨心情決定選舉日是否去投下神聖一票但與權勢完全無涉的平民，我們認知的底線，候選人在公領域是否賢能，不一定等同於在私領域是好人壞人。

從最簡略的經濟面看，我們一代在柴桶時期，跟隨太平洋經濟體一起繁榮，好高興我們的貨幣不斷升值，進口商品一再降價，跨國企業一家家進來，人人取個洋名為時髦之必要，這是我們一代的幸運，正面力量如同正午的太陽，只要不偷懶不虛無肯努力不是太笨，明天確實會更好，整個泛太平洋區域的前進力量沛然莫之能禦，不許你落後。即使飯桶時期末葉與屎桶時期初期，各有一次世界性金融風暴，不管原因是什麼，是一般人仍承襲父祖輩儲蓄置產的好傳統，還是國際化不夠到位因禍得福，還是央行總裁的才智過人，我們又幸運的逃過劫難。同時期，報上一張外電照片，鄰國人妖竟然一頭瀑直長髮做起了搬運工，肩頭扛著一大袋米或麵粉。常去自助旅行的友人傳來消息，快去，我島錢好好用，一切消費打九折起跳。

那時候的我們，怡然自得，更正確的說是自信。因此，起碼十年當柴桶大統領夥同心腹以活化國營企業轉投資搬運車輪黨黨產，分封諸侯般幫幾大財團劃地開路、給予特許經營執照，我們只冷眼當是政黨派系的放謠言惡鬥。或者，事後聰明，我們一代其實心中有種看好戲的惡意，想看看一黨獨大逾半世紀的車輪黨跨台會怎樣？不正是一件大快人心的事。其實彼時我們根本不相信與我島緊緊結合為一生命共同體的車輪黨會跨台。

柴桶大統領在任期末葉，出訪西強國與扶桑友邦時，在同鄉會發表演說，提出了我島人進化工程的主張，誓言他餘生的使命就在宣揚此一主張，促成新品種我島人的誕生，我島人勇敢而美麗的靈魂，必須警覺並迎接後資訊時代、人類文明第四波的到來。其次，我島人不與我們的時代同代，考古的科學實證，我們的祖先左鎮人，亮島人，十三行人，自成一支獨特的人種系統，也自成一種海洋文明，哎呀莫笑，海賊需要的氣魄、技術跟眼光正是文明的表現，遺憾的是過去一兩百年由於種種原因，我島人自廢武功，丟失了我們血液中的海洋力量，讓我們重新想像一個甲必丹計畫，想像新品種的島國人萬舟齊發在大海，載著我們獨有的榮耀走向全世界。

甲必丹計畫，哈雷路亞。

所謂準內戰，也是鍋巴的憂憤用詞，但不能算是他的原創，那年地方首長與民代選舉，贊成進化工程要做新品種我島人的與不贊成、不表態的或猶豫的，主動或被動分化成兩大黨，兩邊總計得票數不看百位數以下，一樣，他幸災樂禍且粗魯地寫道，乾脆回到古早古早的部落社會，肉搏打一仗決勝負。他隨家人移民西強過再留學歐羅巴整整十年，回來教書，開學儀式是為校園的偉人銅像辦扮裝同樂會。他認為，潑紅油漆徒然洩忿，是前現代的等級，遜。他也不贊成拆除，那是將歷史脈絡抹消，蠢。他激發學生發揮創意，將威權與獨裁象徵的銅像譬如陰陽同體化，穿戴二分之一的蓬蓬短裙、胸罩與金色長髮，或包尿布繫圍兜，幼化以鄙視之，或卡通化，或嘉年華孔雀開屏的熱舞女郎，他與學生圍繞著開趄化裝舞會，一男生還是女生用一條白紗纏身為維納斯，蛇著偉人親吻。是為奪權，奪回詮釋權；也是去勢，偉人大勢已去。

然而笑罵準內戰最用力的，是那自稱永遠在野、年輕時因詆毀元首與散播反政府思想而入獄過的賈君，我們一代人視他為反抗英雄，他自我流放扶桑國西強國歐羅巴洲時寫了一系列文章，給我島的情書，無人不讀之動容，當然好多人驚嚇他將屢被強權入侵的我島比喻為染了梅毒的母親，他吶喊寫道，拿起手術刀的手不許發抖，我們要拯救苦難的母親。忽然一日，他出現在電視螢幕的政論節目，以其尖刻的機智、富有我島古腔古韻的風趣言語大受歡迎，很快成為大異於綜藝秀與新聞主播的知性主持人，他譏評時政與要人的語言魅力，機智又輕鬆的說笑能力都是收視率的保證。將近十年，他是唯一跨越藝文與影視版的知識分子，曾被爆料拋棄糟糠妻，開著新跑車載一位肉彈小明星夜遊，參加某鉅富的酒池肉林遊艇派對。也是忽然一日，他開始改變主持風格，戴口罩報導上呼吸道疫情的公衛問題，戴著挖兩個眼洞的紙袋追憶歷來的政治受難人，敷上一臉泥漿說說死海地區的軍事衝突，我們等著他牽一隻活烏鴉或一隻神豬入鏡。我們看到的是他誠懇地訪問大統領候選人，談他們貧困的童年，賢慧的妻子。成也電視，毀也電視，我們對一代反抗英雄的結論是，要毀滅一個英雄，請他上電視。

是自願抑或讓學生捉弄，那年鍋巴與偉人銅像一起穿紙尿褲、吃奶嘴、戴包頭的花帽，真像個巨大嬰孩，他偶一回首讓相機捕獲，仔細看照片中他的臉，眉眼間有一股濃重的憂傷。

那些年，因為教學與升等壓力，過動症兒子與瀕危的婚姻，使得鍋巴身心處在非常疲憊且焦慮的狀態。也是那幾年，壞事有如瘟疫，我們共同交集的朋友，猝死的，重病的，躁鬱症的，遭資遣的，自殺的，外遇或離婚的，放眼望去，中年後期的災難大集合，我不免認為鍋巴還不是最壞的。四月的傍晚，我在一棵大雀榕下接到他的電話，絲綢般的長形托葉紛紛掉了一地，枝幹欣欣然抽長著嫩葉，涼風習習，那空氣與暗光像是一面鏡子，陽界與陰間的過度地帶，他喃喃說著許多生活瑣碎，昨天他才去大醫院探視復健的一位老友，腦溢血後半身不遂而且喪失說話能力，幸運的是理解與記憶力完好未損，老友見了他小孩子似的大哭，好用力握他的手。「我們找一天一起去看他。」

我彷彿看見他跨坐在樓頂女兒牆，只消故意挪一下身體重心便墜樓。

怯懦的他哪敢自殺。那時有個仰慕他的女學生，師生倆約定等待她一畢業，他就拋妻棄子，一起去東強國西南方的邊境古城開民宿。他倆才是以自己的方式完成進化工程，升格為新品種的我島人。看似漫長的準內戰，始終未有真正的砲彈、街頭械鬥，或者說在公領域無形戰火下，大家表面上看風向看心情搖搖旗子吶喊一聲，私領域裡各自默默找出路。柴桶大統領在這一點是對的，我島四周海路廣闊，出走、逃亡或自我流放是多麼便利。

大雀榕後是一小間古老的土地公廟，朋友的博學又古怪的兒子告訴我，我城曾經好多先天的溪河加上後天的圳溝交織成蛛網，而今大都遭覆蓋作成柏油道路，是以彎斜的路口若有古老土地公廟，以前廟前必有一灣溪流。

斜對面一家復健診所，滿滿的殘疾傷痛的老人，落地玻璃窗一如播放慢動作影片。感謝土地公，我覺得神靈充滿，看到自己來日的可能，唉，必然的下場，對他們生出無用的悲憫。一位在輪椅上僵死大半的老頭，仰頭張嘴，瞪著無神的眼睛，一如河灘上的死魚。上天有好生之德，我們不必虛無否認，時間給予每個人的數量或長或短都是一生，當人用罄了好生之德而時間還不到盡頭，失能的肉體便將人磨折若此。所以我非常非常贊成這樣的主張，老年時每人得配給一顆奪命藥丸，有著豔紅糖衣，一吞見效。

那些年令人疲乏蒼老的瑣事，大抵如此。

櫃台經理阿珠目送我下樓時，面有憂色，她僵著脖子勉強一擺手，只說，避開大馬路吧。我遵其指示，走商辦大樓有貨梯的後門，我聯想到為興建水壩而被淹沒水底的村鎮，我像那多年後潛入水底再探故鄉的人，我深深吸了一口氣，陰潤的午後，空氣與暗光依然像是一面翳亮的鏡子。後門口立著一個盛滿菸蒂的菸桶，有幾根未捻息還冒著煙氣，我猶豫著踏出第一步。

呼叫鍋巴，呼叫鍋巴，聽到後請回答。

彷彿回到從前，有幾次在路易士的酒吧百無聊賴到天快亮，卻是陰天沒有太陽，天空下建物都是有毛邊的剪影，神鬼人都休息的時刻。

眼前大片住商混合區，出現於城市發展晚期，以棋盤式巷道形成整齊的街廓，不會有老舊城區一巷兩端銜接兩個不同的街名，那是溪河水圳發達時期的遺跡，蜿蜒水道被覆蓋而成道路，給了走路的人許多樂趣。

有一年，我住在離捷運站五分鐘的四樓老公寓，捷運當初打穿兩座矮山，通行七年後，捷運站旁原本荒僻小路拓寬，工程前徵收土地，拆除一長排公家機關的眷舍，也砍除好幾棵數十年樹齡的樹木，拆屋砍樹那一個月，都是讓人聞了惴惴然卻很好聞的濃烈芳香。擬人化想像，大樹斬首，血液汩汩流了一大攤。

那年，譽為我城歷來最進步的老樹保護條例尚未立法通過，我常去的連鎖咖啡店還未進入衰敗期，精神病、強迫症患者與退休族還未入據，廁所還未發臭，小蟑螂還未孳生。我島人民正著迷於飯桶與屎桶的魅力，桶迷各是一半一半，而自稱大肚王國後裔的末代大統領想必正在寫他的復國神話劇本。

災難來臨前，或者精確的說法，災難不是突然爆發的，它黴菌般蔓延並侵蝕基礎時，我們往往是在混沌中，以為無事可為，被一種偽裝成幸福的怠惰感所征服。譬如晴日午後的一場好走。

那日我順利交稿一個商場的文宣，領了一張即期支票，心情輕鬆，在十字路口遇見老友胡君夫妻。風速每秒六公尺的東風將街角的一隻隻旗幟飽飽吹著，黃色條幅狂草般的墨字，「四百年唯一聖戰」、「我島完全自主」、「美麗島國萬萬歲」，安置在路燈桿上的音箱週而復始放送著破浪出航的進行曲，實則是扶桑國當年南征的海軍軍歌，一旁更有一大張留言板，也是狂草墨字，「當自主自決成為事實，□□就是義務」，空格自由填寫，答案百花齊放，唱歌跳舞，打炮吃飯，飯賣人口，同性不昏，凍齡，住好死好，NO NUKE，FREE（DOM被紅筆畫叉），回饋金，保母，減稅，多元成家，矯情，免費，藥頭，假牙，優惠，週休三日，不肥，無糖，零元手機，外傭，千杯，稻間鴨（其旁加註：鴨間稻，白吃。你才白吃，稻姦鴨）。最新一個應是出自觀光客，拙劣字跡大大寫著「免簽」。

　　長風如流水，仔細瀏覽，真是消痰化氣。旗幟獵獵響著，也真好聽，難怪上古那美女愛聽裂帛的聲音。旗幟下由於駐紮太久，人們對之失去新鮮感，常時只剩兩三個成員懶洋洋留守，等待敵軍再來。

　　敵軍來時，一樣的長條旗海如同蚊雲，一樣的小貨車載著箱形喇叭，一樣的戴著棒球帽、毛巾掛脖頸、看似風塵僕僕的群眾，遵守警方規定，隔著四線道叫陣，主帥戴墨鏡，九月身孕般大肚，聲若洪鐘，戍守聖戰的一方揮舞旗幟、開大喇叭音量回擊。一樣，路人掩耳快走，觀光客佇足拍照，彷彿半空中鏗鏗鏘鏘鬥著刀光劍影。

　　所謂聖戰，從來是以激情開始，以噪音收場。百年前，美麗島國曾經流星般出現，主帥大官數人也做了旗幟行做了儀式發了誓，主張我島乃是一新興島國，拒絕讓東強國決定我島的命運。但彼時割據我島成功的扶桑國大軍浩蕩登陸，據說守城的主帥一看勢不在我，必敗無疑，變裝老阿婆暗夜疾疾逃走，搭船離開我島。

那幾年胡君苦於氣喘，長期服用類固醇，他評估親友給的偏方與建議，決定以最古老方法，長途健走來流汗排毒。夫妻倆邀我一起走。個性開朗的胡妻感慨：「我們的中年好漫長啊。」從我島的發展歷史來看，呃，這是公領域說法，我們一代是童年青少年均貧，其後就業成家是一分努力一分收穫的均富時代，而我們主動一胎化下的兒女遲遲不婚或不生，父母又因營養好醫療好都長壽，因此我們得以緩緩老去。

緩慢老化的過程多有岔路，就私領域來說，看多了各種場合的空巢期夫妻，還願意結伴同行的是少數，老去但尚未失能的兩具身體達成協議，盡可能別干擾彼此，各自自由自在多好。

大路往前直走，富含雨氣的酣風吹來，拂開夫妻倆的蒼灰髮絲好清楚，我們彎進小巷，穿過一戶一億豪宅的開放庭園，果然立著斷臂維納斯與射箭邱比特的雕像，過馬路即是瓷磚外牆很髒的國宅，一株矮桑結了一些桑葚；再轉進一占地廣闊的公園，一中年愛心媽媽提來兩大塑膠袋餵食園中的流浪狗，榕樹根撬起泥地。下雨了，水塘邊綠莽莽有美人蕉與野薑花，可以想見盛開時的美景。出公園，窄巷道的斜坡上行，胡妻指著說這一家的咖啡蛋糕很好吃，裡頭常見年輕愛侶交纏一體。此後是彎曲狹窄路段，又是一間土地公廟，雨勢大了起來，胡君說今天目的地是一廢棄老礦坑。我覺得可以了，與他們夫妻分手，走了幾步回頭看他們倆牽手上坡。

雨愈來愈大，報載氣象專家警告，今年梅雨期會延長，畜牧業是地球暖化的元兇之一，人們少吃肉吧。

我不該忘了出公園時，胡妻告訴我一則掌故，凡我們一路走過的，一百多年前皆屬某一姓氏大地主，當時大地主豪語二則，一，雀鳥中途不停歇則飛不過他家土地；二，雀鳥飛過的土地都是他家的。

現在，我眼光抓住一隻急掠而過的飛鳥，隨牠前行。方向容易辨識，然我甚懷疑飛鳥指引的是夢徑，那些年不怕熱的我最享受的是日光大好的午後一次次不同路線的漫走，管他失業率高低、誰掌權誰下台誰爆醜聞，總能找到一條靜巷，樓齡至少三十年，沒電梯，有的露台是半圓形，樓梯間的立面有裝飾性的長條柱，古雅的洗石子處理。巷口的樹與樓等高，樹影拉長橫過好幾個露台，晾曬內衣褲球鞋拖把，或掛了一板板蛇木，蘭葉肥綠。

現在，凡我走過都是靜巷，不管有無電梯的樓房外牆皆生了一層茸茸苔綠，門楣上的平台與圍牆覆蓋了人為種植的如九重葛愛染桂、薜荔，或者與因風媒或鳥媒而長成的山蘇、姑婆芋共生，恣意亂長的野蠻狀態；若有採光罩則是積著厚厚一層黑褐落葉。戶戶不聞人息，沒有燈光，沒有貓狗的蹤影，窸窸窣窣都是葉子的呼吸，甚多玻璃窗從裡面以寬幅膠帶交叉貼成大X，甚或以木板封死。停門口的轎車輪胎癟了或車頂生銹斑，郵箱口銜著一疊信件成了爛紙。

於大寂靜中有大歡喜。我應該高興夢想成真，孤僻的我以前不總是妄想有這麼一日。

下一街廓，有中庭的老公寓區，不銹鋼大門半掩，裡頭散亂停著摩托車腳踏車，蓋著黃色藍色雨幔，空中懸著空的鳥籠，水泥地積著起碼三五公分的腐葉。一戶大門旁扔了兩台洗衣機，一台剖開露出洗衣槽。繼續前行，不失方向，靠牆壘成一丘的瓶罐以一塊木板擋著，歪斜字寫：「請不要拿走」「偷走的全家死光光」；外牆上高高安裝一隻監視器鏡頭，是風動抑或我心動，它轉移了一下角度。另一家可以推測主人是素人藝術家，門楣平台上以咾咕石、小瓷磚、碎陶片與酒瓶糊塑了一座壁畫，雖然粗糙但不失趣味，最高點是一尊土地公還是呂洞賓，衣裾飄飄。

我很想重施小時候的惡作劇，按了門鈴拔腿就跑。但我惑於一大戶的院子一角好大一棵麵包樹，陰森森的濃蔭，門牌相隔三號的大門以兩片鐵皮掩著的灰瓦老平房，反常的潔淨感，與我眼睛平行的圍牆內，一片碧綠的盾狀闊葉波浪，無風也自己輕輕晃著。若真走出一位講人語的羊頭人身或蝦蟆精，我也不驚訝。

果然，大門邊是退色成血跡似的春聯，秀逸的趙體，「自笑風塵偏傲骨，那堪世道亂人心」。

風吹著一條自樓頂垂落的電線成為一大弧線。牆頭一盆孤挺花，孤直綠莖上兩朵豔麗喇叭背對背大開。

亞熱帶海島氣候，我島我城卻是從無定期清洗外牆的好習慣，因而注定黴菌如流涎。再過一巷，迎面一片肥大英文字的塗鴉，我從來看不懂，總懷疑那些夾雜厚唇與男女性器特寫隱藏什麼密碼。那些旅居我城的老外，某位老友斷言，來學漢語河洛語的老外都是西強國的情報人員。

我想我可以一直走，到河邊，再到海邊，盡是一再重複的街廓。極難得的遇見一條無主黑狗，垂垂老矣，皮毛一層灰，牠緩緩踱步來嗅嗅我，親人的，似乎是想跟我說話，我只得拍拍牠，感覺牠的蒼老無依，眼屎一坨，可憐。

突然我想起一件事，柴桶大統領卸任前的十月某日傍晚，我與同事去找一家老牌點心鋪談贊助合作，店前十字路口的下班車潮洶湧，那和善、操著難懂鄉音的老闆爽快答應並請我們吃酒釀湯圓，八個小時後，他卻在店後的靜巷自宅遭討債人綁在椅子刑求暴斃。鄰居承認那深夜聽到了兩聲哀號，以為是電視節目的聲音。

那些年，當晚霞燃燒到了盡頭，夜晚初始，靜巷黑蒼蒼，萬物出神的時刻，爬藤植物顫抖，野貓瞳孔放到最大，遊魂立在簷角。

那些年，有一群人玩得火熱的是一項命名為町町噹噹的裝置藝術還是行為藝術，副名是町的前世今生。他們在防火巷、小公園、死巷、下水道孔蓋、逃生梯、廢樓廢屋、櫥窗裡設立節點，擺一台小螢幕好像一迷你廟，以一段有耆老口述、史料文獻剪報、幻燈片、紀錄片集錦而成的影片，邀路過的人重新溫習彼地點的過往事蹟。或者豎立一尊無人能解的抽象雕塑，一坨牛糞與一束稻穗說明此地曾是農田，一隻呱叫的大番鴨模型表示彼處曾是養鴨的水塘？一張蒸氣火車頭放大照片以示曾有鐵軌？最易懂的是粗白線條在地上畫出一具跳樓陳屍的人形；一長方水槽，馬達製造水浪，邀路過人合力晃蕩以紀念那次強颱大淹水；一特製圓凳，坐上則兩旁彩燈亂炫且呱呱響起，象徵什麼，各自解讀，高興就好。一整夏天，一群人耍得好盡興，倡議在一防火巷集體凌空倒吊是為閉幕。一支地下樂團特為此做了一首歌，含糊不清唱著，這是最後的華麗夏天，永遠的南國纏著我的愛，不讓他來，喔不來不來我的愛。真是難聽。街上滿滿是為熱浪所驅趕而不知何處去的人潮。然而對町町噹噹反應最熱烈的，當屬看著螢幕地圖的觀光客。

小小的我城，處處小小的史蹟，可愛又荒誕。觀光客來，觀光客去，啖著臭豆腐豬血糕，嘻哈著指點一番。

這是與夢境平行的鏡面世界，是住家門窗緊閉，是店面則玻璃窗內昏黑呈歇業狀態，有空地就以鐵絲網圍著野草莽莽，因為地下埋屍所以成了沃土？我嗅到哪裡在燒枝葉，陰溝漉漉水流聲引領我，巷口一戶獨棟二樓兩面是落地窗如童話被大樹根與毒藤包纏，原本應是一家時髦餐館，水泥台階精心布置的瓷偶與風車退色了好老舊，更有一長排腐化的拖鞋，足以想見當年人們換了鞋匆匆離去，再也沒有回來。

轉彎後，眼前豁然開朗，六線大道兩邊高大的欒樹，濃蔭如雲，左邊我辨識不出是何處的一大塊空曠，更有樟樹與白千層。路上久久才有一輛車駛過，不透光的黑車窗裡辨識不出是否無人駕駛。還是風速每秒六公尺的東風嗎，好乾淨好清涼，幾乎要讓人羽化。

兩棵白千層之間望去，馬纓丹花叢立著一位矮胖老人向我招手，笑露一口整齊的假牙，「來開講啦。」

風吹拂樹幹間的蜘蛛絲，貼到我臉上。

「失禮，遠遠看我以為是足久不見的一個老朋友。坐啦，飲一杯茶。」

下午末梢的天光，像是霧面的金屬，大氣蒼茫，水泥桌上擺有一箍一摺扇一棋譜與保溫瓶，熱茶冒著水蒸氣，我遊目四顧，方圓一公里內不見一個人影。

矮胖老頭啪的展開摺扇，搧風也輕輕搖晃著頭，細細檀香中誦讀古文：「南海之帝為儵，北海之帝為忽，中央之帝為渾沌。儵與忽，咦，聽來豈不是成了疏忽？」他閉上眼睛，吟哦出一種古雅的韻味。「儵與忽時相與遇於渾沌之地，渾沌待之甚善。儵與忽謀報渾沌之德，曰，人皆有七竅，以視聽食息，此獨無有，嘗試鑿之。日鑿一竅，七日而渾沌死。」

他笑吟吟看著我。我唯恐與他一聊，再起身時，他腳邊的斧頭要朽爛了。

空氣中有著草地曝曬後的炙香，他閉眼又睜眼，靦然。假設他企圖帶我回到千年以前，沒有污染的外海嬉遊不去有七鯤鯓，我們是望著大海遠方的仙人，看著島人將七鯤鯓一一弄死。

唯距離與靜默產生美與詩，產生穿透力的眼光，就像那古老俳句曰，看啊，蒼蠅在搓牠的手搓牠的腳。

所以，看哪，我島的七鯤鯓，在大海洄游，擺尾，噴水，甚至仰頭奮躍。

讓我們開始回溯吧。

如是我聞。

我姓王，叫做王祿先。那講到我姓王，我其實是真躊躇。聽講上推五代的祖先予人招，入贅到陳家，我阿公是兄弟裡排第七的，又因為抽豬母稅從母姓。我祖先真正講起是姓黃。這都是聽我阿嬤講的，伊愛講笑，我總懷疑未必全然是真的。血統此事對我家族來講，是張飛刺繡，歪膏迻緪。聽講伊、我阿嬤做姑娘時，去找厝邊的姑娘伴，序大人放屁若貓聲，伊欹欹笑，笑得對方翻面生氣，隔日送檳榔去賠罪。伊又講，我阿公的小弟早死，無娶，因此兄弟中一個後生來予這位早死阿叔做契子，不過咧，日後遂未記得，成家過年過節都無祭拜契父，契父就來予所有的阿兄夢，除了大兄五十九歲抬去藏草，七個阿兄一暝全夢到。夢中的小弟小小漢有夠可憐，哭訴腹肚枵，寒喔。

言歸正傳，我希望你一定要去看第一條鯤鯓，我認為是最大的一條，你向前行，行過這片空地，看著無？若一個大看板，你手裡不是有電腦，不用也可以。那大螢幕，人們取名小甜甜終結者，小甜甜本名布蘭妮，諧音不然呢，再痞些口吻是、不然咧你要怎樣？正是諷洸，嘲諷的意思。很老土也老舊的手法，就像「歷史上的今天」、「一週新聞回顧」，正是日鑿一竅？你一定熟悉的，釘鑿的是我島歷來統治者的語錄大全，證明了我島人民的進步，怎麼說？我島順民太久了，愧對幾百年前三年一小反五年一大反的先人——我朋友的兒子說得真好，那些有反骨有硬頸的祖先早早都被殺光了，他們的基因沒有傳下來。時到今日，即使人人一票，我們骨子裡始終信奉君權神授，一旦爬到領導統御位置的，自然有了光環，晉升做神。或者，我們一直是字靈崇拜的部落，當統領在祈禱念咒作法，恬恬不准吵乖乖聽話。小甜甜終結者原是個走馬燈般的廣告看板，某一天遭駭客入侵，從此是我城的遊戲機。確實，距離與冷靜產生穿透力的眼光，關鍵是得有良好的記憶力。小甜甜幫了大忙，我舉兩個例子，那年底選戰正打得激烈時，每個候選口號吵得你煩死，終結者總複習好像年終大掃除，「一年準備、二年反攻、三年掃蕩、五年成功。」「民之所欲，常在我心。」「一任大掃除，兩任大進步，四年拚改革，八年拚幸福。」「砌厝砌一半，師傅毋得換。」你看著螢幕一個又一個統治者吶喊的嘴臉，握拳奮臂，廣場的晚風清涼，吹得人格外孤單，而小甜甜惡作劇，最後亮出了無數張造勢場合那些虔誠拜神的選民，眼睛發光，讓小孩騎上頸肩，揮舞旗子與螢光棒，那麼激情，那麼熱烈，那麼多人，數大真是美。而今再看，要不要承認，自己那麼愚蠢，那麼好騙，那麼難堪。晚風中，你好像立在流沙河裡，力大不能自拔。

除魅之必要。排毒之必要。清腸胃之必要。又譬如，那金剛不壞名句，我島的名字叫母親，終結者冷冷的展示那些有鎂光燈麥克風說得最大聲的，最深情含淚的，一個個存款億來億去，溢來溢去，子女在強國都有房地產，剖腹生產、心臟支架手術也都去強國做。真相一向如此，那些為了哄騙老父老母錢財地契的兒女最會甜言蜜語，不是嗎。

終有一日，有鷹犬暗夜襲擊小甜甜，黑槍射破螢幕，但駭客很快籌募到了捐款，換了更大的螢幕，復活貼出的第一條語錄，「人生有時候該殺的時候要殺一點」。猜猜是誰說的？

這廣場你干是第一次來？我看你好迷惑。喔，你說的是另一個地方，在城北河的另一岸，我女兒小時候很喜歡總吵著去，那一整片將彎曲的淤積河道填土而成的新生地，簡直是我城中的租界，尤其是西強國shopping mall翻版，新得沒有一絲本土味，也沒有一絲過去的記憶。我是佩服那裡的嚴格管制，街道乾乾淨淨，纜線完全地下化，招牌不准亂掛，不見一張小廣告，也有每個世界級大城市都有的「某某之眼」的摩天輪，我帶著小女兒去坐，轉到最高點，看見整個我城，雲天下擠得滿溢又破碎，但我覺得心胸開闊，一定得念念那梟雄的好詩，「小小寰球，有幾個蒼蠅碰壁。嗡嗡叫，幾聲淒厲，幾聲抽泣。」「多少事，從來急；天地轉，光陰迫。一萬年太久，只爭朝夕。」我太喜歡最後一句，「要掃除一切害人蟲，全無敵。」一瞬間你會明白，蒼蠅是自己的寫照吧。

讓我形容得仔細些，在我城之眼的最高點上，你彷彿看著強烈颱風後垃圾掩埋場給沖到各大溪河入海口，那是我們的城。

我是鄉下小孩，大路邊時常曝甘蔗皮，外皮紫紅紫黑，走過踩到了，轟的飛起一大群蒼蠅若一蓬霧。金蠅是上大隻的，大頭複眼，身軀綠金，牠全身的紋路包括若針尖的手腳，仔細看，非常媠。

失禮，我啼到遠位去？我看你失神失神，心事重重。啊，私人事體我不應該問。世間煩惱太多了，舊的解決了，換上新的，更加奸巧，更加難以對付。譬如，小甜甜幫我們嘿嘿嘿、滅口了老式的統治者與大說謊家，隨即成了野心表演者的最佳舞台。小甜甜終結者那樣的東西，引用我少年時的反叛英雄，晚年被電視收編、馴服成為藝人在鏡頭前死得乾乾淨淨的某某人所講的，你不能選擇只是你要的好的部分，壞的即使梅毒惡性腫瘤也得一併接收。我們最後的大統領——咦，你為啥驚一跳？你不知道我島已經如此進步，無需要什麼大統領了，人人任意而行，呵呵呵。你可比宋朝的睏仙，陳摶老祖，睏了長長一眠醒起，改朝換代了。真好。那我就倒吃甘蔗從結束講起，講予你知。

我島最後一任大統領，在就任一年多後，代表我島簽署了之前東西兩強國跟扶桑國談判了三年的共管我島國際協約，然後解除職務下台，隨即因為人身安全考量飛去西強國，最是倉皇辭廟時，他在朔風野大的停機坪回頭一望，引用鄂圖曼帝國的末代蘇丹的遺言，「我最大的哀傷不是退位，而是離開祖國。」搭配一襲合身的雙排釦黑大衣，濃眉大眼閃鑠著那灼灼的淚光，螢幕前他眾多的、尤其女性粉絲必然掉下了最後一次的同情之淚。

也許是之前、最後一任大統領之前的十年間兩次金融風暴的關係，那些年不少小島向全世界開放拍賣，最便宜的折合我島幣四百萬元，是日不落國協一個五十英畝無水無電無電信訊號的遺世之島。蔚藍的南大平洋，還有神話阿果號航行過的海域也都有物件，價格從幾十萬到幾百萬歐羅巴元，總之是視國籍如無物的大富豪的遊戲一如買珠寶。就像那一首好老也很好聽的老歌吧，Sleepy Lagoon，熱帶的月亮下沉睡的珊瑚礁，有螢火蟲流星夜鶯跟心愛的人，玫瑰盛開，良夜如永生，何其浪漫。沒有冬天的小島是人人的美夢。

啊，身旁有心愛的人，玫瑰盛開，良夜如永生。

然而最關係到我島的是那一年春末夏初，扶桑國在距離我島很近的一處三席榻榻米大小的珊瑚礁強勢宣示主權，突然擄了我島兩艘漁船，要求賠款才放人，全島人民義憤。多年後解密，我們才知道彼時政府難得也有好聰明靈活的一次作為，一方面尋求國際仲裁，另一方面明向西強國告狀，暗向東強國結盟求援。這是我們的幸還是不幸呢？誰會料到十年後的結局呢？

海洋上的島嶼，幸運的成了Sleepy Lagoon，不幸的成了強國角力的籌碼。

最後大統領便是在那個時空的夾縫崛起的，像一個謎，不是神祕，而是難以理解。螢幕，在嚴格的意義上，電視於今只是螢幕的一個已經淘汰了的原生種，那句老話說得真好，你窺視深淵，深淵也在窺視你，然後，深淵的魔獸將會猛然一口吃了你。已經被螢幕官能化、綜藝化並且庸俗化的世界，老實說，我實在不能理解活躍在螢幕裡的人。

關於末代大統領，馬沙，我總是這樣想，或許相當多的我島人一直在等待一個人的出現，總和所有的正確性，血統、出身、意識形態，拿下大位，然後所有的舊帳便得以全清，整個島國可以真正的休兵了，趕快趕快把那一頁煩死人、發臭、歹戲拖棚的歷史翻過去。

就在我島跟扶桑國在媒體放話互罵的時候，一考古隊在中部挖掘到了一處大墓坑，骨骸一具具很完整，推算是三百五十年前集體屠殺，大膽又合理的推論是大肚王國的部落遭國姓爺東寧王殲滅。沒有人在乎這一則新聞，雖然兇手正是我們的祖先，只宜緘默如同默默認罪，我們只希望不要有人冷酷到再提那兩句話，人類的歷史就是一部戰爭史，以及，也是一部階級鬥爭史。有一個人打破那靜默，我們在電腦螢幕、手機螢幕看著他好大聲說，我姓Kamachat，我便是大肚王國倖存的後裔。證據？螢幕一片問號。長話短說，那人跟墓坑的骨骸做了DNA鑑定，確定有血緣關係，「我就像西強國那起草獨立宣言的總統跟黑奴生了後代，二百年後終於被科學證實。」愈說愈激動，他突然伸出食指割了一刀，答答滴在一根是肋骨還是腿骨上，激情但堅毅的語氣喊，「Kamachat，我是Kamachat，倖存但不是最後的。」

是蒙太奇嗎？那撼人心神的古典幻術，滴血跟呼喊同時，倖存的Kamachat用短促鏡頭讓我們看大群水鹿奔馳在草原，蓊鬱的森林一棵棵樹圍粗大都是神木，野牛群，猴群，蝴蝶群的龍捲風，牛車走在草海如在地底，雲海，一人乘一葉扁舟從河灣入大湖，前有兩山夾峙，湖水浩渺。喔，那是他的先人與其王國興盛並且稱霸我島的時候。

控訴成功。他大眼閃著漫畫才有的星芒對著鏡頭說，人皆有母，翳我獨特，母系先人是我島最早習得羅馬字拼音書寫的西化族群，必然也是最早皈依基督一神教的子民，何其光榮；他擺動食指正色說，純良的基督徒不驕傲的。旋即幽默，啊他們是最早吃了田園最中央的蘋果。一樣，眾人要求提出證據。他展示一檜木盒子，掀開，躺著一隻果然樸拙如古物的鵝毛管，傳家寶物，昔年用來書寫紅毛字。他悠悠述說十九世紀初，達爾文跟三位火地島原民的故事，三野人被捕獲送到大不列顛國協首都學習，三年有成，再送回火地島，期望三野人像種子將文明在那蠻荒地散播。你們猜那種子計畫是成功是失敗呢？從另一個角度想，三年時間如同一趟驚異奇航的三野人，重返生身之地的原始部落是否如同做了一場華美的大夢？他們如何告訴族人享用過的一切繁華的現代城市文明？如何提出證據？如何讓族人相信我是不是我的我？我還是我，但不是以前的我？

馬沙繼續說，我母系傳說有一聰明伶俐的祖先，才十幾歲的年紀，羅馬字學得呱呱叫，很得他的老師、一位慈祥的紅毛傳教士的寵愛，傳教士帶他上了大船，航過數個大海去到太陽背面的紅毛國，其後歸化為紅毛人。真正得到恩典的，沒有名字，徹底的「我是不是我的我」，是我母系祖先第一個做到的。

無可否認，馬沙是會說故事的人，是喜愛野外的陽光男，他在螢幕上張貼全島趴趴走時以鋼筆寫就的心得或心情文稿，或者以鉛筆即景素描，幾個走山路上學去的小孩，一隻啄食漿果的美麗長尾鳥，經營流動咖啡車的一對年輕男女，駐防偏僻海岸線的一個哨兵，清早掃馬路掃得好乾淨的愛心媽媽，才跳完八家將打赤膊抽菸的少年，推著一車回收紙類的老人。還有，一片抽水馬達噴著白燦燦的魚塭，摘菸葉的少婦，一隊穿短褲踢毽子的學童，宮廟前大香爐下趴著的一條花狗。更有他在島之南沿著濱海公路慢跑，跟自行車隊擦撞，手腳的傷。啊，眼睛，他知道自己有一雙迷人的電眼，相機特寫之。他的粉絲讚他的螢幕為眼球的優酪乳還是雞湯。

而今想來，那似乎是小小的細碎的美好時光。屎桶大統領主政末期，我島處於一種昏怠無力的狀態，像是熱帶毒日頭曬昏人畜的午後，或是南歐羅巴洲某些國家有著漫長午休的siesta，還是根本是暴風雨前膠滯的寧靜？將近十年，東西兩強國在太平洋邊緣較勁第一島鍊的重設，一直未有決定性的勝負，有識者點出那才是國際強權賽局的本質，不要太快有勝負，延宕著讓利益的果實長得更大，他日收割更是大大爽快；更別忽略了還有個陰沉的北極圈強國，不時在檯面下插手插腳。我島人委實看不懂，譬如西強國才在島鍊東端整合好了，基於長久的盟友義務，扶桑國答應一旦有戰事得派兵出征；東強國馬上宣布與島鍊西端的諸國達成雙邊友好協定，隨即，兩強國又共同譴責北高句麗的核武試驗，嚴重威脅了區域和平。

我同意，我們並非不懂，而是徹底了解那賽局的大圓桌沒有我們的位子，說不上話，何況使力，既然如此，專心做我們的Sleepy Lagoon吧。嘿嘿，古有名訓，不癡不聾，不做阿姑阿翁。唉，我胡說了，我們是小媳婦還差不多。

此中是有一戰略學者跟一退休將領提出警告，我島必須正視第一島鍊質變的嚴重性，假設兩強國跟其側翼諸國談妥了，第一第二島鍊重組，我島劃出鍊線之外。拋棄我島論暗暗醞釀著。

螢幕世界沒有什麼反應。較有機心的則問，學者跟將領可會是被強國吸收了來放風聲的馬前卒？或是更險惡的遊走兩強國的雙面諜？

馬沙在他的螢幕貼出另一學者的獨特看法，「小論我島不是幸運的幸運」，近代史再沒有比我島更幸運的島國了，四百年來我島從來是被選擇與勝利國同一陣營，沒有主體沒有靈魂的幸運。當愛新覺羅帝國強盛時，我島是其不屑一顧的邊疆屬地，當愛新覺羅帝國衰敗時，我島被割讓給扶桑國受其強勢羽翼，快速現代化；又當扶桑國吃了原子彈戰敗，我島立即被轉向，接軌西強國的第一島鍊，共享牛油麵粉與金援；再來，當東強國崛起時，我島無需仲介，直接搭上順風車，分一杯羹。馬沙加註：很久以前，有一句螢幕流行語，別人（國）的失敗，就是我（島）的快樂，哈哈哈哈哈。

馬沙的粉絲與跟隨者恍惚當作沒看見此一貼文，承認我島的幸運史，別鬧了，那之前數十年的悲情論怎麼解釋？是太笨搞錯了，還是太壞太會騙？他們搜查到的是那學者曾上過女主播的訪談節目，而那五官凹凸的美麗女主播，據說有八國聯軍般的血統，包括居爾特、條頓、拉丁、猶太、我島兩個原民族，至少精通三種語言。當他們將女主播與馬沙的臉照並列，發現如此悅目怡心，便開始了跪求給我們一對神仙眷侶的運動。餐廳、咖啡館、花店、服裝品牌、渡假村各種贊助商紛紛出面，甚至才從藍帶烹飪學校畢業回來開業的主廚，也做了兩人的肖像餅乾與甜點，當然大賣。別忘了我們是如此飢渴神話的Sleepy Lagoon，沉睡島嶼，何況螢幕之勢大豈可、豈敢違逆，數大便是威力，你擁有那數大也差不多是中了威力彩。當螢幕出現兩人一起之時，是巧合還是好事之徒特別製造效果，飛揚著櫻花似的粉紅花瓣，兩人微笑流眄，真是一對璧人。彼當時，鮮有人在乎第一與第二島鍊確實開始重組了。

次日，馬沙貼出一文，他父系先人部落認為月亮是女的，太陽是男的，而女主播的母系先人部落則認為太陽是月亮的妻子，星星是他們的兒女。有意思的是兩部落都相信，尤其滿月初生升起時，地上的火光會讓月亮生氣。因此必須掩蓋火堆，保持靜默，噓，別出聲，等待月光的涼水將陶罐竹筒注滿了。

皮相的美麗，一如玫瑰花香總是留下蹤跡。

就在螢幕眾粉絲急於促成我島的王子公主從此過著快樂的日子，一隻視頻短片流竄起來，略仰視的鏡頭不穩定且非常昏暗，只看見人與物晃動的輪廓，一如解析度低顆粒很粗的照片，隱約是大客廳有三個人，夾著笑聲與喟嘆的人語喁喁，更有像是水煙壺的呼嚕呼嚕，一串流利的咒罵，是馬沙嗎？人們在昏黑螢幕前驚呼，但猶豫著，接著幾乎肯定就是馬沙，斷續聽到他以歧視的言語幹譙強國觀光客、外籍勞工、外配、車輪黨那些棺材已經進一半的權貴。最後一句最清楚，「女人……就是XX不滿足。」

他們對著螢幕張皇失措，抗拒著不接受那醜陋的事實，只能遁作陰謀論，哎呀，什麼年代了，剪裁合成一個倣真本尊的音頻一點都不是難事。

馬沙只貼出一張手繪，三隻神似他的可愛小猴子，分別以雙手摀住眼睛耳朵與嘴，一種優雅的辯白。留言前三名分別是愛心圖案加「借分享」、「已哭」、「拍拍、惜惜」。

是年七月，兩強國與第一第二島鍊諸國在獅城舉行多邊和平經發論壇，我島列為觀察員身分，多場重要會議我代表只能坐冷板凳，不得發言。

同一時間，馬沙也在獅城以西以南展開尋根之旅，在某島入關時，晶亮大眼的土著也是計程車司機熱情喊他兄弟。那些如珍珠散落大洋中的島嶼，漲潮退潮是每天的分際線，大海無量，海平線永恆，花朵太大因此花瓣多裂，盤中的魚瞪大眼睛無聲說請吃我，他在諸島跳進的旅程證實了他母語的一些詞彙是可以沿途如一串珍珠串起，他還是驚呼好神奇，怎會一模一樣。他感嘆，島鍊的真正意思是這樣的啊，那是語言精靈的鍊子，所謂同一語系，牢牢牽繫他們原民最深處的靈魂。他才不理會我島幾千幾萬年前是否大洋諸多原民族群的原點，當初是否日神月神星神風神指引，甚至也讓他們渡海朝東北方的扶桑國去。旅途上，他鄉愁氾濫，眼睛更加燦亮，他學習划船到一小小島，海水上漲之勢有如要將小小島吞沒，空明之中，他絲毫不害怕，但腎上腺素激烈分泌，他覺得好像一瞬間就要一窺那死生的謎底。好長好長的日落，足以讓他完整想像先人渡海時背棄舊世界的心情。

他沒忘記憑想像素描了那漂流大洋上的垃圾島，貼文時援引一行古文：「知我者謂我心憂，不知我者謂我何求。」

有一追隨者留言，「介紹你一部老電影，藍色珊瑚礁，希望你喜歡。」附劇照一對赤裸男女與一嬰孩面向大海的背影，祝願他與女主播早日結成連理。

馬沙的大統領競選政見，最令人印象深刻的有三。一，呼應東西強國的島鍊重組，我島包括周邊海域，主動宣布成為大洋海域第一個休養實驗區，也是第一個休眠中立區；二，以恢復美麗島、重建蓬萊仙山為終極目的，實施禁漁與完全綠能；三，為平衡南北東西，解決行政資源分配不均，改革成立小政府，統領府改頭換面為貨櫃車，全島流動駐蹕。

關於第二點，馬沙進一步說明，禁漁與綠能是一體兩面，理想與現實相輔相成，讓漁源枯竭的海域徹底休養生息，我島沿海將以本土企業家研發的高密度聚乙烯管支架鋪設浮動式太陽能板系統，是為太陽能電廠。

關於第三點，他承認靈感來自本土進化版電子花車，一如變形金剛立地伸展成為霓虹鐳射光與環繞音響的舞台，以及那每颱必淹的河岸小廟，信眾索性挖起小廟加裝四輪便於搬遷。

螢幕流竄有隱藏版第四點，禁絕一切產生毒氣毒水毒廢料之工廠。第五點，大幅度實施空禁，漸進減少民用航班。馬沙不否認，他認為螢幕本質就是不設防不過濾的言論自由，這才是草根性的全民參與，只要是大多數贊成，立即納入他的政見白皮書。有嘴賤者眉批，白者，白賊也。

選前一百天，他全天候螢幕直播每一日的行程作息，包括入浴如廁，當然是以空鏡頭處理，只聞其聲，包括睡覺，鏡頭停在床頭與其上表框中他祖母手織的花紋如黥面的織布。眾多跟隨者心疼他眼下臥蠶的黑翳，唉，真是累壞了。

馬沙當選最後一任的大統領然後離開我島，十五年前的事了。

你問我當年有投票予他嗎？你何妨臆一下。

坦白講，我從來毋投票的，一次都無。河洛話講投票是磕予你，磕印，蓋印章的意思，又且古文有擲地作金石響。一條命磕予你，何等重大的事。那些要我磕印予伊的，有哪一個值得我磕？一個也無。

一個都不原諒。

柴桶，飯桶，屎桶，最後一桶，一個都不可以原諒。

啊，竟然這麼暗了。

暮色溫柔，從每一片葉子湧出。他將數件器物收進背包，腳下拿起一把爛斧頭，不，是製作精良的電動雙輪，他拉長伸縮桿子，跨上踏墊，意味深長看我，且世故笑了笑。俐落動作說明他是個體魄甚好的老人。

好廣闊的廣場，周圍建物退縮邊陲，蒼茫中，乘著獨輪或雙輪筋斗雲的雖然不多，浮滑來去，如同魅影，與之呼應的是低空的幾點貪玩不肯歸巢的飛鳥。很快，即使魅影也給溶進渲染開來的夜暗。這是天地間的大寂靜嗎？不正是我長久以來渴望而不可得的？

或者昏睡的狀態尚未完全退去，我設想如此的狀況，點化你的仙人離去了，他帶你凌空躍過了時間的天塹，降落原地，剩下的唯你一人，之後也是你自己一人的事。

我仍遲鈍，所以並不思念親人朋友，也不懷舊，只舌根還嘗得到那些年對我島現實一切的憎厭。譬如，那年通過清算法案，任一我島公民可上溯祖先三代，提出確鑿證據，若因土地財貨、個人權益、司法審判遭受損害或侮辱，皆可要求重啟調查，該平反就平反。螢幕則流竄一種我島人幸福指數的普查病毒，問卷綁架螢幕，不答不行，「您好，身為我島國民，請問您愛我島嗎？您最愛的是哪一都？哪一區？從1到10表示喜愛程度的遞增，請選擇一個數字。」

我彷彿自己牙齒咬到舌頭，疼痛令我驚醒，我曾喜愛或厭憎的，現此時過半已煙消雲散，是人或死亡失智或殘病，是事則事過境遷了吧。

沉浸在大寂靜中，我反芻著，太長的時間也可能使人虛無，失去力量。

涼風起兮，我城的燈光亮了不到一半，嵯峨樓房的黑影有如一群沉睡的恐龍。不管櫃台經理阿珠的告誡，我擇一林蔭大道走，一座二十幾層的宅第，外牆裝飾燈光不掩其內在無人的蕭條，鏤空鑄鐵大門前壘著到我腰際的沙包。一整排楓香沙沙響得好迷亂人心，因此我誤以為那古老的旅人守護神的翅膀涼鞋掠過頭頂，我大步追上，眼前聳立好大一個藤蔓密密纏繞的橢圓結構體，是流線形的外星人太空艦在此墜毀嗎？或是童話睡美人那有毒荊棘包裹的城堡？

高過我頭的草叢吸納了一整個夏天的陽炎之氣，穿過後渾身汗濕，我將草叢踩扁出一小片空間，喘著氣似乎找到了一入口。我努力屏息，頭上夜暗，我想聽出草叢裡可還有別的生物，但覺察四周飛著螢火蟲的冷光，月桃累串的花苞玉白色，我背脊發涼，千萬千萬別把蛇引來。

昏暗中慢慢看得出建物內部的廣闊，扇形的斜坡上是地圖等高線般一圈圈的座椅與階梯，我靜靜地等，晚風徐徐吹入，氣流迴盪，好像洪荒的嘆息，間歇地呼嘔呼嘔，我以為飛天仙女正在其中翩翩翻轉起舞呢。座椅上開始出現瞳孔亮晶晶，或就是野貓野狗。那晶亮與我對望久了，城府頗深地移動著，然後猛然拉出一條流麗的光。我繼續等著星光現身指引，緩緩踏出一步，十幾步後，臉上感到水氣，我拾起一粒石頭奮力朝空中一扔，聽它撞到柱子吭一聲再跌落咚一聲，地底是大水坑，石頭衝破那厚厚藻膜，潑啦潑啦抖出了青蛙烏龜夜鷺水蛇與蚊群。覆蓋的黑暗下，開窗處是柔軟的夜空。

那些年確實有些人如同祕教著迷於西強國以飛彈，不管是地對地、空對地、艦對地，轟炸異教徒城市的視頻，砲彈流星曳著強光，那線條何其優美，軍事武器迷的眾男性當然總會暗爽聯想，好一枚強大無敵的精子。引爆一剎那的光焰，也輻射在觀者甚至是微笑、出油的臉上，他們究竟是天使還是魔鬼？視頻下另有一文藝青年留言，「東風夜放花千樹，更吹落星如雨」。

物質不滅，唯慢慢朽壞。這大廢墟四周沒有一盞燈，我遂得以開啟靈視，盤據的爬藤植物在這清涼的無有喧囂無有光害的夏夜於建物之頂努力抽長，努力繁殖，藉此成為植物巨靈。巨大屋頂上無數的藤蔓草葉搔癢著夜空。我摘了一個月桃花苞，捏扁，為聞那薑辛味。一隻鳥從水坑呱的怪叫一聲飛起，繞了一圈，遁入黑暗中。然那回聲必然將競技場座位上的大小新舊群鬼叫醒現身。

我鑽出草叢，突覺兩條腿刺癢，原來沾滿了含羞草還是鬼針草的黑刺。巷弄裡轉了幾個彎後，愕然是一條食肆街，充滿蔥蒜香料的鑊氣，是簽訂過市民守則之類的契約嗎，露天的攤販全沒了，封閉的店面，門窗緊閉，偶或碗盤叮噹響了一下也是輕輕。招牌亦是統一規格，門上一幅長條板子有編號與店名，其旁嵌了一方窺孔，總覺每一窺孔裡有眼睛正眈視著我。街底柏油路面或者才偷偷潑灑了一鍋汆燙過的熱水，冒著蒸氣，一扇門打開關上，但不見有人進出，只洩漏了渺茫的像是來自收音機的音樂，那曲調悠徐好像某一遺忘已久的古老言語。我自以為都聽得懂。

然我卻是一隻鬼，只聞聞那鑊氣便飽了。

以前每年春節時回鄉過年的人潮讓我城一夕間成了空巢，年味與節慶感還是讓人覺得這城的元氣仍在。現在，那種實感不見了。我憑空嗅了嗅，察覺每隔幾戶才有廚房抽風機轉動，空調的引擎在運轉，厚厚窗簾裡小心地晃了一下影子，每一街廓稀疏亮燈的只在一二樓，人畏高處，自絕後代的不生育，以返祖心態認同棄島論的以減法過日子，彷彿所有的貓結紮了，所有的狗割掉了聲帶。

那些沒能力或者不願意離開這座島這個城市的剩餘人口，以最低限度的運作活存著，史上從未有過如此快樂的守喪者。

我立在筆直交叉的巷道，即使方向確定，但失去動力踏出下一步。

突然，一棟灰屋瓦老平房傳出壁鐘整點報時的咚咚咚，那是實心的銅鐘擺才能敲出的堅實音，正是我年幼在鄉下老家的壁鐘。

那十秒鐘，我陷於這大寂靜遂感到深深的喜悅與平和。

呼叫鍋巴，呼叫鍋巴，聽到後請回答。

5 最後的家族及其喜劇

親愛的伯父，

這一年來，我們家族似乎童心大發，愛哼唱一首兒歌，「王老先生有塊地啊，咿啞咿啞呦，他在田邊養小雞，咿啞咿啞呦，它這裡吱吱，它那裡吱吱。」洗腦的旋律，歌詞除了雞鴨，也養豬養羊，大家信口哼唱，都感染了那好心情，內心其實分成兩邊，祖母、伯公姆婆、我爸跟姑姑們是「砌大厝住別墅」的歡喜期待，我媽、屘嬸跟瑞泰哥哥則是等著看屘叔出糗。

原因是屘叔在家鄉偎山裡偷偷買了將近五分的一塊地，我爸是合夥人，恐怕祖母、伯公姆婆也都暗中贊助了，不然三老不會一再笑笑用那一句古文試圖打圓場，「打虎抓賊親兄弟」。我故意反駁，我爸跟屘叔是堂兄弟，祖母副削我無兄弟姊妹，知啥？我知道她因為子宮外孕只生了兩個兒子，人丁不旺一直是她的隱痛。

一年前屘嬸因為報稅整理帳目而發現買地的事，諷刺屘叔是笑面虎，顯然他籌畫已久就等著這樣的時機公布吧。

我們家族沒有祕密，若要解密需要的無非是一點點的拼圖能力。屘叔曾經讓伯公口頭過繼給終身未娶的五伯公作兒子，我隱約覺得我們家族是有著少量的瘋傻基因，那一線血脈不絕如縷，譬如五伯公，譬如悾悾的二姑婆，在一個蟬聲喧囂的大熱天下午沿著廢棄的糖廠鐵軌走，突然一陣短促的西北雨後，她迷失在毒日頭水蒸氣的幻境，口渴爬下路坡卻栽進水圳淹死。五伯公傳說無師自通幾樣樂器，春天，歌仔戲班巡迴到家鄉小鎮，他跟下戲後穿柴屐蹲著吃大麵羹、兩頰胭脂像猴子屁股的小旦談戀愛，跟整團食菸食酒混熟了，最後上了戲團卡車綴著走了，環島一年後再回來瘦得像鴉片鬼，深夜不睡爬到厝頂蕩著露水看月亮。譬如你，My dear uncle。

你之後是我嗎？到我為止，希望。

三年前吧，癌末但意識還清醒的祖父跟伯公姆婆一起夢見了五伯公，好可憐渾身發抖喊餓喊冷，抱怨家人放他做孤魂野鬼。姆婆說，莫怪喔全家人一直輪流破病。屘叔開車載三老回鄉，請一輩子沒離開家鄉的姑婆先聯絡妥，找人帶路去祭拜，答應五伯公以後逢年過節、忌日屘叔會負起做後生的責任。三老世代的用語，單身者男性是羅漢腳，女性是老姑婆。因應發展計畫，小鎮過去四五十年持續開闢道路建房子，徵收墓埔是必然的，五伯公撿骨後給放到山裡的納骨塔。三老完全認不出小鎮了，日久故鄉變異鄉。山路有一段特別陡峭的爬崎，山上紅土，遇雨遍地流著紅水，田埂一行行檳榔樹，春夏新生的南風好舒服，伯公想起來說他小時候，曾祖父帶他坐柴油客運上來，欲晚時高地眺望一大片平原，聽曾祖父說當年暴擊空襲，全家族坐牛車疏開來山裡。屘叔沿路看見售地的招牌，有一處讓他動了心。

那是他與我爸脫城回鄉計畫的開始，僻靜紅土路底，小小雜樹林裡，砌一棟具有高度穿透性、屋頂即天窗的平房。他同時迷上的是移植大樹。兄弟倆最鍾愛的是樹相潔淨修長譬如緬梔，絕對不要榕樹那樣根系蕪亂臃腫的。那當然是基於現實的一種矛盾，喜愛大樹卻沒有時間等待他們慢慢長成；不違反老樹保護條例，循正當的買賣管道也得靠機緣。總之，我爸夢想環屋有一片如他規畫疏密有致的林子，三樓高的樹冠可以形成葉海。幸好，如此算是年輕樹齡的樹木並不難找。當然，移植後的照顧才更是重要，他做得很投入也很開心，也順便化解了與我媽的婚姻危機。他跟屘叔常常一早出門，開一輛車，去監工，去找園藝老師傅討教，深夜回來，褲子鞋子結著一塊塊泥土，睡踏實了發出低微安穩的鼾聲。我媽還是對他愛理不理的，但氣氛緩和了許多。

我很難說清楚他們的婚姻究竟出了什麼問題，老實說我不是很在乎。祖父在五伯公入夢後不到一年過世，大家都有充分的心理準備，哀而不傷。我的邏輯，一旦時移勢易，共同生活的基礎崩壞到不能修補，好聚好散吧，怨偶根本是自虐被虐、SM的變態共同體，綁一起互相餵毒的慢性自殺，那過程充滿暗黑魔力所以兩方都不甘放手嗎？我更相信，單一（性）伴侶違反動物本能，尤其對雄性。確實，人之異於禽獸幾希，求偶合歡是本能，家庭建制則是人的尊嚴與理想。有如此理解，我絲毫不奇怪我爸有女友時變得勤於沐浴更衣，我媽忌恨得只發蠢，譏刺他轉性愛乾淨洗得好香啊。

屘叔是個本性純真之人，家族的瘋傻因子轉化成了爛漫熱情。屘嬸跟我媽總三分酸意說，他跟我爸上輩子是夫妻。將他們兩人的事業放一起看時，必然透露某些相當有意義的訊息。

我爸當年從東強國撤回，也許是積蓄可恃，以及敏感嗅出了勢不可為，他決定緩和先前過於拚搏的節奏，屘叔的化工原料生意則是一直做得平順，且有餘力支助瑞泰哥跟幾個玩樂團搞藝術的死黨開一家也賣進口熟肉與酒也有酒吧的餐飲店。雖然我島多年來持續瀰漫著怯戰而懈怠的氣氛，他們都是認定了不把去留我城作為生涯選項的一群。死忠，冥頑，深愛不悔的一群。

容我刻薄的提出另一種譬喻，傳說蟾蜍遇敵噴出毒氣，但是敵人過於強大，牠反為身陷毒氣中而麻痺了。一動不動的詐死以欺敵，是生物的求生本能。

在你入睡那時，我島以上以下的海域，兩強國的角力賽才開始，於今看來，更像是一場跳得太久的探戈。日後的解密文件將告訴世人，強國無義戰，直到雙方找到了彼此滿意的平衡點。也就是東強國與諸國、西強國與扶桑國各自更新同盟的實質內容，兩陣營在一年內祕密進行了數場電子模擬戰，數據顯示兩方的勝敗趨近零和，東強國因為主場優勢稍稍獲利多一些，但那數字委實另兩方都好沮喪，就是那一句老話，為誰辛苦為誰忙？只好達成協議，西強國保有我島以上的海域的實質統御，並接受東強國與南海諸國的結盟，兩陣營更達成資源共享共同開發的多邊合作。

第一與第二島鍊重組，我島隔離列為中立區，也是休養實驗區，本質便是兩強共管。我島從此進入休眠。

zzzzzzz, the island is sleeping.

（噓，別吵醒他們，那沉睡的美人兒，那打鼾齁齁響的野獸。）

有兩件（小）事我覺得可以一起講。瑞泰哥的店試營運時，伯公請他七個兄弟姊妹的家庭親戚去捧場，中南部的他動之以情，一再遊說包小巴或遊覽車來吧，他出錢。你可以想見那一晚的熱鬧，我是徹底迷失在親屬名詞的迷宮裡，父系與我同姓，母系與我不同姓，皆是血親；再藉婚姻嫁接擴編的是姻親，譬如姑婆的孫女婿，某一親家公的大哥跟祖父是小學同學，六姆婆是曾叔祖的表妹。大娘姑？親家公親母婆？後巢，意思是續弦、後娘。那晚的餐廳像是花期正盛的蜂巢。

令我聯想到西太平洋一個不到二平方公里而住民不滿三百人的礁島，景物色彩豔麗，諷刺的是兩百多年前一個強颱後僅留下二十個倖存者，其中有全色盲基因者，近親繁殖結果，後代多有全色盲人，他們畏光喜暗，黑暗中如魚得水，清楚記得做過的夢，看得見深海的魚群，月光對他們的意義非凡。睡夢中灰黑白的世界或者就是如此吧。

那晚聚餐，中南部的親戚先離去，伯公姆婆與一些親族則是興致昂揚不願散去，玩樂團的也配合彈奏老歌，將近午夜，喝光了幾箱酒。是酒量甚好的姆婆救了大家，廚房的瓦斯洩漏，如同一條蟒蛇慢慢地爬過每一人，一個個軟綿綿地昏沉倒下，她警覺不對，事後她驚呼祖先有保庇，她全憑一股意志力爬出去，爬過馬路沒被輾死到對面商家求救。

我島正式進入休眠前，螢幕自然又有一場鍵盤戰，但既是兩強國共管，兩邊自覺在那強壯羽翼下薰風欲眠，無心應戰，一如以往只想快快翻過歷史的這一頁。唯一值得一提的，有人獻策，自由出入境的期限過後，凡欲離境者，必須去遊樂園通過像德意志國與扶桑國電視節目的體能競賽，以此向世人證明我島作為一有機、綠能的休養實驗區是成功的，我島人之健壯陽光一如百年前扶桑國來的牛脾氣人類學者所愛，他愛極了高山族的原始雄渾，為之奔走倡議成立自治區彷彿島中樂園。假設他昔日的大願成真，遲早會有如此神話因應而生，從滾滾雲海降生的神人族啊，有太陽光製成頭顱與背脊，月光編織的毛髮，獵鷂的手腳，風的靈魂，族樹是那新生芽根由上往下生長的榕樹，當男人去打獵，女人伸長兩腳靜默織布，將山稜、岩石、峭壁與毒蛇織入，祈願出獵順利。

我們脫離島鍊的第一天，事實上，官方故意不小心失憶，沒有留下明確日期的紀錄。或者，另一種可靠追溯，兩年前開始祕密進行的數次兩強國電子模擬戰，模擬亦即演習，演習形同作戰，每一次戰後的實質談判會議，我島一遍遍被列入合約項目，究竟我島是怎樣的籌碼？大家心知肚明就慢慢等待若干年後的檔案解密吧。此中我唯注意一人，自稱荒島，或廢邊社，蟄居某一處偏僻海岸，喜歡撿拾漂流木，他螢幕發文，我島歷來的主人們共同完成了此一歷史性階段任務，「主人們終於、終於讓我們放牛吃草了。」

放牛吃草之日，天空沒有戰機、沿海沒有航空母艦巡邏，陸地沒有空飄傳單，沒有彩帶彩紙飛揚，沒有嚇人的警報鳴放，沒有武裝部隊登陸，沒有暴動，沒有集結抗議焚燒強國國旗元首大頭照，太陽下一切如常，如同一部運作良好的自動機器，荒島廢邊社貼出最後一則發文，引用扶桑人的俳句：「露水的世，雖然是露水的世，雖然如此。」因何他如此哀傷？

雖然如此，歷任大統領發表共同談話，安撫我島人一切將會平安如常，不需無謂驚慌。現任大統領結束確保我島安全不做砲灰之旅，於深夜飛返，嚴重的黑眼圈顯示他的疲憊，他沒有發表談話，坐進黑頭車，不再如往常一雙黑燦大眼銜著攝影鏡頭，奇怪島人亦無反應。

同一日，昆叔成功移植了一棵大牛皮樟到他的夢想之屋，原樹主說起來是七姆婆娘家的親戚，廢棄多年的祖厝終於家族全體同意改建，看過風水得遷移那樹，遂半賣半相送給昆叔。他好歡喜，他愛樟的香味。

我跟著去了，看著卡車載著大樹來，工人吆喝聲中，起重機吊起。屋基另一邊在燒枯落的枝葉藤蔓，飄來的煙霧繚繞，園藝老師傅帶著我爸屘叔幫那移植好卻發抖著的樹吊點滴，還得做防治蟲害的措施。枝葉燃燒的香氣引我漫遊雜林裡，我想像滿天星光或大雨敲擊的透明屋頂，如果得著一心愛的人，在彼一日，世上千年。

同一日，我看螢幕祖母貼的照片（沒錯，我是教練，教會她用螢幕拍照貼文打電話視訊），她還在東部哆羅滿國家公園的露營區。祖父過世半年後，她加入了基本四五個最多不超過八九個退休朋友組成的環島遊，一台露營車與一輛轎車，不擇時皆可出，覺得無聊煩悶，或興致來了，或誰生日，或結婚紀念日，尤其秋冬的雨季或寒流來襲，離開我城逐太陽而居，更是盤桓晴暖所在不願回來。他們鍋碗炊具齊全，汲引山泉，摘拾野菜野果，或直接向農家採買搭伙，得知附近有景點或奇特處便前往，日子過得快意極了。

我在你的藏書看過你以紅筆畫線的一句，「我要到人們愛我的地方去。」一旁邊手寫補加二字，「溫暖」。祖母替你實踐了，她在螢幕貼出報平安的照片，常見一夥怡然的老人圍坐吃喝，日光樹蔭下戴墨鏡，臉色紅潤。若取景得宜，藍天綠野，高高椰子樹，米色遮陽傘，露營車，你會疑心他們去到熱帶島嶼渡假。愛美的祖母，偶爾綁纏花布頭巾，著花豔衫。那是他們的晚年佳境，改寫所謂空巢的定義，自由自在吉普賽之巢。

他們且希望駛過跨海大橋，去到不能再前了的邊境，完成壯遊。

祖母這支環島遊隊伍是一個抽樣。你必然了解，不論是世界衛生組織定義的六十五歲，或歐羅巴洲一研究機構認為應以剩餘壽命衡量，七十四歲才是合理門檻，我島起碼十年前就來到老年人占人口結構最大比例的階段，他們顛覆了那則童話的圖像，戶外大雪封凍，洞穴中火爐熊熊，蟲蟻鎮日吃喝玩樂。螢幕言論主力的年齡層只有他們的三分之一、四分之一，此輩憤青堅持那論調，如此只享樂不事生產的大量人口是不道德地侵蝕整體資源，剝削他們的未來，是為老啃族。啃老族挑戰老啃族。

如此快樂揮霍的老人，活該遭妒恨。

一切，果真只是人類的老症頭，資源分配甚至是搶奪的問題？我的螢幕世代則更多了一深層恐懼，資源的枯竭。所以，老人們你們怎好意思繼續用掉我們的未來。

我也看過某一書寫者以海洋暖化而異常大量繁殖的水母形容老啃族。確實，從我的童年到青少年，老人如海嘯，他們遠離螢幕，漫淹向戶外山林或百貨公司餐館表演廳，活得又健康又充實，不知死亡之將至。一部分退化劇烈或意外傷害而成殘疾老人的輪椅族，日暮時在公園排一排，緩慢朽爛並散發沼氣。

人類之不得不殺老人到尊老、厭老、恐老的歷史悠久，到了這舉凡老醜殺無赦的螢幕時代，老人的技藝、知識與記憶被大數據與螢幕取代（拜託你認了吧，書的替代只是冰山一角），他們遂喪失桂冠與權杖，仇老恨老於是到達巔峰。

那麼，老啃族要怎麼辦？螢幕族是希望有一日他們像旅鼠的集體跳海主動消失吧。

我從小習慣與老人相處，十歲前，我已經看過祖父母幾個上一代長輩的死亡，跟著去弔唁喪家。我更突發奇想，畫過一本沒完成的繪本，小女孩抱著心愛的黑貓去找她平日的大玩伴，老公前一日死了還停靈在家。

我相信人們不會仇恨纏綿病榻求死而不可得的老人，畢竟物傷其類的惻隱之心總是有的。那些、其實是大多數遊山玩水唱歌跳舞健康養生的（咦這豈不是庸眾的願望嗎）不論，佝僂拾荒的也先存而不論，我認為最有意思的是那些戀愛中的雄老人與雌老人。

潛藏著繁殖本能的戀愛，自有其神聖的光彩與美，不合時宜的戀愛著的老人倆，是在灰燼裡翻活炭火。他們並行，對坐，看見死蔭已經上身的彼此，除了物質，除了身體，他們還能餽贈彼此什麼呢？

我忍不住預先想，當我也是老啃族時，世界將變成什麼樣子？

算是這一代老啃族的幸運，我島開始休眠實驗，我島人旋即開始一股出走遷徙潮，好像年年經過沿海夾帶大量海生物的黑潮，默默的誰也不必詰問誰，要走的走，留下的請記得關燈，不過夕日，一座垂垂老矣的島。

（一樣，噓。別吵他們，那靜靜老去的美人兒，那垂垂老去的野獸。）

我希望你猜猜，我們家族出走的是誰？留下的是誰？

海島的先天格局鋪設了他的命運，開敞的海洋，寬闊的海路，容易來容易去，歷來那一批批渡海成功而登島，或開墾或掠奪或以為遂其大計的中繼站，落地生根的流民，暫居的冒險家，時間才是最後的審判？現在我們回頭細看數百年的進程，我們能夠看到什麼？哪些是從前無法看出的？

有一個故事令我記掛，伸進汪洋的一處岬角上有一座白色燈塔，駐守的是一歐羅巴人，一雲海族女子與之相愛，其後歐羅巴人離去，扶桑人來，女子有信心等待戀人再來，終於等到了，其後兩人不知所終。

我每每想，如果你不缺席也在。我試著用你的眼光來看，譬如我們家族的這些年。我悚然發現那存在已久的事實，我是最後一人。

當祖父從安寧病房與一罐氧氣瓶送回家，在自己床上徐徐呼出最後一口氣，我趕忙看鐘記下時間。我為你而做。一個小時前，祖母還幾次強要意識與眼神潰散的祖父寫字吧，寫出你說不出口的，她硬塞了筆在祖父手中；最後半小時，她突然說，我去躺一下，抱著一條毯子頭也不回走到隔壁房間。我一旁看了好驚駭。要等日後我才明瞭，那是她對一生配偶死亡的負氣。

也是因為你的視角，我才頓悟祖母的自我放逐之旅。在煙霧的日光裡，她一手支頤，目光都是往日的雲煙。

在南風薰人沉醉的夜晚，一個雄性用力擁抱我，我心跳劇烈，月桃花盛開累累，開到最盛也就是腐爛，濕淋淋的垂墜，我冷靜如雕像無法回應，我懷疑自己是否有莎弗的基因。

一晌貪歡，唯欠砍頭。

愛與被愛，都是太沉重。

好多次家族聚會的恍惚一瞬間，我看懂了祖母有一顆永遠的少女心，我爸媽不甘心的結合卻都離不開對方，瘂叔的懦弱，瘂嬸的吝嗇自苦，一代不如一代，唯伯公姆婆是最幸福快樂的。

相較於祖父這一房只兩個兒子，伯公生了三女二男，長子滿月夭折。跟孤僻的祖父相比，伯公天性愛熱鬧，是個可親可愛的老人，尤其祖父不在了之後，他自覺不能讓我們家這一房太孤單，三不五時聚集兩家人吃飯，飯後泡茶開講唱卡啦ＯＫ。冗長的家庭聚會一定令你皺眉、找藉口落跑吧。

他們兩兄弟當年一起來到我城打拚，脫農入商，脫鄉入城，你鍵寫在螢幕且封存妥的檔案，我讀到你與堆疊成小山的家具窩在卡車車斗裡，啪啪響的帆布罩縫中看見縱貫線的夜空星星閃爍，進城時半空巨幅的霓虹燈，那潑灑的強光可比啟蒙。兩家初初擠一間樓房一樓，巷子底一窪長著姑婆芋還是荷花的水塘，颱風時大水險險淹進屋子，馬桶咕嚕咕嚕倒灌糞水。祖父囤積了半客廳幾達屋頂的塑膠墊，睡夢裡全是塑膠味，又跟伯公合開小吃店。家中有黑色的轉盤式電話。有同鄉陸續移居來，一家租在隔壁巷子，搬冰箱時一失手，栽下樓梯砸死了妻子。

住家附近一條大河溝施工加蓋，溝邊被拆除驅逐的違建與一處破銅壞鐵回收場頓成小孩的遊樂場，瓦礫堆壘著水泥涵管，某一個晚霞血豔的黃昏，令你鄉愁滿滿憶起家鄉老戲院前，秋涼時有賣膏藥的，表演老背少餘興招徠，你在思念裡記憶中響起嗩吶亢烈的聲響，立在防空洞頂覺得悲壯，想一人走到天邊去。

兩年後再一起搬家，靠近一條傍晚汽機車廢氣濃濃的寬闊大街，一家巷口，一家巷尾。對門一棟庭院養一條大狼狗的豪宅，有一晚出借拍電影，架起探照燈簡直是個小太陽，女主角穿薄紗睡衣手指腳趾擦紅蔻丹，你只覺她怪又臭。那個夏天，熱極了，柏油路融化黏住拖鞋，使勁拔起，鞋絆斷了；一矮胖同學姓毛家住鄰巷，一晚七點多他父親開除的員工來報復，將他父親刺死在巷底，是你與我爸最早發現那兩手握拳趴著的屍體，好矮，小學生般的身高。

祖父一度生意失敗，搬到隔街傍著菜市場的違建群，一戶二樓低矮的陰暗木房子，好奇怪樓上樓下除了樓梯另藏有一狹窄暗道，那暗道其後牢牢嵌入你的大腦，像一個暗釦，不定時夢見，最長間隔數年。

祖父南下躲債那年，又搬去一脾氣古怪外省老頭家分租一間房，玄關有一座書櫥，線裝古冊仿本，你一本本偷拿出來竟然全翻看完了。老頭那燙了一頭捲髮的兒子與女友成天穿少少的無所事事晃蕩，水泥地燙腳的下午，兩人在房裡呻吟尖叫，一晚女友的父母兄弟來抓人，兩軍咆哮叫罵，木地板踩得咚咚響到半夜。

這些是你對我城愛怨的局部底色。終你一生，你不會再有時間在另一個城市活得這麼久。

伯公的三個女兒，一個比一個悍。大姑姑的前半生你知道，嫁了個有控制狂兼被迫害妄想症的瘋子，兩人一邊吵罵互毆，一邊生小孩，然後大姑姑不斷逃家、訴請離婚，夫妻倆再打電話寫信互相指控，又生了一個小孩。我幼時看過高大的大姑丈下跪哭號，掌摑自己不是人，請求原諒，伯公姆婆氣得罵他禽牲。大異於大姑姑冗長的鬧劇一齣，二姑姑遠嫁歐羅巴洲，三姑丈則是滯台的西強國人，生的混血兒果然秀美，證明人種雜交的優點。

伯公九十歲大壽，熱鬧滾滾的家族盛會，人來瘋的三姑姑拉著白人姑丈帶領大家向伯公下跪磕頭，祝賀福如東海壽比南山。我一閃神亂想到程咬金心滿意足大笑而亡。客廳的波斯地毯是三個姑姑送的，親戚也送來幾大盆蝴蝶蘭，雪白紫紅，一朵朵拳頭大。伯公確實非常高興，禿頂而環太陽穴還有白髮，神似南極仙翁，與姆婆看著一屋子兒孫親戚，他想的是什麼？他的基因藉由兩個姑姑將橫過大洋散播到另一塊他從未到過的土地，人的一生可以如此神奇。千萬年前，南海島嶼的植物種子隨著海湧搖晃到我島。他搬出幾大本相簿，大家驚奇發現曾祖母根本就是原民的五官臉骨，只差沒有黥面纏頭巾。伯公看著三個姑姑笑說，「伊烈性，發性恆時，孃耙耙。」三姑丈聽得懂，接腔，「有遺傳到。」

我們家族確實有這樣的長相特徵，偏矮，黑皮膚，晶燦大眼。老照片有一張在老家大埕，祖父與二伯公抓緊了一隻竹篙，讓伯公猴子般豎上篙頂。

伯公還是欣羨他看過的一則新聞，五代同堂，三合院大埕的家族合照將近兩百人，真旺，姆婆斥他貪心。他開始講古，一個一百歲老人，醒來突然不識得眼前的老妻，吵欲找伊，兒孫只好帶著他到記憶中老妻的娘家、她愛去的寺廟尋找。長孫是醫生，解釋人有肉體與精神兩種生命，後者過了某個年限反而突發旺盛的意願，推測老人一夜夢見老妻的盛年模樣，醒來後，他的心他的精神生命強烈地要抓住一生中完美歲月的象徵，永遠停駐。肉體生命走到盡頭前，內心的春光迷亂。

我好驚訝看著伯公，那明明是你藏書中一冊，你很敬愛的一位作者所寫的故事，是你曾經講述給伯公聽吧。他聽入心，居然消化轉為己有。故事的神奇。

我找出原著重看——壓花似的書頁上有一隻完整壓扁的蚊屍——才知作者是位老先生過世好久了，你有他全部著作，我一本本慢慢看，讓他帶領我穿過時間的迷霧，回到久遠的從前。我漸漸了解為什麼你會敬愛他。他在靠近瑯嶠的開闊田園遵循四季的節奏自耕自食，熟識植物昆蟲與飛禽走獸，遠離現代科技產物，無為逍遙，好令人神往的古早時代。屘叔的山上夢想之屋將來可與之相比嗎？

落著春雨的深夜，記憶觸醒我，你曾經要我朗讀一段你非常喜愛的經文如此：「我夜間躺臥在床上，尋找我心所愛的，我尋找他，卻尋不見。我說，我要起來，遊行城中，在街市上，在寬闊處，尋找我心所愛的。我尋找他，卻尋不見。城中巡邏看守的人遇見我，我問他們，你們看見我心所愛的沒有？」

看見我心所愛的沒有？老作家亡魂娓娓寫道，根據地質學家測定，二億二千萬年前，我島由海中褶曲隆起。千萬年、億年，那還是時間嗎？求不死藥的古人以為是海上神山，又名之東鯷，夷州，澶州，紵嶼，流求。我們可否做此天真的假設，既然是孤懸海外，那就保持遠觀而不褻玩的美好距離，讓瘴癘之氣永遠封存我島於蒙昧吧。讓肌體漆黑且水性極好、俗稱烏鬼海盜的毗舍耶蠻人生養眾多，也讓小矮人、有尾人、足指如雞爪上樹如猿獮的雞距人免於絕種。讓猿猴、野牛、麋鹿遍山遍野，讓平原都是覆頂的野草，車行其中，如在地底。

若能如老作家熟知我島的過去，心中自會有一張無人可以篡奪的版圖。

伯公壽宴那晚，喧鬧到半夜，我們趕他與姆婆去睡，我爸與屘叔顯然心中有事，趁機會要跟二位和番的姑姑談談，大家圍著大圓桌，桌上幾大盤豐盛的菜尾，氣氛變得凝重。大姑丈喝多了，攤在沙發上呼嚕著酒氣。

三姑丈不久前才回去一趟西強國家鄉，兩年沒回去了，他在家具公司做得很好，經常得去工廠所在的南海諸國出差。他給我們看幾段影片，父母家在小山丘，四周一望無際的玉米田，冬天大雪後彷彿白色沙漠。他這次回家碰上鄰近大學一群國際學生來參訪，他父母親每年必做的好像儀式，請學生吃一頓飯與自製的冰淇淋，他駕駛曳引機加掛三節拖車載著學生農地繞一大圈，鏡頭最後是在驚呼聲中停格在趴死鐵絲網上的一隻狐狸，野風吹著那皮毛。

三姑丈坦承，不論他走得多遠，家鄉永遠在那裡，那永遠的玉米田與冬日的雪，記憶所及，從未變過。

二姑丈說起去看日出雲海，上次去是七八年前，山頂的攤商現在還是拿著擴音器立在椅子上一直聒噪，吵得他恨不得一槍射殺他，誰給攤商許可這樣占有並破壞公共空間的？現場的人居然像一群圈養飼料雞，沒人敢出聲抗議。

二姑說姑丈已將短片連同抗議信電郵寄給大統領。

屘叔應，他才沒那米國時間管這些事哩，日頭赤豔炎，隨人顧性命，談正經事，兩位姑爺是怎樣看我島的狀況？是否得做好隨時落跑的準備？譬如，先買好機票。

三姑丈以道地的南部腔說，安啦，老實講，我們真的沒那麼重要，更正確的說，以前的重要性已經過期了。攤開世界地圖，不管是區域整合，或是什麼戰略策略部署，從來都是大國強權在制定遊戲規則，大家看，地圖就長這個樣子，我們在這裡，重心往東北跟西南兩各方向移去，所謂船已經開走了。但我們依然在這裡，就像久遠以前海港有雞心石阻礙航道。

我不認為會有毀滅性的大變動發生，我們還不如擔心超級颱風或大地震海嘯呢。我舉個也許不是那麼對的例子，海洋中有不少迷你小島，人口從零到幾百或幾千，我覺得最悲慘的是入侵者用過剝削過就頭也不回的離開，還留下無情的評論，那裡荒涼得像地獄，鬼魂都不屑一顧。我們不是，絕對不是。安啦，塞翁失馬，焉知非福？想走的就走，走不了的、心甘情願待著的就好好留著吧，每個人為自己的選擇負責，這不就是真正的自由。這樣不是很好嗎？

三姑丈撫著三姑的背，呷一口紅酒笑說，歡迎來依親。

屘叔說，我們的馬沙大統領，瘋瘋癲癲的，又愛畫虎卵。我同意，大船已經起錨準備要開走了，諸神退駕，我們將成為三不管地帶、化外之地，時光倒流回到五百年前，那時的帝國或許認為我島海岸以東便是世界盡頭。其實這樣也好，大神們的無形大手統統收回去吧，別再擺布我們，別再當我們是棋子，讓我們自生自滅。

馬沙那傳說中的女友，他曾經不無炫耀的細數她的血統，他以為自己即將成為女友豪門家族的女婿吧，所以代為吹噓女友也有幾分奧匈帝國的貴族基因，她一位祖先是航海冒險家，七海遊俠，三百年前偶然機緣來到我島東岸（唉，不過是航海配備不良因此誤判行錯航道罷了），驚豔天然資源的豐富，氣候良好，原民部落的溫和，一開始船員與原民打殺一場隨即握手言和。冒險家的紀錄，不過半個多月的停留好像登上海角一樂園，獲得頭目餽贈黃金珍珠（唉，不過是琉璃珠與海貝），而且他判斷河口有滿滿的金沙待淘起，先淘先得，因此他兩眼發亮生出一個通盤的殖民計畫，計畫回返歐羅巴洲兜售，包括建議每年移民一團男女各二百人來繁殖稱為種子，最終目標驅逐所有不屈服的漢人與原民。

真是可惜啊——我應該認為可惜嗎？

假如三百年前那吹牛冒險家也像哥倫布得到皇室的大力支援，假如他夠奸巧也能精心創造掀起一如黑色鬱金香的投資狂潮，假如他的大夢計畫成功，艦隊穿越大海而來，從東岸登陸，先以大砲毛瑟槍征服立威，繼之移植他運載的器械與知識，我島於是成為彼時歐羅巴現代文明在亞細亞的分支，一個前哨站。那些不願被驅逐而願意臣服受其統治的後代子孫到了今日，將會以什麼人自居？操什麼語言？寫什麼文字？穿什麼服飾？也算是歐羅巴人嗎？亞細亞裔的歐羅巴人？因此是更進化更優秀的人種？我們可會是其中一家如同華族？

歷史的喜劇，鬼使神差般的機率，得著的是幸運是僥倖。

歷史的悲劇，舉凡硬頸、骨氣者與先行者，先遭砍頭先挨子彈先做亡魂。

周遊強國回來的大統領馬沙，大家問他我島的具體對策是什麼？島民的身家性命與財產有完全的保障嗎？他戲仿古人，吟詩兩句，忽聞海上有仙山，山在虛無縹緲間。

螢幕流竄幾種流言，看來都很有道理。歷來的好戰派氣急敗壞地像在玩文字排列組合，所謂的中立、休眠、實驗，根本是另一種零和遊戲，實質上就是放棄，放牛吃草。正面看待，我島從此得以完全自主，前一階段歷史的終結。那麼，我們不妨野心大一些，將夢做大一些，好像碼表歸零，重新開始。海禁、禁漁不夠，空禁吧，還要一系列的禁制令，禁止砍伐林木，禁止打獵，禁止挖鑿礦產，禁止有毒污染，禁止槍械彈藥武器，禁止化肥，禁止私有車輛，禁止電玩，禁止廣告，禁止跨國企業與連鎖便利商店，禁止過度的慾望，禁止開發，禁止再蓋新廟。

禁制令名單勢必增衍下去，不只一胎化，零胎化，禁止生育三十年。

所以，願意留下的才留下，不能接受禁制令的歡迎趕快滾蛋。

螢幕流言最有力的，根據內幕消息，馬沙與兩強國簽署移民協定，扶桑國則是以其人口飽和為理由悍然拒絕。

愛算舊帳的我島人，為何漏了這一條大的，一百多年前，愛新覺羅帝國割讓我島給扶桑國，他們的國師曾經在報上如此凶悍發文，扶桑國版圖之內，不可有不順之民，或有人憂慮島民逃光，全島空虛，哼哼，扶桑國內正苦於人口年年增生，正好遣往補充，「我輩寧可待望島民自然逃去。苟不從我政之輩，一日亦不得存在於我版圖之內。苟有抵抗我兵者，叛民凶徒之類，不問兵民，全數誅戮，使成焦類，以全掃蕩之功。」

一百多年前，不服從者該殺就殺，而今歷史大幅進步了，我島人從來沒有被賦予這樣的選擇自由，如同一根黃金弦，各憑意志彈得錚錚亢亮，你要選擇當西強國人？還是東強國人？不選擇就是做我島人？先別高興，選擇的先決條件是，第一得有雙方政府鑑定的良民證，第二經由銀行團設定，交付一筆足以支付買房、生活費與醫療保險的保證金。螢幕如沸油炸排骨的痛罵，這是貧賤不能移條約。

所以，屘叔的大哉問，走還是不走？

兩位姑姑凝肅無語，兩位姑丈一手轉著酒杯，不敢輕率給答案。

那幾大盆累累盛開的蝴蝶蘭終於散發出極淡的甜香，讓人聯想到繁殖力最暢旺的妙齡女子。

他們的煩憂於我不成立。只是突然我覺得心頭煩躁，我悄悄拉開一扇窗，探頭呼吸一些新鮮空氣。有微微濡濕的夜霧。

我看著繁花包圍的家人，彷彿他們在夢的歧路前，有些發愁呢。

如果你也在，你會奚落、責罵，或是與他們一起愁困？

如果你也在，我會告訴你，上一代家人想去與不想去的天堂地獄我都不樂意加入。即使你敬愛的老作家筆下的田園世界，雲雀之鄉，黃昏的魚鱗天，我也不樂意去。可以預想，除非意外，我必然是獨自一人，家族終將如煙消逝。

多希望你在，我會告訴你，我加入一項名為甲必丹計畫的船舶駕駛訓練，課程從古法製造獨木舟開始，兼及四季洋流的認識。不許片板下水的海禁嗎？這一次我們來挑戰試試。

我們要衝破我島休眠的蛹殼。

那不止是一座島嶼的故事。
在那裡，我認識了一個人。
下次再寫。
祝你好夢。

Love，姪女 電姬

6 我們都在等待彌賽亞

Sealed with a Death。以死封緘。

（好吧，稍做解釋，古老的一九六〇年代初，曾有一首甜美緩慢的流行歌，Sealed with a Kiss。雖然我們得向夏天說再見，但我允諾每一天將寄給你我所有的愛，以吻封緘。那時候的夏天特別悠長，那時候的戀愛中人特別癡傻。）

一位朋友曾經跟我聊起他一個軟體設計的想法，純粹是無聊玩玩，預先寫好的信於死後再寄給親朋好友或厭惡的人，擇節日寄賀卡附照片亦可。延遲若干時日的告白、揭祕、祝福、甚至是一頓譏幹譙，總之遊戲時間讓收件人無從回應那亡者寄件人的回馬槍。

據說今天是你與CyB908正式交往的第六十五天，你帶（邀請？）他來與我們家人聚餐。此刻我在一家咖啡館，放眼看去都是螢幕人，元神盡被手上眼前的螢幕吸去。也是我自己無聊好玩吧，回應那想寫「以死封緘」惡搞軟體的友人，我用最古典的紙筆來寫一封信給你，看機緣你幾時能讀到。

你自取的代號，電姬，真是古怪，更古老的形容詞是古靈精怪。你解釋，我們不就活在電子產品的數位世界，姬是美麗的女子，是女子誰不希望自己是美麗的。幸好你沒有畫蛇添足自名電姬人，你如果搜尋，將發現曾有一位美髯大藝術家在他的遺囑稱其晚年伴侶為姬人。

你應當知道，今天聚餐是愛熱鬧的伯公的主意，得知你戀愛了，他便很好奇想見你的小男友。我們得向他解釋你的戀愛與男友是一場人工智慧設計的演習，旁觀者尤其需要想像與包容。若干年後你回想今天，你會感念伯公是多麼可愛的一個老人，對時新事物總是睜大眼睛想一探究竟，雖然那是他即使心嚮往之也來不及去往的黃金國度。雖然，當你的小男友也稱呼他伯公，並就著菜單與你討論點什麼餐，他為你分析每道菜的熱量與營養成分，食材製造的碳足跡數值，還是讓伯公嚇一跳。

我們請你傳一張小男友照片給伯公看看。他看著喔了一聲，問：「是外國人還是阿諾寇？」混血兒。野草叢般的藍色頭髮，短臉，閃著星芒的大眼睛，長大衣，高筒靴。我忍不住也笑了。

我好奇，你讀到此信的時候，對今天你還會記得多少？

全家人唯恐你糗大，一半心思吃飯聊天，另一半心思注意你與CyB908的種種互動。我很後悔事先沒有想到偷偷拍攝下整個過程，送給未來的你，那影音檔將比這一封純文字信更豐富吧。看了便明瞭一切。

真可惜，未來的你應當看看今天的你，你一生中這樣的神奇時光只能有一次，發生的時候你自己並不知道。世事原就如此，我們知道自己在地獄，放大自己的苦難，卻不知正在樂園的至福時光，必得等到離開了回頭一望才頓悟。

坐在你旁邊，我確實看到的是一腳還在孩童階段，另一腳已經踏上少女領地的你，你的初航，神光離合，乍陰乍陽。CyB908於你真實不虛，你動員全身的意志與那猶如蓓蕾的情感，因此輻射出光采與甜蜜香息。有光暈包覆著你。你整個人就是蓓蕾。每當CyB908回答或詢問，你那塊小螢幕光噹一震，你眼睛與嘴笑成弦月。你偏頭細想著，一心要給予對方最好的，你豈知那時的你有神力在抽長，擴散而庇蔭了對方。你的臉、耳垂、指頭透亮如粉紅玫瑰。如是我見，因愛戀而昇華，因傾慕而天使。

這時候的你怎會知道今日愛染，來日必有的磨難、不堪與損毀。你還不需要知道，成人世界好佳哉離你尚遠。我竟然有些像那些癡傻父母，唯願你駐留在這時刻。

那時，我還是只能老套的想，活著的美好正是如此吧，下一代出生了，稚嫩的生命體彷彿上一代重生。即使你所愛慕的沒有血肉之軀，伯公的用語是「光頭白日在做瞑夢」，即使那是隨時可以刪除的軟體，然而你動了真情，虛實易位，這事就成了。

兩三年前開始，我開始覺得時間愈來愈快。我們不要庸人自擾，妄想了解時間是什麼。時間感卻是每個人意志的軟肋。它加速度的前進，令我不時焦慮。

我應該坦承，與其說是焦慮，我是厭倦現世再也無一人無一事物能夠讓我愛戀傾慕。生之慾，是愛之慾，是善之慾，向光之慾。而時間催迫，不論我去到哪裡，我好像是處在一間即將崩塌的房子裡。

我並非恐懼死亡。我來到想及死亡反而讓我平靜的年紀，像是等待一位久別老友的到來，我專注要看清他的樣子，問他遠方我不理解的許多事。也是這兩三年，熟知的人老死的，猝逝的，或各種疾病摧殘死的，人數突然增多，這些提前的死亡警醒我，每個人的時間鐘面的不同，他們如煙霧散入風中，歸於大化，我竟然隱隱為他們覺得幸福。

而有你在我身後追趕，時間感益發快速。

聚餐結束，全家鳥獸散，我這才發現你穿了一雙美麗的紅鞋搭配蕾絲縐紗白襪。你從左肩斜掛到右腰際的小包包裝著那塊小螢幕，裡頭有你的CyB908，我看著你籠罩在光暈裡離去。

我不禁想，我現在的處境是獨身者的懲罰，是我這類人自食其果的時刻。

Sealed with a Death設計者與我的共同友人，一位攝影師，也是獨身者，不久前在睡夢中死去，是心臟的潛疾，他獨居住處即是工作室，我去幫忙收拾善後。那老公寓是他父母的，我們幾位友人聚會的好所在，有廚藝的下廚，趕案子或無事消磨到半夜，攝影師一屋子的大開本攝影集，鏡頭、影碟、CD、玩偶，真是萬幸沒有貓狗寵物。他父母很理智，並不啼哭悲慟，要我們有喜歡的拿去當紀念。我看著一屋子的物件，又一次徹底了悟何謂物累。

物哀，物累，一體兩面。

我走過半個城市回到家，經過一整排欒樹，一陣和暢大風吹得樹叢海湧，我以為那是友人與我的最後告別。

我一直懷疑猝逝友人極力隱藏他的躁鬱傾向。好幾次夜談，他懊喪的結語，對一切非常的厭倦，他問，還有充裕的時間離開我島到別的地方創造第二個家鄉？活用另一種語言？礙於朋友的底線，我不願嘲笑，無病呻吟的蒼白的中產階級啊。我也不願點破，自由慣了的獨身者總也有初老症候群發作的時候。

友人於睡夢中悄悄猝死的時候，螢幕火熱地連署推動島民忠誠卡立法實施，所謂的忠誠與出入境資料整合，每年度統計每一島民居留島內時日，作為個人所得稅扣除額度與健保費率之基數。忠誠一如消費回饋，就是要防堵那些自稱我島裔的東西強國人，不繳稅，卻每年候鳥般來享受洗牙補牙、全身健檢的優惠。螢幕另一提案，忠誠卡結合環島旅遊，景點拍照上傳「這裡最美麗」、「這裡最美味」，要如何優惠？

這一年酷暑，三大洲蜜蜂持續六年大規模神祕消失，農產品價格紛紛上漲，螢幕再流竄一則消息，一支研究小組發明了奈米分解廚餘再造食用油的技術，西強國資源回收業組團來洽商購買專利。

我那Sealed with a Death的瘋癲友人憂心地球遲早給人族吃垮，女友帶他去參加靈修團體的聚會，一身白袍飄飄然的師父是個善於說故事的人，輔以幻燈片，說從前從前很遠很遠的汪洋大海有一座遺世獨立的小島，為充滿飛禽野獸的森林所覆蓋，渡海發現小島的移民大規模砍樹闢為耕地，好高興的圍捕獵殺開採，以為用之不竭，人們也很努力的耕作吃喝生育祭拜，如此數百年，小島終於耗竭，再次遺世獨立只是變成了荒島。

他們的聚會所，紫檀木地板，光亮且香。我笑他，好俗濫騙小孩子的故事。他嚴肅回答，是真的，夏天師父將帶隊飛去那遙遠小島踏查遺跡，讓大家眼見為憑，看考古隊挖掘出的最後一個餓死的島人的遺骸。

假設最後的島人來得及逃生出去，他回頭一望，會看見什麼？

我贊同友人的只有一點，長時間的距離驅使我們冷靜看清事物的真相。若千年的時間足以去化我們愛慕的人的皮囊血肉，剩下一堆骨骸，那時，我們還愛慕嗎？需要更多的時間，幾十或數百年夠不夠？讓一座城市衰敗成為瓦礫，那時，我們還愛嗎？

~~要多久才算是長時間？~~

~~若非此時，那是何時？若非此處，那是何處？~~

~~若干年後，我島我城將會是什麼樣子？~~

我臉紅耳赤著看完這幾頁的滿紙荒唐言，腦袋像齒輪生銹卡死，想不起來我為何寫了如此一封最末三行被塗抹、未完成的信。藍墨水鋼筆寫就的信保存得很好，絲毫沒有泛黃或破碎的滄桑。墨水是同樣喜愛寫字的友人送的，瓶蓋上一朵胖胖六瓣白花，他解釋是高空俯瞰第一高峰的意象。一位晚年傾心玄祕的學者，他住處窗景即見那美麗山峰，他認為有助他思考曼荼羅。

我記起來，那年伴隨著色本的流行，鋼筆寫字復興，冷氣強得森森然，窗玻璃掛著反核布條的咖啡館得以看見人們離開螢幕，掀開一盒色筆，執筆就紙，有那認真的塗色至嘴綻開好像回到幼兒狀態。

螢幕上癮症蔓延的時日，癮者勤於拍攝食物，拍攝自己，勤於逐色，隨時誘發自己處於發情狀態，難怪他們那麼厭憎色衰、露出殘相的老人，卻又絲毫不覺自己面對美色兩眼發直、流口水的醜態。然而螢幕上的色慾對象畢竟是電子化像素，癮者一如夜蟲趨光叮叮咚咚撞上玻璃窗，一次次的挫折之後，總有短暫醒悟的時刻，那就回到像幾萬年前的老祖宗在洞穴著色畫圖吧。

那年冬天北極作怪，平地下霰，海拔不到五百公尺的山丘積雪，癮者湧向高山去，一樣，集體行動全在螢幕貼上霜雪霧霰的照片。瘋癲友人說他去做了忠誠測試，反正遲早得做，但他像犯規球員得了黃牌警告，必須二次測試。是日他單獨進入一祈禱室般的房間，牆上並列我島與強國相同尺寸的立體地圖，一首首音樂流淌，他聽辨有各地民謠與古調，接著是一分鐘的各菜系的烹調氣味，他判斷有高靈敏的隱藏鏡頭偵測著他的心跳、體溫、瞳孔與眼球轉動速度，數據顯示他的情緒反應與認同傾向那一邊。他不明白何以會得到黃牌警告，蔭豉、味噌還是蘿蔔乾、臭豆腐還是壺底油出現時，他皺眉了？魚露、蝦醬、薑黃、香茅、紅糟、臘肉、鴨羹、臭魚出現時，可是什麼表情呢？臭賤、賤人還是媽個屄，哪一個讓他最反感？他懷疑是自己夢幻嗎，有一瞬，牆上兩張地圖換了祖父母遺照，那是幼時掛在鄉下老家客廳牆上，祖父大嘴厚唇，很少照相因此瞇起眼睛一副文明未鑿，祖母則因為某次颱風水漬漫渙成了寃魂模樣，相關單位如何蒐集到的？大數據已竟全功了嗎？那麼，那整條巷子扶桑花盛開的糖蜜味是真是假呢？還有，他是寫在螢幕上懺悔，中學時全家搬到南方古城，巷口臭得人頭暈的七里香，讓他忍不住一個黑夜提一壺摻了一整包鹽的沸水燙死它，也特地調出來讓他一聞，喚起罪惡感？走出祈禱室般的小房間，他難免背脊有些發涼，媽的，「老大哥監看著你」。

另一位女性友人則是非常憤怒，堅拒忠誠測試，自由與尊嚴缺一不可。但她又相當篤定，沒有忠誠卡對她構不成威脅。境隨勢轉，她犬儒地要賭一賭這政策能貫徹多久。我島人從來在乎的是有沒有跨越國界、自由來去的本領（資本吧），譯成白話就是大難來時是否有能力及時落跑，就像一百多年前十九世紀末偽裝成阿婆黑夜逃走的將領。是以我島人對歷任大統領的最大疑慮是、海峽開戰他們會不會第一時間坐上專機飛走？上世紀九〇年代中期，大選前強國在海峽空包導彈演習，島民或驚恐或冷眼或惱怒，南部古城好友曾經也是室友，連日焦慌地催問我機票買好了沒？有困難就找他熟識的旅行社。他已為全家買好飛東南亞古老佛國的年票，兩種強勢外幣也買齊了，銀行貴賓室滿滿的人潮彷彿逃難前夕，以前行員給他的禮遇全都沒了，因為排在他前面財力更雄厚的大戶起碼一百位；他抱怨年幼時經歷過聯軍暴擊、疏開逃過空襲的老父還笑嘻嘻調侃，好啦地下室囤的白米尚多，屆時每人背一布袋來去山裡偎靠三伯。

是日咖啡館隔壁桌二位年齡差距頗大的西裝男，談完防水排濕氣等機能布料的業務，年輕的解釋他與夥伴分工負責，他的是穆斯林路線，每次商旅，吃飯最是苦惱，那米飯生硬，乳酪總讓他拉肚子。老男人大嗓門，說移民南美洲三十年，突然螢幕接到小學同學會通知，他一個名字也記不起來，但趁出差繞回來。年輕男說去過伊瓜蘇兩次，老男人驚呼再來再來，我讓我兒子開休旅車我們再去，要露營才過癮。

我旁聽著無限神往，風吹自由心，世界好涼快。

但最讓人厭惡的莫不過那些出走去做西強國人的回來省親渡假，約了老友咖啡館開講，舉凡講起西強國的住家之大、前庭後院還有汽車兩輛仍然常常不夠用、兒女學業之優異會兩三種外語、名牌商品物美價廉種種便特別大聲，神情亢奮，簡直視我島人如蠻荒人。

忠誠。不過數百年前，紅毛大船駛近，洋番划小船上岸我島，我先人卑恭笑顏迎之，呼喊，來、來，大人來，綴我來。先人領洋番前去以物易物，設宴款待，待送對方返回大船，在岸邊他是否心嚮往之，滄海之闊，輪船之奇，覺得大丈夫當如是也遨遊七海？設若某一位大統領潛逃去國，飛機升空他回頭深情一望，他最悵然記掛的會是什麼？

與憤怒友人在寒風凜凜的街頭相遇，她兩頰凍紅，一頭蓬髮好幾叢髮根的染黑退色，手持長長一根樹枝，因為堅持友善環境永遠棉麻衣裙已經洗得沒顏落色，我暗暗心驚，她沒瘋吧。我問是打狗棒？她噌答，愛狗唯恐不及，何況人比狗可惡萬千倍。我們西望百年歷史大禮堂的牛眼窗，左望巷口一排彷若廢棄的三樓老洋房，圓形或三角形山頭下鮑魚飾，複麗花草裝飾的立柱，圓栱窗，屋頂甚至有為金庫守夜的貓頭鷹雕塑；我們頭頂茄冬樹的濃蔭蔽空，腳踩陰雨數週的積水，一陣寒風吹過，雨滴落擊水面，蕩開成為幻境，或者時光隧道，一跨步輕易回到從前，不要太久，一百年前就好，那是成功複製歐羅巴具有完備都市規畫的新興城市，像是從國外明信片或著畫報剪下吹口氣便落地長成的一場大幻術，數大街廓，建材如紅磚洗石子、風格如巴洛克與尺寸合宜親近人，所以人行走其間不會煩躁鄙下吧，整面街屋的立面連綿而成一長幅立體畫，莫忘建築也是會呼吸的。而舊城牆還在，城門外還有鬼塚狐窟，菜田飄著糞味。請持續不懈回想，白天往來街廓的摩登男女，入夜如同節慶的燈光，衣衫的香氣，鞋履的光亮，一個新時代的驕矜。因為有所比較未免癡想，那會是比較美好溫潤的時代嗎？現代文明的榮光姑且從建築與街道開始，然而，咦，我們豈可輕易地就忘了這是殖民者、統治者的圈地自貴？彼時城牆外的我島人只能是賤民。

漫遊美好城中，天上白雲飄盪，我們希望自己是什麼身分？留學扶桑國取經成功歸來的時髦人，脫茶入酒與咖啡，言談必雜外來語？努力呀努力向上爬，大商社或者官府大人？回歸線或更南的鄉鎮青年，搭乘機關車第一次入城瞻仰帝國盛容，衷心讚嘆這是亞熱帶的歐羅巴？果然，數十年後，我島某一任大統領，任滿多年後銀髮蒼蒼但仍勇健紳士樣，返回母校操流利扶桑語頌道，扶桑國以現代化管理統治我島，建立我島現代化的管理體制，島人怎麼可以不食果子拜樹頭感謝？

垂垂老矣我城，整排洋樓街屋徐徐展開的立面浮雕逐一遭毀棄，數個街廓也加速蕭條，還營業的老店傳到不肖子孫已心不在焉，興旺的唯有那古老城隍廟，求姻緣的女信徒是大宗。

等到友人兒子後馱黑色背包趕來會合，低溫風中，我們取道曾經舊城牆的路線，厚積的雨雲移動得比我們的腳步快，蒲葵沙沙響，不避開人行道大片積水，水面震碎，遂得以假想大地震毀滅此城。

一間腳踏車店，暖暖的杏黃燈光，凌空吊著好幾輛想必是鈦合金、碳纖維車架，其纖細矯勁隱隱然一頭花豹。友人兒子額頭抵著玻璃門好像癡戀情人，說他正在存錢，有些苦惱不能決定要買哪一輛。

我們再涉過一攤積水，某公營事業總部的一角蓊鬱樹叢，友人與兒子停步張望，找出隱蔓其中的纏繞莖葉，友人伸長樹枝杖探入樹叢一拉扯，勾出一長條，兒子鷹眼一瞄，點頭認證，下手扯斷，母子嘆這莖真粗。

小花蔓澤蘭，千萬別讓那浪漫名字唬住了，友人兒子從頭詳述，一開始極可能是藥草商引進的外來種，是治肝病的偏方，你聞聞，屬橘科的刺激香味也可祛蚊蟲，然我島潮濕炎熱，投合它原就旺盛的繁殖力，生長速度駭人，像羅網攻擊植物林木，看似溫柔的纏繞，不著痕跡的絞殺宿主，真是高明的殺手。你看這心形葉子，葉緣鋸齒狀，美吧。

他繼續講解，就像藥用廣泛的菟絲子，菜市場或草藥店一綑綑賣，叫無根草，則是麵線般覆蓋寄生對象，長出吸器侵入吸取養分，直到精盡樹亡，難怪識者以吸血鬼形容。

所以，他跟夥伴想設計一款遊戲軟體，言情加犯罪推理的跨類型，小花蔓澤蘭是一號女角，菟絲子是二號，最後二女在房號四二〇終結決鬥，還是遭藥頭男角設計互殘？四二〇是國際大麻日。他聳聳肩咕噥，什麼冬烘腦袋還列為二級毒品。

一直到漫長夏天，我每週末或週日加入他們母子成為除蔓三人組，除了六月有兩週友人護送父親骨灰到南部入塔。拔扯長莖，丟棄向陽水泥地上曬死。嫩莖螺旋狀細密地纏縛宿主枝幹，老實說，令我想起楞嚴經文字：「汝愛我心，我憐汝色，似是因緣，歷百千劫，常在纏縛。」

總是除不盡的是一社區游泳池的龐大馬達機組其旁低濕空地，我們隔著鐵欄杆尖著眼睛找出鋸齒心形葉，蹲下伸長手去搆，遍地肥綠野草，一隻大白貓沉著地看著我們是賊是盜；有時使岔了力，韌莖啪的斷了，一屁股跌在地上。我誤扯一條雞屎藤，臭味溢散（以下略去兩百字的追憶小時候鄉居），敗興而去，迎面一群人手一杯冷飲的胖嘟嘟青少年。祝福他們一日一大杯，早早養出脂肪肝。

時值剝皮樹白千層的絨毛花飄揚，我想，可以使力的事就是除蔓吧。我島遍地寶藏的時候曾經有過，島錢淹腳目的時候早過去了，好夢由來最易醒，野草掩沒前行的路徑則是必然。

看似無止盡的夏天，我們曬得背部長痱子，膚色紅黑，自覺有如旱魃，每有西北雨，遙看都是半天烏雲聚在山邊如臥蠶，大雨下在遠方，偶爾幸運地讓我們得見閃電鞭落像一把珊瑚枝。然友人比我積極，她採集美人蕉種子，覓那枝莖頂的蒴果老熟風乾成為灰黑網囊，一個個拔下搓去囊衣，其中黑色圓形種子如征露丸，收放塑膠袋，其後沿路撒播。彼此都是一頭臉汗水，我邊採乾焦的蒴果，邊說要裝一瓶送給腸胃不好愛拉肚子的某某，誑他是新上市較小顆的加強型。

一百年前，軍醫父親曾來我島的扶桑女作家寫過，美人蕉宛如一朵朵在半空中燃燒的熊熊火焰。

將會有一年，漫長夏日，滿城盡是美人蕉。

我咬一咬種子，驚覺它堅如金石，友人問我大統領翻新內閣的新政焦點，愛心普查的看法，簡言之，由於稅收長期不足，身為島民你願意接受年金與退休金打折領取嗎？折扣未及時給付金額，所有人依其意願移轉或贈與，亦可視同有價證券，或如同保單可以貸款。普查項目二，你願意接受的折扣選項是20%？30%？40%？50%？你有親生子女可以繼承嗎？螢幕問卷有跑馬燈，「真愛留給下一代」，「留給下一代真愛」，「愛心毋驚落土爛，勤儉積福代代傳」。獎勵辦法，同意折扣者將獲大統領頒給金質愛心勳章一枚。但書，若同意者人數過多，擇期公開抽獎，螢幕直播。

螢幕訊息究竟是真是偽，愛心勳章設計大賞，選出入圍三到五款，再由螢幕人投票選出首獎。隨即有人貼出六芒大衛之星，其後回應，永遠的冠軍；或者提議，集滿十枚，送東海岸養老村一戶。再一則，口號為什麼不徵文？貢獻一個，給下一輪太平盛世的愛。

關於除蔓的最後記憶，體感溫度攝氏43度的下午，我們橫過無車的柏油路，將影子甩在身後，路這岸的黑板樹疏枝後如鬼剃頭，不過數秒，路彼岸的日頭似是更焦黃了，一大片菜圃一畦畦割裂嚴明，插有名牌，我們瓜田李下快步穿過，唯恐埋伏看守的城市農夫們竄出當我們是菜賊追打（武器有棒球棍西瓜刀紅星黑星），我們踩著自己矮成南瓜的影子，再走過幾條靜巷，沒一個人沒一隻貓狗沒一片落葉，在連自己的影子也不見的時候，一切曝白，我們來到我城邊陲，日光沸騰，然後友人與兒子指著沿河而建的一堵圍牆，某處牆頭盤據榕樹鬚根，且有一寬幅無風也習習顫抖的薜荔，那是森林幻境的入口，我們深深期望那是另一個我城，不通往過去，也不通往未來，我們互望一眼，一齊將所有的美人蕉種子丟去。

我看著眼前一大簇美人蕉，天色陰翳，鮮綠葉卷如雲似煙，兩種花色，朱紅，黃瓣灑紅點，如此活豔。因為花台墊高，人比花低。

阿珠阻止我上午十一點後、下午三點前莫出外，日頭紫外線過量，此時段，我城樓頂的薄膜太陽能電池板敏感偵測日光照射的強度而微調傾斜度，那瞬間，高空激熾反光，彷彿仙界大動干戈，從高處看，我城是一盆水晶，鳥兒懼飛，行人絕跡。

早上我將櫃台當吧台，阿珠快手為我烤兩片全麥吐司，給一罐金橘醬由我自助塗抹，一杯無糖米漿。她且遞我一塊螢幕瀏覽新聞資料庫，中南部與東部是不用化學肥料只用堆肥的復古小農的天下，甚至有用牛車載農作到最近的火車站集運，等一到兩週一班次的火車轉運。雖然還不至於要實施配給管控，我島人吃食不得不簡化，尤其都市人口，小農收成什麼運來什麼便主食什麼。

「補課補到哪一年？」阿珠向著我手上螢幕的新聞資料庫努努嘴問道。

她左肩斜掛一條彈性質料俱佳的背巾，一個頭毛烏黰黰的嬰孩包莢其中，睡得很沉。她是乳母合作社的成員，過去十年，出生率趨近零，螢幕上署名藍襪子的停經女士，出於補償自己錯過孕育哺乳、實踐母性的機會，也意在鼓勵年輕的子宮起碼用一用，成立分時共同飼育紅嬰兒的非營利組織。藍襪子相信愈是年輕的子宮，愈能孕育出秀異強壯的後代，原本想推動取名為十六歲好孕到的運動。阿珠抿嘴一笑。幼嬰本能識得生母的體味，藍襪子據說專業是化學，冷萃法取得產婦味道製成香水，分時乳母噴灑胸前腋下得以偽裝成功。幼嬰毫無雜質的眼睛靈動著，總令阿珠一邊發思古之幽情，一邊感嘆生命的奧妙。

在我醒來前一週，她等待很久回一趟南部鄉下老家成行了，與其說思鄉不如說是好奇。因為大眾運輸的班次稀少，車票難買，抵達路邊植著一列木麻黃的小鎮已近黃昏，所幸夏天日長，日色如同燃燒稻草的灰白煙霧，她走走跛了起來，近來右腳跟常無原由抽痛。頭上細長的樹枝鉤著塑膠袋，樹根處堆積著魚骨蛤蜊殼，還好沒有腥臭味，可見是好久以前丟擲的。在她意料之中，因為超抽地下水導致地層下陷，無人的老家舊厝三分之一沉在地面下，她伸長手便觸到屋簷，有種荒謬感像是來到小人國。她走去魚塭，果然廢棄了成了一池泥巴或水窪，其下魚魂無數，塭岸長著比人高的枯黃芒草。小時候有一位愛喝酒的族兄，半暝摔落淹死，穿八卦黃道袍的師公來召魂，竹枝頂的白幡飄著。她一直很愛看馬達抽水湧出的嘩嘩銀泉，日頭下希望無窮之感；馬達不抽水時，水面日頭亦是月亮。她沒有哀傷，更不想浪費絲毫力氣挖掘記憶回想過去，也不思念親人，只想藉此行一舉撚息那無謂的鄉愁火焰吧。

十室九空的鄉鎮，她毋寧是那遲到的硬心腸鬼魂，難怪彼此看不見。終於有一戶煙囪冉冉升起了輕煙，心裡踏實了。突然望見有個穿汗衫戴斗笠的年輕人蹬快腳踏車騎過去，車架笨重的老式腳踏車，輪胎邊一隻電瓶，後座一長方載貨鐵架。她忍著腳痛追上，那背影像極了大兄，或許就是他的孫輩。鉤著塑膠袋的木麻黃公路在日暮的第一道風裡爽颯起來，返鄉之旅第一站完成，她非常想念打嗝吐出奶臭的幼嬰。

次日，她轉去外公外嬤厝，交由記憶導航，老街的客運車庫後小路接大路，見到圳溝將再遇刺竹一大叢咿咿呀呀，一路日頭光曄曄曬得人魂不守舍，轉進去走到底卻是扶桑樹叢的死巷，一朵朵裂瓣紅花吐出一條條長蕊，她困惑著，喉頭憶起花蜜的甜味，認出厝邊，門口埕一位老婦漠然跟她一對看以為見鬼了吧隨即返身入厝，卻移形換位赤腳走出一位穿泥灰四角內褲的男子，衝著她張大嘴傻笑，他手捧一台收音機，流出一女聲咬牙壓喉嚨唱著——心底多舒暢回想甜蜜的時光我也不再黯然神傷晚風歌處竹搖晃……。一瞬間，她似乎瞥到男子寬鬆褲襠像有一隻痲雀振翅，她鎮靜確定扶桑樹叢後就是外公外嬤的舊厝，忍住加劇了的腳痛，踮起腳探頭看，樹叢後連廢墟都不存，夷為平坦空地。一樣，她無心哀傷，只覺輕鬆，輕鬆極了。她不禁轉頭朝那癡漢微微一笑。

日頭下記憶呈現分岔，輕如蟬蛻的自己，被雀鳥撲下叼起，拖回那暗矇矇充滿蔭涼土味的厝內。有嗎？有嗎？

北上火車，足以殺菌的大日頭繼續緊緊跟著，雖然疲累，她隔著墨鏡分秒不放過看著鐵道旁流過的地貌景物，日光下一切粗礪發白，田野無人無飛禽更無走獸，她無從分辨的農作大批偃伏，她期待看見一汪藍色大海，稍後想到根本搞錯了列車方向。她看著絕大部分的車站月台上毫無乘客，若有一二好似傀儡，漸漸疑心每個城鎮都是一個模樣，然後一剎那刷過的站名立牌上，她撈到石榴二字，心一顫，血液上衝，她抑住下車的躁動，心中默念一個名字，凱西。那年兩人路過，停車休息時，凱西搭著她的手正色且誠摯地說，你身上的魚腥味沒有了。沒有了，沒有了，脫胎換骨了。

阿珠拿回螢幕，快手磕點幾下，又放回我手上，要我看幾則舊聞。

西強國一位瘋狂大富翁與一位瘋狂科學家聯手買下孤星州一個小鎮，計畫興建一座足以冰封五萬具人類屍體的超級地下城堡，然後仿羅馬俱樂部，研發復活與複製的生化科技。一則不算新聞的新聞，其下留言熱烈小花蔓澤蘭般，一分鐘可以長一哩，譬如此位想必是憂患老者這樣寫，好像突變人長有黃金翅膀的大富翁，輕易飛越國界與法律規範，99.9%的我們要怎樣才能阻止他們？絕大多數螢幕族形容為殭屍方舟，「接受自願報名嗎？跪求link。」一位寫手搭便車貼文連載他的小說，老掉牙故事，狼人、吸血鬼、巫族與邪惡堡主合縱連橫，混戰沒完沒了。

我專注瀏覽舊聞時，阿珠餵飽了嬰孩，扶抱著讓他趴掛她肩頭，一手拍背，催促打嗝。她晃動著，瘦長臉帶著母性的滿足感朝我笑笑，一如螢幕的標題，提款機自動吐鈔，我城歡度嘉年華。週末的正午，全市面朝第一到第十大道的三大公營銀行提款機突然神祕地自動吐出百元與千元鈔票，警方初步掌握情資，駭客組織位於歐羅巴洲沿海小國，行蹤相當隱密，如何入侵提款機的程式系統目前未知。駭客成員提早三天以觀光客身分陸續入境，接獲指令完成部署，鈔票得手後在正午十二點一起沿路丟撒，第三第五第七大道甚至是從高處丟撒，路人為之瘋狂搶拾，所幸除了造成交通堵塞，並無重大傷亡。駭客組織到底是何用意也有待了解。謠傳我島被選定遭駭只是作為警告，螢幕同步呼應，正午十二點一分發出兩則訊息代號，「真鈔要不要狂歡節」與「義賊廖添丁復活行動」。留言憤怒，貞操值幾塊錢？為什麼不到中南部？重北輕南，獨惠我城，算什麼義賊。要錢自己賺，哭爸啥，沒骨氣。唯一人署名罔市正經貼文，提出當年全球金融風暴時，每位島民發放三千六百元消費券，國庫一共舉債八百五十億，等於印製了那麼多貨幣，最後大多數匯流到哪裡去了？不就是助長房地產飆高嗎？撒錢坦蕩蕩，島民白癡癡。隨即遭酸譏，經濟學不及格；唱高調，裝清高，那就捐出去。

連結出現一長串照片也像小花蔓澤蘭，盡是憑空撿到錢的歡樂嘴臉，跪地兩手耙掃，兩手滿滿的應攝影著要求捧著獻寶，遠鏡頭是兩邊大樓的峽谷天空飄揚著鈔票，慾望的共同體，一老婦一手將它按在胸口，一手持傘當長劍直刺。也有搶奪撕裂了鈔票，各捏著破鈔，貓狗般相互獰瞪。戲謔惡搞的出手了，抄襲那場革命街頭的名畫，老婦扯開褻衣袒露半邊胸乳，好有氣勢地高舉顛倒的雨傘接鈔票；然後，飄揚的紙鈔易為一坨坨屎，一顆顆小炸彈，收尾的兩則流言，我島我城好榮幸，駭客組織選為全球第一個實驗點，實驗目的不日揭曉，請密切注意。另一則發自一腐儒，百年前迎扶桑大軍入城如此，張燈結綵慶祝強人華誕也是如此，飛來橫財不拿白不拿還是如此。

螢幕舊聞如同餿了發臭的食物，我真高興，我已經遠離那個年代。

借阿珠的返鄉之旅的經驗，我是背對前方，坐在高速火車上，我真高興，我已經遠離那個年代。

但我警覺問阿珠：「假新聞吧？」

如同那讓人困窘的問題，時間是什麼？時代是什麼？我曾經厭惡那可比飽漢不知餓漢飢的說詞，「那是最好的時候。」「那個好時代可惜你錯過了。」誰能挑選自認種種都美好的時代卡榫進去？我的時代記憶是焦慮、罪惡、無力的總和，我記得的全是那些瑣細甚至無意義，是即使小便後按掣沖水，嘩啦聲中也要捫心自問，我浪費了資源吧？是每次拿起塑膠袋，也要驚惶一下我在製造污染吧？推向終極的結論必然是，我們人是地球的癌細胞。因此，以極端手段控制人口也是必要之惡。

我關掉螢幕。它的背後漸漸熱燙，怪哉我並沒有玩遊戲看視頻，還是我自己在高燒譫妄。阿珠將入睡的嬰兒又豆莢般塞回背巾裡，伸長手摸我額頭且目光檢驗我的神色，隨即調了一杯濃綠飲品要我喝下。像是吃了滿口的青苔藥草。

她問我，早上八九點到下午一兩點這段期間，有沒有偶爾發燒的症狀？「你自己都沒察覺？」我期待的是她再說兩個甦醒者猝死的例子，根據統計，禁不起感情強烈衝擊的脆弱的心臟是致死的主因，譬如見到深愛的情人老病失智，插鼻胃管坐輪椅，譬如訪遍親人朋友確認無一存活，反之譬如得知仇敵的悽慘落魄現狀，程咬金似的大笑而亡。也有返鄉迷路，黃昏症候群發作陷入恍惚幻境，就此大睡去了。

阿珠要我去健身房起碼踩半小時的單車，雲頂模式是最新添購，如在雲上騎車，一千呎高空俯瞰我島我城，令人悠然想起海上漂浮仙山或者飛毯的神話，那或者是個人與任一城市最好的感情模式，保持距離，永遠不要扎根，也就沒有負擔與牽絆。感官融入螢幕，如是做了半小時的活神仙，出汗，喘息，覺得那勃跳的心臟好新鮮。

年輕的時候，我們認為最理想的旅遊城市是不超過三小時的飛航時間，因此，榴槤上市時往西南飛，那裡物價起碼是我島的八折，四月初當然趕飛東北方，直奔那一處滿滿櫻花吹雪的大片古老靈園，冬天雨季還是飛東北方，只一個多小時抵達暖洋洋的小島，曬得有如一尾龍蝦。偏安東南，自由逸樂的島國，以三小時航程為半徑，好快樂的享受太平盛世的感覺。

在降低高度準備降落的飛機上，看雲天下的城市，不得不承認，無根無土附著的感覺真好。是以上世紀八〇、九〇年代緊鄰我島的摩登港島人勤於搭機，飛往西方諸國的大城市置產分散資產風險，自美名之為太空人。

同時代，我島有人若干年後當起信徒數萬計的假先知，說他在飛機上看見雲上坐著救世主化身的太空人，頭戴金冠冕，手持鐮刀。那時愛看書的他挪用一位真正的田園隱者之文，說大都市是專制、獨裁、財閥的絕好溫床，因為城市的下層建設全操控在政府手上，人們要聰明辨別、節制慾望，才配得到救贖。見識我島人那麼迷戀神蹟，他不做假先知實在是太對不起自己。

「找一天，我帶你去拜訪我師父，一個真有意思的所在。」

透過美人蕉葉叢，王祿先立在電動雙輪上有如一葦渡江，那笑呵呵的臉容甚似彌勒佛。他綁在握桿多帶一台雙輪給我，「舊年走遠還有力，走一下晡都無問題，今年毋堪了。」

王祿先教我操作訣竅，練習兩下，我尾隨其後出發，穿過水門，沿著如同監獄高牆的堤防前行，河水並不豐沛，河面浮光亂閃，每年颱風季必淹上岸，起碼一兩呎厚的泥沙覆蓋運動場地，無政府狀態的不打算清理了。

聞著時而腥臭的河風，我大腦持續甦醒，腦細胞在重組，突然裂解掉出小時候的童書記憶，一小孩在大暑天的河灘拾得龍珠，不小心吞食了，化為龍騰走，其母狂奔呼喚他的名字，人龍屢屢回頭，灘岸遂成多曲折的河灣。

河灣處，一座面河的小土地公廟，殘破得可以斷定老神明棄守離去了，河岸堆積多年的垃圾與野草共榮，一根挺立的枝條鉤著一個塑膠袋指示風向。

某個去國多年的島民在螢幕追憶，想起我島最清楚的印象便是那無所不在紅條紋的塑膠袋。

一長片恐龍蛋似的白石頭河灘，小烏龜爬石上曬太陽，兩岸大傘下各蔭釣客一群，此岸三人，彼岸五人，各有一岔開兩腿的大肚漢在發呆，彼岸或者是一戶人家，大傘旁是一座藍色帳篷，一隻黑狗眼光畏縮，大概長期遭家人虐待，更遠處一小女孩以石為砧，氣洶洶右手持刀剁著，不知是在殺魚還是屠狗還是分屍。我期待她回頭瞪我，只見眼白沒有眼瞳。

此後河水開始發聲，草木茂盛健康，王祿先停在一棵樹下，伸手搓搓那葉片，送到鼻端深吸，「這叫做過山香，很好鼒，幼葉涮涮，淋麻油，一定好食，聽講亦是治蛇毒的藥。」樹後，路分岔成為兩條，遠方矮山的綠林有幾塊黃斑，可會是菟絲子為害？我們必須捨輪步行，兩旁草叢及胸而後過肩，而後拂頭，月桃花開過了，美人蕉的蒴果乾焦了，五節芒正好割人臉割人手，草深處必然有禽鳥下蛋；他指著左邊遠處曾有礦坑，其旁山崙曾遍植柚子樹，柚花開時真是香。

我們爬上階梯，眼前豁然開闊，堤防下野薑花的香氣幽幽地泛上來，日光像一匹綢緞咻咻有聲收回去，我深呼吸那香氣，覺得一切非常熟悉，視覺像是出現了疊影，我晃晃頭，像是家電機器小故障就拍拍它。王祿先領著我高高低低走著，穿過橋下，橋墩纏著大水帶來的枯枝蕪蔓，繞過迂迴便道，又翻過對岸堤防，再穿過竹林，地貌景觀變了，一片規畫有序的田地菜園，細看每一畦都插著一塊牌子書有負責人的姓名與歸建編號。低矮山脈似近還遠，更顯得地勢蒼莽開闊，幾棟古樸建物連成一體，平曠上有如堡壘。

王祿先笑著說，什麼是真？什麼是假？師父變成假先知的那天，他跟眾兄弟姊妹遵從師父指示禁食禁語、趺坐冥思七晝夜，原本的三合院農舍，以炭火燒烤出油的青竹篙貼著屋壁搭起鷹架，覆以白帆布，門口埕上方密密的遮蔽了。儒雅的師父，鬚髮一夕間全部白蒼蒼，更加的瘦削，果然是一副形骸，鎖骨與胸骨上窩凹陷可盛一海碗水，但一雙眼睛如同注滿油脂的熊熊火炬，令人肅敬不敢直視，一身寬鬆的白衣白褲，赤足，飄飄欲仙，戴一頂草笠，不設壇台，不立座位，與眾人一起如一群羊羔，五體投地彷彿龜息，數小時不顛不動，在日中、黃昏、夜半聽到帆布鼓盪，直起身諦聽，一臉笑意，若有所悟。然而師父廢棄了言語，有時緩緩地幾乎顫抖著喝一口水，那隨身水壺已經用到如同骨董，將之傳遞給大家飲用。傳到他時，他熱淚上湧，模糊看見師父腳跟發白龜裂如同天邊雲堆。是錯覺還是神蹟，那水壺在手中沉甸甸。師父幾次的步行環島，他總有理由沒參加，事後他看著文字照片合輯的紀錄，幻覺自己是孩童，戀慕遠去的師父，含淚追趕。師父說，我們是沙漠的沙，海中的魚，天頂的星，光裡的熱與塵。

唯有一次在我城某大公園聚會，夜晚報到，每人或自備或分得一頂小型蚊帳，在草坪上入坐其中到翌日清早，一開始，幾台錄音機同步播放了半小時的天籟收音，山風，沙漠的風，水流，鳥鳴，鯨的叫聲。夜裡看去，那小型蚊帳像是巨大蟲蛹。之後謎底揭曉，那是一次測驗，看誰有天賦聽出藏在自然聲籟裡的訊息。

倒數第三日，眾人星散河堤上下，跪拜等候第一道日光，從背部沿著頸動脈那痛感必必剝剝竄到頭頂，他承認自己軟弱，是飢餓的緣故，撐不下時那撒了鹽花的清糜其實無用，他總嘲笑自己是天蓬元帥投胎，那夜半，他餓到崩潰的邊緣。他羞愧。頭頂的帆布揭開，眾人隨師父起身，像一簇簇曼陀羅花，恍惚中他聽見師父喃喃誦念，突然，河上的昏暗與陰涼裹成一陣伏地大風襲來，像千萬隻蝙蝠啪啪振翅，他感到自己在大風中裂解，隨那千萬翅膀上升下沉，又寒又熱，旋即破曉。我們是沙漠的沙，海中的魚，天頂的星，光裡的熱與塵，地上的國已經毀壞，我們必須離去。

假先知誕生的倒數第二日，近山遠空蒙著清澄的光，一瞌睡驚醒，師父就在他旁邊，無垢無臭，一定是誦經時有如布陣的走位，一字長蛇，二龍出水，五虎攢羊，六子聯芳，九曜星官，十面埋伏，啊頭腦變得通透極了，他想起小時候看的注音版演義書的這些字詞，總總，務必集中眾人的意志如電波頻率，瞄準才能呼喚在前來途中的太空船。他偷看師父，長年茹素、曝曬於野讓那皮膚有如皮革，而神情非常堅毅，如實顯示他肉體內是個固執的老靈魂。他乍然臉紅了，因為也隱約看到了師父私處，累累好大的一囊袋，像牛卵脬。不用電燈而點蠟燭的聚會夜晚，眾人已經習慣師父的出神，麻紗內衣裡那鎖骨肋骨好清楚，幾乎看到心臟跳動，胸口有三粒鮮紅得可愛的是硃砂痣嗎，像是針尖刺穿冒出的血珠。無人敢出聲，凝神聽師父那烏黑嘴唇呻吟似說，爆炸了……唉……大火、大雨……大雨……二、四、八……自我毀滅不能逆轉了不行了……，大家都用眼角餘光求解，師父到底說些什麼？師父豁然眼睛張開，探照燈射向他，去，門口樹下，快去撿來。他快步跑去，低頭看見樹根隆起的泥地仰天躺著一隻鳥屍，伶仃兩條腳蜷縮著，他惻隱之心大作，蹲下去才看清鳥眼鳥嘴爬滿了歡喜的螞蟻，他全身起雞皮疙瘩。那時，閃電像撕紙，心裂開有深淵，他返屋匍匐師父腳前，他想知道為什麼生為什麼死，是否真有輪迴，他輕易進入另一個不解的幻夢，師父指畫空中，似在指陳星辰，我們將離去，我們將重生，有毀滅但我們不會遭背棄。

他其實不信。因為有所不信而沉迷而歡喜，才是真信。他如此竊喜，好喜歡有所歸屬，以及浸泡那神祕的感覺之中。

是以有個夜半他膀胱漲滿，如廁路上撞見白衣勝雪的師父手持一長嘴水壺，豐盛頭毛剪成平頭好像一層霜雪，仰臉向大樹低低噓口哨好像懂得鳥語，他嚇好大一跳，師父跟他頷首微笑，他發誓夜空曳過一顆流星。師父居然問他，「聽你口音，南都人？」幾分羞赧自述，祖先是隨大將軍來，剖生番有功，殺殺殺殺殺殺殺，後來行船做賍理，河港邊砌了竹篙厝。黑暗中不知為啥笑得好歡喜。

假先知誕生是日，布篷下反而是一種鬆弛的氣氛，他日有人事後聰明說，就像小時守著電視機看登陸月球，怎麼可能相信真的會出現嫦娥玉兔吳剛呢，重要的是守候的過程。沐浴過的師父，換了洗淨的舊衫褲，登上瞭望台，手搭涼棚在眉頭上，觀看了一小時，雀鳥吱喳飛過，他下來，埕中雙跏趺坐，一尊雪人，眾人退讓到後面仍然像是羊群，日短夜長的天候，天空光亮無暇，考驗眾人翹首望遠的耐力，等到日影斜了，等到日暮涼風，等到口乾舌燥，等到最後一隻歸鳥飛過，等到長久的希望結晶，等到深夜好涼爽，師父晃動，回到眾人之間，臉容有異於平常的柔和與光彩，一張開口，乾索的嘴唇皮撕裂，流血，隨即虛脫地委靡在地。日後才知他要說的是，他來了，我見到了。那是假先知的第一日，我們在場，我們眼見。

大熱天的斜陽還是烈，將王祿先上半身鎏金成為一尊羅漢，番麥、玉米田旁立著一塊顯眼的牌子：「歡迎參訪。全天候攝影巡視」。高明，不寫監視而是巡視。他高舉右手，想必向著隱藏鏡頭揮了個手勢，笑說：「我愛講實話，實不相瞞，我打算來這住，度此餘生。咱兩人投緣，才帶你來熟識，無定你也中意也來住，那就happy ending。喔，你毋好誤會，介紹成我是無commision啦。」要了回扣兩個洋文，他笑得誇張，矮身材前俯後仰。

逆光，讓視覺的疊影更加劇烈，暈眩欲嘔的感覺襲來，我強力壓抑別慌，我太高估自己的體力了，身體危機促使我想起似乎才是昨天或一光年前，睡眠諮詢師的警告，甦醒後包括內分泌與官能的失調，尤其是幻覺與殘影的衝突。我感到河風越過堤防沖刷我，好舒服，好忘我，我眨眼，王祿先在我眼中分裂成兩個，右邊的繼續彌勒佛般笑著，左邊的，我猶豫不決他是否豬屠戶，穿塑膠雨靴戴塑膠長手套圍著沉沉的黑色塑膠長圍裙，嘿嘿笑著。

田裡作穡的，蒙頭巾戴馬蹄袖套，或蹲著摘採或使鋤鬆地，一婦人挽著盆子撐腰際，另一手掏出粉末大概是肥料揚撒。田疇美井奈何天，含金量甚高的夕照裡，我看見安置田邊的鞸浦，一旁羅列畚箕竹簍竹耙草索篩也，竹篙連接一條長蛇汲引溪水灌溉。王祿先再帶我進堡壘農舍，穿廚房到屋後，一處大作坊，有紅磚大竈，柴刀鐵鉗風箱，大鼎上一層層的籠箴蒸騰著水氣雲霧，當然又勾起我小時候讀演義童書，其中蒸的是九條麵牛二條麵虎，全吃下就得到了九牛二虎的神力。雲霧裡一對男女伙夫，沉默勞動，全不理人。也有石磨石杵臼，大鍘刀，小船似的藥碾，兩腳踏兩柄讓碾子在船槽滾動，好古老的聲響。更有許多我不知名字甚至不識用途的器物，全面復古。

工具齊全，準備好了，籠箴掀開，熟爛的皮肉骨骸分離，豁啦啦倒進籮筐，長長短短的脛骨股骨肋骨指骨趾骨肱骨腰椎，整個骨盆該如何比擬，蝴蝶？嘉年華面具？頭冠？枷鎖刑具？還是蝴蝶吧，男女不同，分別得出來嗎？用杵臼舂，柴刀剁，大鍘刀切，藥碾粗磨，石磨細磨，便有了骨粉。有如膏黃的油脂則是手工皂的上等原料。人皮燈籠，咦，未免扯遠了，讓它留在武俠世界裡。總之，這是整個堡壘農舍與莊園最重要的副業吧。

我非常記得一個有黃金之心的仁人烈士，遺書愛妻，將我的屍身火燒，骨灰撒在菜園，或許對這人世還有些最後的益處。

迎接太空人降臨的計畫之後，師父形同閉關——不對，王祿先搖頭，是隱匿起來低調修練，他延我進集會廳，光潔映出倒影的木地板，毫無桌椅擺設，牆壁也是光禿禿，他關上大門與窗，接連按了幾個開關，屋裡上空光影投射，便是太空星雲，在此祈禱、懺悔，最重要的激發潛能，接收乘光而來的頻率，準備離去。師父不定時出現，偶爾對著一廳的蠢材發脾氣，罵大家不長進，一罵人那洗衣板似的胸便喘噓噓，蟬翼似的麻紗上衣裡那三顆硃砂痣更大了，長年的幽居讓他散發墓穴的氣息，難以溝通，目珠就像龍眼子，目光既熱烈又迷離瞪著虛空，不再傳道解惑。偶爾，那究竟是心情好或是心志荒蕩呢，破碎的話語低低地講起故鄉的老厝跟河水，大熱天撲通跳下去，阿母鴨母那般衝過來大聲詈，死囝也死囝也；日頭的金光裡，一粒粒死囝也的頭殼像西瓜。風颱來，做大水，河水淹腳目，淹到腰，渾茫一大片出海，使人心生遠志；嘯嘯叫的大風搖晃整條河，風中有物大如西瓜可感不可見，停在額頭前，多年後他才能理解那是來喚醒藏在眉宇間後面的第三隻眼呢。師父一掌拍在大腿，他抬頭，兩人四目接觸，那龍眼子的目珠有光溫潤，他覺得師父是說給他一人聽。

門窗重又打開，眼前一亮，我看見一人瘦長嶙峋，蒼白鬍鬚，麻紗衣褲，目光如夢似幻，修長手彷彿拿著果實是菜包還是炊熟的腦漿，薄唇的嘴彷彿在咀嚼也在念誦，嘴角流著汁液；我要起來，走遍全城，在街上，在廣場上，尋找我心所愛的，我尋找他，卻找不到他，我就問，你們有沒有看見我心所愛的？我遇見我心所愛的，我把他拉住，不讓他走，永生的時刻。他赤足如玉石，我跟隨他，穿過另一邊廂房小門，昏暗廊道，盡頭來到後院，山勢蒼鬱，伸手觸摸得到。他掀開柴蓋，一柴桶滿滿是炊得爛熟冒著香味的皮肉腦漿，他用水瓢盛了，空中一揚撒，不到十下就撒光了。他敲響空柴桶，遠處有了回應，我先是看見牠們豎起的尾巴，是獼猴群，在僅餘一寸的夕照裡翻攪那灰燼似的金光，竟然也有些煙塵滾滾，徐徐移動四肢而來，警戒地拾取地上的皮肉腦漿立坐吃食。牠們吃得好開心，張大嘴啊啊叫著，很明顯其中一隻老成別有領袖氣質的，始終兩目眈眈與白衣師父對盯著，卻不忘挖食手中所捧好像那是奶酪，猴王吧。我記憶螢幕出現一隻舊電視廣告，飄雪的溫泉池子裡，一隻粉面美猴戴耳機聽古典樂，公侯貴族般的享受。師父微笑，牠眨眼；師父走前兩步，猴群隨牠聳立倒退兩步。他再繼續趨前，猴群靜立，晚風吹動牠們的毫毛。一座山所有的葉子掀翻了葉背。我看見猴王垂下尾巴，白衣師父轉身蹲下，兩手環著膝蓋，胯下垂露累累一包，他手中不知哪裡得來的一隻長骨鏗鏗敲地，獰笑裂開嘴居然一口完好的白牙。

我等著猴群跟隨新猴王一起敲地。

夜暗下降，天空寶藍，山氣涼颯。

那些在菜園田地作穡的徒眾，悄悄陣列在我身後，想必換上白衣白褲如一簇簇大花曼陀羅，按理此時牠們該斂瓣休眠，但一定人手一根長長人骨。

我看見天頂一顆沁亮大星悠悠快速運行，必然是一顆人造衛星。

我等著新猴王下令，前後包抄，將我擲給猴群。

太初有道，道在屎溺，一時空虛混沌，淵面黑暗，我在骷髏地給孤獨園咖啡館，守候雷雨。除了咖啡館，我苦笑自問，你還有哪裡可去？承認吧，除非放棄不寫，否則只得繼續在此作繭自縛。那麼，我究竟在寫什麼？佛曰不可說。我說除非寫好了，完成前的提早洩漏就像打開了香水瓶，抽出膠卷底片——還有多少人記得膠卷底片？一如我無動於衷有人草笠徒步環島一圈反貓狗安樂死反基因改造食品反核電廠。經過二十多年的準內戰狀態，所謂準內戰就是我島人口階層的分類建檔，關於祖先登島時間的先後、血統父系母系兩邊都要分清楚喔，關於基因譬如耳垂是否黏鬢、眼皮重紃與否、尾腳趾甲是否分裂、有鬍有鬚或無鬍有鬚、有無胸毛、是否自然捲髮，關於地域認同也就是你認為自己是南都人中都人還是我城人、信仰、性向最好答案是不分都可以通吃通殺、收入支出自覺滿足度，與一億起跳之豪宅跟財團的依從度，關於心智是否言必稱大人且自憐我不要長大，關於東強國人幹就是沒水準，關於西強國人幹踐啥老是要我們抱他大腿叫他老爸，關於抗議是穿皮鞋雨鞋還是脫膠開口笑球鞋，關於三任大統領之功過比重，凡我島人皆表態選邊，以完成人口組織的重新配置，兩大塊兩國人，左手打右手，右肘掣左肘。整整一年前，產經新聞有一則，家用卡式錄影機與錄影帶從此停產走入歷史。歷史好有趣，像是與那無關緊要的新聞呼應，棄我島論的小道消息在螢幕流傳開來，我島人像驚蟄醒來的蟲，雖然一樣分兩國打情緒戰，很快停戰假裝無事假裝遺忘，各自想著同一件事，如何離開我島，更準確的說，是在我島外有第二個居留處。來到這樣的抉擇時刻，我島於是有了和平理性。滾雷與烏雲並行，四車道大路晦暗若大排水溝，下天梯的響雷好聽極了，清亮乾脆，任何樂音無法比擬，然後急雨滂沛落下，落地玻璃門窗瞬間罩上霧氣。嘈嘈切切雨聲洩進，玻璃門開，女姦來了，請原諒我是這樣的刻薄，女姦年紀頂多三十出頭，趿著桃紅色塑膠拖鞋，兩手提兩塑膠袋的吃食飲料，一定要一個有插座的座位，假笑著不恥下求，「可以跟你換位子嗎？」其後起碼五個小時，桌上立架靠著六吋小螢幕強力吸住她眼球，或看劇或玩遊戲，不時呵呵呵笑，偶爾挖鼻孔，入神時，厚唇微張，雙手捏著螢幕兩邊，延頸向前，其專注是童蒙狀態的空白。她盯著螢幕食完兩大袋零食，吸光一大杯色素糖精冷飲，打了飽嗝，起身，兩手伸進褲子裡髖骨處拉整內褲，電話來，她海口腔不耐煩答好啦好啦悉啦。天天如此。我既痛恨自己強迫症地觀察她，又羨慕她將每一天最好的時光寄生螢幕，像籃球高手射籃唰的每投空心得分。以空制空，殺時間以填滿時間，至少女姦她快樂，她可以自豪說：「生而為人，我很快樂。」世人敢如此說者幾希。我心中有魔鬼要我殺了她，砍了四肢，扔豬圈餵豬。雷雨之日，我才被雷聲打醒，女姦就是我，寫不出或不寫時的我也是豬般活著。我一樣是豬。我每天來咖啡館，點一份早餐或一杯咖啡篡占一張桌椅寫作，以空易空，挑戰時間的風車，我以為足以掌控那扇葉，令其倒轉或快轉，但我還是不能說生而為人我很快樂，雖然我也討厭說什麼我很抱歉。憂傷二字最是吻合但宜寫不宜說，如此，我便是比女蟲癡戀螢幕看劇玩遊戲不一樣的心靈活動，所以高貴有意義？別自欺欺人。我開始疑懼寫作是一場癡人也是吃人的白日夢，我仗恃著要渡到時間的彼岸，結局一定是留在此岸燒成灰燼。公無渡河，公竟渡河。反正屆時我死了也就算了。連鎖咖啡館於我是骷髏地給孤獨園，排水溝似的馬路，那些無法離開我島、不想離開我島的閒人廢人一如水中垃圾或浮沉雜物給沖刷到此，永遠比我早到的一對穿戴整潔的退休多年的老夫妻，靠手杖小步走路，一位職業欄必定是自營商騎單車帶一份報紙來詳細讀完每一版，或十一點左右固定來回收廢紙的駝背老頭，真的好老啊令人哀傷，毛巾蓋著禿了的頭頂就在街邊整理，他們自有一份定靜力量。不定期來的這一位初老婦人，蕾絲流蘇縐紗披掛一層又一層，滿頭水鑽髮飾，總是提著四五個裝填滿滿的塑膠袋，杵在兩張桌子間，瘦削尖臉猶豫著不敢坐下，徘徊再徘徊，似是吐出一口灰燼，然後提著袋子離開，每次皆是如此。另有一位，離我三張桌子的那中年胖子，呼吸濁重大聲，背著鼓鼓的登山大背包來，年輕女店員經過他，他就要搭訕，你怎麼那麼瘦我怎麼辦，我請你喝咖啡要不要，字正腔圓的強國腔，聽來總是有點刺耳是不是。然後他拿出以厚厚的保麗龍自製的眼罩戴上，或者就是要引人注目，看吶虛擬實境眼鏡我已經有了，待看清楚了令人失笑。除了退休老夫妻，看報紙的，其餘的我都想殺。女蟲，文瘋子，胖諧星，以及我自己，活著是多餘的，地球已經超過負荷，人族是地球的癌細胞，我非常贊成到了一個年齡，六十，六十五或其他再討論，每人發一粒劇毒藥丸，豔紅色。所以我厭惡女彘文瘋子胖諸星也就是厭惡自己，想杀死他们也就是要杀死自己的意思。我是他们三人的总和，都杀了剁剁喂猪。我若以看似遭肢解的简体字书写是否更有力量？天生万物以养人人无一物以报天杀杀杀杀杀杀。記憶碎片的干擾，認為小睡小快樂、死亡大睡真快樂的那位痛苦靈魂是這樣認為，舊時代完全破產的士紳階級往往變成城市的波希美亞，變成了高等遊民，頹廢的，脆弱的，浪漫的，甚至狂妄的人物，說實在，就是廢物。我認為，城市誘引人們離開古老的農業生活方式，脫離耕作的土地，將人們變成了看似浪漫脆弱的廢物與遊民。我想離開這裡。我要怎樣才能離開這寫字的迷宮？彼日大雷雨下得天昏地暗，我希望繼續不停地下，直到道路變成河流，日月星辰隱逸，當然未能如我所願，但到傍晚下透了，天色異樣澄藍，女彘呵呵的笑聲像鴿子，我祝福她隔天醒來變成螢幕裡的一條蟲。大雨澆淋了數小時的行道樹白千層，其猶如彌勒佛大肚的樹根四周的雜草欣欣然吐著生之氣息，空氣因此甘美，人行道一大窪積水如深潭，我無所懼踩進不怕觸電心臟痲痺死。我記得真正的歷史是這麼記載並且要我們相信，二億二千萬年前，我島從海底隆起，彼時，東強國現在的東南半壁還是汪洋一片。其後，當滄海變成陸地，我島曾經與之緊緊相連，那陸地的大小生靈天啊是否有長毛象劍齒虎草食性恐龍呢於是遊蕩南下來到我島，那是多麼壯觀而人族無福親見的遷徙。

記憶中毒，不對，是我中了記憶的毒，我記起某一人回答來請教成功之道的少者，他隨手摘了兩片葉子，要少者看仔細有什麼不同？答案便在其中。將樹葉藏在森林，將書藏在圖書館。現在，我面前桌上是一片柚子葉，我好驚訝它前後一大一小、其實小非常多的兩葉合為一個單位，如果以螢幕查詢，專有名詞為單身複葉，真像現世不婚不生不育之人的比喻，我手指揉搓它略厚的葉片，好香。我像是摩擦神燈叫出幽禁的記憶精靈，柚樹開花時更是香，樹下徘徊不願離去，順著坡度起伏不大的登山步道前行，越過山稜就是一大片向陽的荒莽墓地，那當下只覺人類醜惡，死了繼續禍害山林。

中毒跡象之二，我記得在速食店見過心智尚未崩潰的老流浪漢，拉著囤積一包包塑膠袋的購物車，那是他所有的家當，他緩緩呷著一小杯熱飲，我好意思稱他是城市的漫遊者嗎？漫遊走路以解憂除病，日走四千步治憂鬱症，五千步預防心臟病與失智，七千步防骨質疏鬆。我羞愧臉紅了。

柚子葉旁是個空馬克杯，我在夜晚的玻璃窗上恍惚看到滿頭灰白的自己。這幾乎沒有隔間的寬闊室內，光源是每張桌上一小圓餅的燭光，空氣中除了咖啡與啤酒香，滿溢著菸草燃燒與多種異國香料的氣味，地上遍是踩著喀嚓碎響的堅果殼，讓人放鬆懶散，滿座男女多是深沉膚色，毛髮濃鬈，體味重，少數則是塌鼻，大笑露出深紅色口腔，衣著短少，他們說話是南蠻鴃舌的快且輕碎，喜歡搶話，誰也不讓，像同時播放幾個電台。但我一個字也聽不懂。當然，高吊牆角的音箱放出的音樂，我也是一首也聽辨不出。其中一女笑聲亢亮豪放，那彈簧似咯咯咯暗示她靈肉合一日子過得好快樂。

我在鴨腳木區。阿珠訂正過我，我島海禁空禁只在一開始的半年嚴格實施，其後政策改變為大幅度減低航班船班，美其名海淨空淨，也有意在探測世人是否真正遺忘了我島。或者，這個維持在最低限度運作的島國，不得不遂行一種想像，入出境雖是如此不方便，反而是遺民、流亡者、一點都不偉大的夢想者甚至國際犯罪組織設立據點的樂園。是從什麼時候開始，外來人觀光客齊聲讚美我島我城好便宜好方便好友善，不是嗎？這件黃袍加身了就難以脫下。

鴨腳木區原是偏僻的一塊國有地與一大塊產權複雜的私地，跨越三代的繼承者們超過百人，毗連的舊宿舍與平房或沒電梯的老舊公寓紛紛改裝為日租房與青年旅社，隨後酒吧咖啡館小餐館也就因應而生。其中一處畸零地整闢成的小公園，兩個一人高的茂盛盆栽棄置其中，葉柄如傘骨架，長出綠蠟長葉，有心人查得其名澳洲鴨腳木的身世來歷，移去花盆植入土裡，希望長成遮天大樹，其旁更栽植了龍船花無需細述吧請自己螢幕搜尋，有心人延續我城少數的美德，樹下立解說木牌，那異國情調又鄉土味的名字遂被當成此區域的吉祥物，也呼應了這一片民宅後曾經是墓地的土丘雜樹林，鋪了蜿蜒的登山棧道。當我城大多數區域老化嚴重，人口流失且沉沉睡去，唯有這裡是個活力旺盛徹夜不眠的地下社會，從我島東北方外海到西南方外海諸島慢慢渡來的貨幣與語言氾濫每個角落，是的開往我島的慢船，來到這無主之地、失魂之島，載來的男女譬如這樣，男的刺青並放射侵犯意味的香氣，女的一頭厚重濕髮，都繫沙龍，枝蔓纏繞花葉豔麗的布匹，拖鞋啪啪啪啪，或者一雙好鑠亮的眼睛，或者瘦長四肢如黑炭，令人警戒想起我島一度流行燒炭自死。也有來自鴨腳木原鄉的吹噓他們有南十字星的夜空多麼神奇，更有那因為走遠看多所以謙遜好奇的背包客，如此舶來客年齡上限大約三十五，將鴨腳木區當過渡點，與之同年齡層的我城人雖然期望這裡能像譬如假藝術之名行慶典之實的那些小城，譬如將運動當修練所以必得去朝聖進修的古城，畢竟受限於主客觀條件不能成事，至多邀得舶來客將此區封著鐵窗、發霉的外牆塗刷華麗色彩大膽圖樣，有昔年野獸派遺風。熱天悠長的黃昏，南風自來，天色優柔，壁畫如莽林喧鬧，大家菸酒不分家隨機聚合天南地北聊天扯淡，交流其實不遠的異國他鄉訊息，大家需要那樣的集體夢幻，歷史的偶然必然有朝一日將此區推向黃金國度。

比如一年前突然興起「釘孤枝」之夜，就是拳擊擂台，三條規則，一對一互毆，只用空手肉拳，一方叫停即是求饒停戰。不過就是餘興遊戲，大不了口鼻出血瘀青痛幾天。沒錯，正正是向那一部老電影偷取的點子。鴨腳木區的人慣於以懷舊為基底，或者取材兩個舊時期的點子來相互戲謔，釘孤枝最後一場的狂歡夜變調成為變裝夜，不用猜，高衩短旗袍砲彈胸的春麗，歪戴貝雷帽的技安妹，小妖精羅莉泰三者的複製率最高，午夜後確定遊戲劃上休止符的時刻，他們在街巷遍地殘花敗柳般癱倒著，分不出贏家與輸家，都有著天亮之後難以為繼的困獸感，卻有幾個舶來客說明天離境，這真是一個美好的夜晚，我會想念你們，這裡一輩子來一次就可以，我們未來某日某地再見。突然仙女棒沖天炮齊放，照亮彼此空蕩蕩的臉，火花燒到登山棧道那裡，將夜空燒白一大塊，自己創造的節慶自己完美收場。

逆返來時路，舶來客拉著咕嚕咕嚕響的行李箱，再次登上，離開這無主之地、失魂之島，我們是否該在心中唱那一首老歌，不必文縐縐，直白中譯，隨興的爵士調調，似真還假，「我要帶你坐上開往中國的慢船（請注意，扶桑國也有個地名是中國，所以到底是哪一個中國？），你將是我一人獨有（嘿嘿嘿船在海上你能往那裡跑？），讓你永遠在我懷裡（恐怖情人！），就讓你的情人們在遙遠的岸上哭吧。航行大海（海峽最短距離一百三十公里），有月亮好大好亮，融化了你的鐵石心腸，遠離紛紛擾擾，啊蜜糖，我要帶你坐上開往中國的慢船（直說吧，我要上你），你將是我一人獨有。」

發誓，絕對沒有要暗示什麼。夜暗蒙蔽的玻璃窗，除了我自己滿頭蒼灰，不遠處似乎就是鴨腳木闊大長葉前，朦朧地一妙齡女子向我微笑招手，白衣如一朵大花曼陀羅在風裡款擺。

7 神遊

我的睡美人uncle。

去年，我陪伯公去看你。九十三歲的老人，那陣子突然叨念著你，大半個月天天念，家中人人都說有事，無閒。我們走進那棟隱身繁榮商業區似乎發出臭味的舊大樓，我以為那是障眼法，外牆的瓷磚大面積剝落，大門上方架起了護網，以防砸傷砸死人。手持無線電對講機的中年警衛好懶怠，兩眼拉著血絲，他通知專人來帶領，我們經過指模與眼瞳辨識，進了電梯也不知上升或下降，最後來到一間密閉的小房間，一面螢幕很清晰顯示你沉睡中的上半身，難免直覺就是平躺棺木裡以供最後的瞻視，伯公盯著你，看得津津有味，指著你皺著的眉間，拍拍我手臂，問你是在眠夢還是不舒服？又說你氣色真好，面肉紅芽。工作人員解釋定期安排有全身經絡按摩，並施放純天然香精的蒸氣，舒緩安定入睡著的腦波。「真好，真好。」伯公說，他注視你，我注意到他胸腔隨著心跳緩緩起伏，鼻腔呼吸有雜音，用得好久的一副身體啊。我們離去時，隱約聽到走道底有古典樂飄出，工作人員笑說，按摩時也會放音樂，莫札特的音樂效果最好，原民的古調也非常好呢。走出大樓，好像重返陽間，夏天還沒開始，但正午的太陽酷烈，伯公自言自語：「將來還是燒燒了較清氣。」

五個月又十三天後，伯公在寒流來襲的睡夢中大去。客廳盛開著他喜愛的蝴蝶蘭。

他過世我才理解他執意去看你的心情。死亡經驗或是唯一無從驗證的，所謂的瀕死經驗不能算數，中陰身我願意信其有也還是不可證，我認為那是相當美麗的推理。你的狀況給他某種落實或者安心吧。壽則多辱，從物種、從社會甚至從美學的角度而言，是必然的。伯公的壽而不辱，則必然是極少數的幸運。他是我島最後一代擁有伯公此一親屬名詞的老人。

你給過我一張親屬網絡表，考試我能認識多少，你撇嘴挑釁我，這不會比元素週期表難吧，我留存至今，見證一個又一個親屬名詞的滅亡，直到我自己也死去。一如你，我不認為我會有子女，我不會是誰的誰，我們不繁殖，因此只有遞減而最終被刪除，隨著親屬名詞的滅亡，個人向孤獨推進。所以，過去開枝散葉的家族樹到我這一代這一人，光桿牡丹。

去年與今年的天空特別藍，我跟伯公走騎樓，他當然又說起以前這一帶全是田地，最早兩棟電梯大樓興建好時，特地來朝聖，野風野地裡，凡仰望者都想著發達富貴就當有如是屋。忽然，大路對岸有人揮手喊我，是安迪Endy，我真正的血肉之軀的CyB908，日光裡，像一個能量飽飽的發光體，輪廓有光暈。那日是我們正式dating的第二十九天。我瞇眼連忙搖手要他別跑過來，他其實也沒有那意圖，那邊騎樓裡有一對穿著類似長風衣的男女是他朋友吧。安迪笑時真真燦爛。我們反方向前行，很有默契的幾次一起回頭，笑著相視，我心的壑谷有大風鼓盪，剎那間讓我整個人滿溢。我知道，那壑谷大風也會帶我下去無光深淵，機率不小。我跟安迪是在鴨腳木區認識的，那裡的老舊公寓原本已成荒煙漫草的廢墟與資源回收場，幾年前開始轉化為平價的背包客旅店，因運而生許多異國風味的餐館酒吧與風格小店，結市成功，成了一處別有活力、吸引人的特區。一開始，我們都以為對方是觀光客，他的口音有些特別，果然跟我一樣，他十歲前跟著父母在東強國，南北兩個一線大城都住過。

「我飛渡海峽再次回來，只為了你。」

那時我不會知道，日光大道兩岸，我與五個月十三天後死去的老人緩緩走著，對岸是我煙花燦爛的愛情背著我走遠。

因為給你寫信，驅使我去想時間是什麼的老問題。過去兩年，發生了不少重要大事，然而一旦抽身遠觀（空間的問題？），不涉入的靜待時間水流漫漫而去，那些確實改變什麼的大事其實也無關痛癢。最後一任大統領去國，我只（願）記得他走進飛機前回首一望，一如漫畫裡的星眸眼淚汪汪，修身黑色長大衣於腰際打了個結，給機場曠風掀起衣襬，螢幕上一片灰黑彷佛芒花翻滾，凡我島人忍著哀憐自己的悲情，共同心聲是，要走的能走的就快快走吧別矯情了，我們留下不能走不願走的於絕望中自有活路，於無所有中自有期望。

確實，這兩年雖然苦旱，我卻覺得我城變得格外宜人，因為人口減少，經濟無所謂繁榮或衰退，我們一路減重減速減壓，市容反而潔淨，人們安靜收斂，連空氣中的懸浮粒子都少了許多。當然有那警覺性高且犬儒之人，好討厭地嗤笑我們是自覺高空有衛星監視，力求表現是個好教養的良民，好讓具有接管權勢的未來的主人就此評分，再來喊價得標。沒有主人的空窗期真是幸福，我們唯一憂慮，滿心期盼著天降大雨。

乾旱問題的解決有點出乎全島的意料。是這樣的，阿茲提克古國的一位科學家，從紙尿褲得到靈感，發明了看似白色砂糖的固體雨，一種可以吸收自己體積五百倍的聚合物，譬如十公克粉末可吸飽一公升的水，形成半透明的膠狀物。強國買下亞細亞洲的地區專利，將雨季或颱風豪雨造成的洪水轉儲為固體雨，運輸到旱區。傳聞是我島某位大富豪慈善家，捐贈一筆鉅款並遊說成了，運輸艦載來固體雨，解除了這次的水荒。

這一次，我島人務實看待此事，不再浮誇濫情，不再義憤惡聲，我們推論那些人必然都走光了（或者老衰得不能作聲？），我們看著螢幕，金光閃耀的汪洋大海上駛來巨艦，載來及時雨，我們不聯想千萬年前海上有仙山浮游若巨鯨，不聯想三四百年前國姓爺率領大軍亦是如此渡海，也不比附似乎才不久前西強國一支艦隊亦是如此築起海上長城安撫我島人脆弱的心，有強國可倡靠真好，譬如那執戟明光裡的良人；我們只讚嘆，科學昌明的現世真是美好，真是值得好好活下去。

一如這一則新聞，天文科學家在四光年外，發現一顆極可能有水存在的行星，可說是距離我們最近的第二地球，外太空移民的絕佳標的，將來光速微型星際飛船研發成了（將來是多久以後？別做夢了），穿越四光年只需二十年。國際地質學會通過地球進入人類世，因為偉大的人族業已將地球糟蹋惡搞得千瘡百孔。我們可以天真地想，管他呢，到時候搭上星際飛船一走了之就是。

航向遙遠遙遠的烏托邦，「今夕何夕兮，搴舟中流，今日何日兮，得與王子同舟。」寫信此時，安迪我的王子已離我千萬光年之外。

我們關係結束的停格，在今年一月廿七日，那溫暖的夜晚與隔日冰涼的早晨，就你的眼光看來，不得不承認在這方面，我之世代是有進化的——是否進步先存而不論，我們彷彿身上植有類似濕度溫度計的感應計量，在不生育的前提下，過了性吸引的激情高峰期，一般是一到三個月，當任何一方對對方不再牽情不再在乎不再思念，指示燈閃亮了，那就寂滅分開吧，一如游牧民族當草原啃光了自當拔營而去，相互一鞠躬，「多謝過去這段日子的關照。」

我與安迪，延續了夠長久的七個月後，是他先感應了無以為繼而遵循規則做了最後的儀式，那個夜晚，我起先不明白為何他瑩白的軀體突然像是博物館的大理石雕像，好冷硬，他的性器像是蟲蛹，我使出加倍的熱情召喚，或者本質上他的良善吧，他回應了我，電光石火我想起他每一次陽光燦爛的笑，他手心的汗與暖，在那似乎無止盡的蒙太奇，我延遲自己清醒的時刻。夜半從亂夢中醒來，我看著他熟睡得微微發熱，不像我陰寒體質冬天總是手腳冰冷，我靠近聽他的心跳，突然靈台清明地瘋狂起來，腦中改寫出這樣的字句：「王子不遠千里而來，亦將有以愛吾乎？」「何必曰愛，亦有仁義而已矣。」愛多麼難又多麼難堪，不可說不可說。我真正心裡的話是，not yet，還不可以走。斑鳩鳴叫的清晨，我們醒來，凡眼與手觸及的都是灰燼。如同往常在一起的每一個早晨，我們各自下床，去浴室刷牙洗臉，穿衣，新生的這一日的光裡，我們像是自旅店出發走上各自的行程，他顯得好輕鬆愉快，我目送他離去，在灰燼上留下腳印。之後我才發現唯我自己在火裡燃燒。

與固體雨相呼應，也是兩年前開始，出售卵子出借子宮蔚然成為一熱門行業，東西兩強國很有默契的以歷史為實證，說明我島女性基因融合了數個海洋族群的奔放冒險，加上一古老大陸從上古中古到現代長於遷徙的種族特有的刻苦韌性，結論我島女子的基因秀異，兩強國也就成了市場的主要買家，螢幕流傳一句應是仲介的推波助瀾，「女＋子＝好，好生意好買賣，妳別錯過」，其下的留言討論罕有的感性理性兼有，女性天賦的生育才能不該雞肋之，在合理的對價條約保障下，出售出借，既完遂女性身體的自主與母性的實踐，且或可療癒經痛，又幫助了生育障礙者，是三贏。科幻小說自認聰明的仿子宮之懷胎孵卵器，真是書呆子的見解。

我島眾年輕女子的卵子，或者有娠孕婦搭上得預約排號的稀少航班，飛越海洋而去，這是另一版本的甲必丹計畫，誇大想像成萬舟齊發也無妨。

我一人渡越海峽，腹內空空。

輾轉聽說，有人到了愛琴海邊，激動得找了瓶子要取海水當紀念，突然悟到天下的海水不都是一樣的？輪船行駛在那片古老的海域，讓我們複習一下，根據地質學家的測定推論，我島由海中褶曲隆起，是在二億二千萬年前，古生代晚期；我極力想像古人與先民或人類之前的生物是如何來去，他們是冒險者掠奪者，是野心者夢想者，是盜賊還是聖人？以上皆是，此事豈有單一答案。

我考慮是否繞去媽祖故鄉一遊，向我林姓祖先致敬。（祖母伯公愛跟我開的玩笑是，不嫁人，那就留著做老姑婆。言外之意是憂心我日後做不了「先妣」。）

輪船航程夕發朝至，我買了最便宜的票，八人一間的標準房，運氣好，只三個乘客，一人扔下行李便離開艙房，另一位布簾拉得嚴密，想必在睡覺。一小時後，我前去甲板，夜暗了，海天無限寬廣，海風又清涼又溫濕帶著鹹味。開闊是最好的治憂鬱藥，面向大海，好似唯我一人。「大海寬廣，足夠容納兩個強國。」想起這句話，我笑了。海平線上遠遠一團光，隱隱翕動，那是我島吧。上古之人見大海無量無限，認定海東有尾閭，深淵下有一龐然巨石塊為沃焦，是當年被后羿射下的九太陽，尾閭落陷海水其上便蒸發了。

不到四百年前，今可定位為冒險家的郁某人，曾寫下這海域的奇遇，颳起強風，風中突有千百蝴蝶繞船飛舞，風稍停歇則又有幾百隻黑色小鳥降落舟上，怎麼趕都不走，舟人好恐懼，以為凶兆，要葬身大海死定了。

安迪離開之後，我遊魂般晃蕩回到家，去你成了儲藏室的房間，胡亂翻著你的藏書與剪報，有一牛皮紙袋都是陳舊霉味的旅遊資料與一本筆記，爬出一隻銀灰蠹魚。我想我看懂你的分類，一個念頭竄上，就讓我完成你未竟的旅程或者重複你的足跡吧。我有的是過剩的自由。

安迪離開之後，我有了大自由。

我趕在思念變質為怨念之前，匆忙啟程。

安迪離開之後，我跌落尾閭深淵，不再需要睡眠。你或者認為，在我的世代，就如我們早已習慣消費性電子產品的汰換週期之短，失去、分離是家常便飯。這無事可為的時代，這無事可為的海島，我們是一粒粒的原子，我必定在你的藏書讀過某古人所寫的如詩文句，原子與原子間，空虛的海。破曉原來是這樣的，蛋殼白似的微光驅走暗冥，我又熬過一整夜的魂魄稀薄，唯恐風吹即滅。我出門，晴天颳大風的街頭，榕樹葉子在半空飄揚，不多的行人雖然都給吹得有些狼狽，但大風是世上極少數乾淨的東西，人人臉上因此漾著笑意，連同太陽光裡的高樓與路樹，整體予人幸福感。世界有它的意志強健地運行著，每一個體，每一原子，不再熱血，不再認為有集體的理想與目標的存在，也就不再受任何使命與口號召喚，更不再覺得個人之外有何價值與信念。

現世是這樣的，兩強國已經決定了我們的命運與規格，我城也決定在市府廣場豎立一個名為歷史終結者的大螢幕，人們暱稱小甜甜，兩個分割畫面並列，任一今日的新聞，必能在過去資料庫同時叫出、顯現相似的舊聞，條列它們的發展過程與結果。真真是教人驚奇，我們不再健忘，不再受騙上當，就某種意義，今天的記憶阻止了明日的發展，檢驗或者戳破謊言大話如此簡單。

我世代常常一群人在歷史終結者小甜甜前，握著罐裝啤酒，彈彈吉他唱唱歌，踩在電動雙輪如氣壓低時的昆蟲貼地飛行，最常交換的是關於歷史終結者的設計首腦的傳言，迄今無人知道他的真實身分，起碼的年齡性別都是謎。我們確認他至少一八〇的高智商，精通四國外語，已婚，常年住在某一個沒有寒冬的小島嶼。我們好羨慕他，不需要矯情否認，天才與美人——英雄總得受苦受難，實在太累人，排除吧——是永遠的必需品。

每一原子都必得面對自己的孤獨。原子與原子之間，廣闊的孤獨海洋。奇怪，也許是陌生的環境，輪船的搖晃，竟然讓我沉沉睡了一覺，真是夢鄉黑甜。生理時鐘叫醒我時，船快靠岸了，我趕忙跑到甲板，朝陽照射海面，船尾犁出浪花，陸地城市閃閃發光，這一行你也熟悉的文字突然跳出：「要自殺的人，也會怕大海的汪洋，怕夏天死屍的易爛。」那就夏天裡過海洋吧，如我這樣，朝陽好溫暖好溫暖，融化我堅冰的外殼，讓我湧起向大海潑灑的衝動。安迪離開之後，第一次我覺得破繭而出。

我想像數萬年前，有人幸運地舟渡海峽成功，草舟可能嗎？還是獨木舟或竹筏比較可行？一個人還是二人以上的結伴？再多人也抵抗不了大海的量體吧。

如是我想，經過多少次的日升日落，他看見觸手可及的海岸一如他離開的原始壯美嗎，莽莽森森的草木覆蓋，渡海的人一定不知道他上岸的是一塊遼闊巨大的陸地。

從我島輾轉來到強國的西北，這是一趟沒有時差的旅程，我先到雲夢大澤古城找老友王君，最可惜的是因為擴館工程，看不到馬王堆文物。市區也在擴建新的地鐵線路，鬧轟轟也臭哄哄，鬧區商店街的惡習，門口音箱喇叭放著震聾人的流行樂，只好坐船遊大澤去，湖水溷濁，千萬年了他一定非常疲態了。一條寬身的運煤船吃水頗重，排水孔吐著黃水，向著出海口航去。遊船送我們上湖中的神話小島，一上京赴考的書生巧遇遭夫家虐待的牧羊女即是龍王公主，為她去龍宮送家書告狀，通關密碼是敲三下一株大橘樹。島上果然種好多橘樹，我邊走邊敲樹。四望煙波浩淼，大太陽下根本是一座無用荒島，所有的神蹟光彩沒有留下一絲一毫。大家敗興返回碼頭，談起兩妃廟，白牆彩繪少女漫畫似的古裝美人，另一間廟店，神棍在入口發炷香，隨後索價一隻一百元（附記，碼頭等待遊湖船時，賣飲料的婦人，操鄉音，一臉鄙夷地說，從我島來的喔，都說你們島人有錢，可一個個很捨不得花錢，問我一瓶水多少錢，只問不買。），我看著湖面發呆指望有江豚跳躍，只想快快離開。從小對大澤的神往與情感，禁不起現實的考驗，不如搭上那一條順流而下的運煤船。我們有太多的自由，但在某個時間點，終將發現，我們來到事物的盡頭，譬如天下的水都是一樣的，不會再有那樣的純真，到了嚮往那麼久的海域或水流邊，取出空瓶子想裝一些帶走存念，旋即發覺此舉的多餘，簡直傻氣。

五年前去過另一座大湖，長期枯水後果，湖水內縮，乾涸的大片湖岸極目蒼茫，一半旱地一半如同草原，細看草叢裡有羊群，看不見的湖在遠方像淤積，像一湯匙泥漿，當初停泊岸邊的船隻繼續擱淺著日曬風化，一肥臀婦人提著一鉛桶的銀鱗魚走上舢板，轉頭問：「要搭船嗎？」夾著沙塵與太陽光的大風吹颳起來，同行有識者說，我們所在最近的數百年前還是水域，古有名將就在現今的江邊小鎮練武台操練水軍。

王君與我結伴往西去了苗族古城，正是多雨的季節。穿過封閉古城的江水豐沛，入夜後江岸是酒吧一條街，窄路擠得都得側身走，一家家噴乾冰閃著霓虹燈鐳射光，舞曲音樂一樣震得我耳膜發疼，吧裡群魔亂舞，突然黑瘦少年衝下台階還來不及對準江裡便嘩啦吐了，對岸卵石灘以前是行刑砍頭的地方。酒吧一條街簡直是一條潰爛的盲腸。除此之外，古城確實靜美，城樓石窗看出去，黑瓦人家爬著絲瓜藤，屋後一叢彎竹，甚至有雞啼，真是好聽，如此前現代，事實上，沿城牆走一圈，看不到一棟鋼筋水泥樓房，走過昔日大戶現成了博物館，我們無心觀賞，在階梯上坐著。離開時，大樹下藍染布褂老婦突襲打了一下我手臂，悍然瞪大眼睛，討錢，我回瞪她，可想見她年輕時的美貌。

不到半小時車程的鄰鎮有王君朋友，笑稱自己是女漢子，開了一罈自釀的米酒請我們，門口水塘的荷花正好掩住對岸的人家，鄰居在門口擺賣糯米粑粑，亮一盞黃燈泡，現成的塘裡荷葉割剪來包。朋友跟旅遊團去過我島，問她覺得如何？她笑答感覺不是出國玩吶，「我不開口說話總被認為是原民。」稍晚，她與丈夫開車送我們回旅館，經過鬧區，停在一家冰品飲料店前與店員問話，燈光昏翳的鬧區，街邊一撮撮少年或跨坐或倚靠摩托車，全低頭滑手機，螢光映著他們稚嫩的臉，我莫名想到「囊螢映雪」、那爬到屋頂就著雪光苦讀的老舊故事。

隔日清早五點即醒，為看古城無人的樣子，落著小雨，水霧瀰漫，跨江的廊橋這端有個清道夫用一隻大竹掃帚掃著石板地，江上有人戴斗笠划著一條扁長船撈垃圾，看似都在夢遊；曉色在雨霧裡成了琉璃藍光，另一端橋頭有一家賣吃食的，大鍋滾滾冒著水蒸氣，這時即便餓鬼也都吃飽了。我來回第三次走過廊橋，看見另一頭有個人影蝦著背慢走的姿態與死去多年的祖父好像，他真的在此復活我也不吃驚。古城被蠱惑在水氣裡遲遲不願醒來，細雨斜落江面成了長腳雨，因為無人擾亂水流聲格外清越，到處有那靈動的霧氣，好像時光隧道打開了。但我知道不會再來古城，此生就此一次。

這片土地太廣闊，不會重訪是常態（只發生過一次的事，等於沒有發生過？），那麼我需要記下另一個有三百年古梯田的老鎮嗎？遍地古城古鎮，得以存留必有起碼的物質基礎。這幾年我甚懼怕那些積極開發的城鎮，譬如用同一套模組改裝複製，以建設之名行毀壞之實。車子繞過古來多有修練得道傳說的大山（疾馳車中一晃眼見到山壁有一座電梯），到了古鎮，隨即參觀了一下午的古梯田，陪同人員遺憾說我們來得不巧，插秧後、秋收前甚至下雪時真是美景，愛攝影的都來了。晚飯後安排到鎮上唯一的豪華戲院看古梯田前世今生以憶苦思甜的歌舞劇影片，昔年鄰省水患，一大家族逃饑荒，翻山越嶺到此，求生應變，得到當地人同意，開墾最荒僻的丘陵坡地，終於日久他鄉是故鄉。很耳熟的勵志故事不是嗎？我看到一半尿遁溜了，大戲院在那城鎮大而無當，戲票價錢足以在當地餐館豐沛吃一頓，它連結著健身房、多用途球場是一個大球體建築，非常怪異；小孩在大理石地面奔跑，我為他們緊張，萬一跌到肯定摔得頭破血流。

寄宿的飯店在新興區，開發程序是整片夷為平地後，寬廣的棋盤式道路隨即關建好了，一街廓一街廓的建築工地冒出來，總是有那毛坯樓盤、曠地發野草且堆積生銹的鋼筋，落日裡像是不會完工的惡兆。晨起繞著小學校區走，校門口停著幾攤賣早餐，油膩膩煎著什麼吃食，顏色鮮豔的包裝零食，學童買了，手抓著汪著油的紙袋邊走邊吃。

樂土從來只在心裡。樂土是你必須定居下來，札根下去，在此埋骨，那麼，再荒廢破敗之地，都會生出希望與力量。

回去那個遊覽古梯田傍晚，我們到了一大宅古蹟，坐落處原是防禦盜匪的地勢，背山而前有斜坡，而今只剩荒頹感，簇新油亮的匾額上的落款時間是大清光緒「丁醜」。我們繞到大宅後方，黃昏正快速收攏天光，幾株彼岸花異常亮麗，所以靈魂漫遊時會有此花照亮陰間道路；突然冒出來一個皺紋深刻的清癯老頭，急著告訴我們這屋宅家族的輝煌歷史，我識破了他好寂寞好需要一個談話的人。我看他五官大異於當地人，祖上不知何年遷居來，留他這一點骨血在此。他跟著我們，看著我們的巴士開走，我回頭望，空地上曬著一堆黃澄澄玉米棒。

聯絡不上我小學同學丁丁，我不願認為她放我鴿子。我們超過十年不見、沒有真正以血肉之軀面對面，但有螢幕聯繫，我們看著彼此蛻變。小時候，你考過我，蝌蚪與青蛙是什麼關係？有一次，我媽整理我爸歷年來為辦理證件的大頭照，她算塔羅牌似排列一排，微笑細看；我恍然大悟，那就是蝌蚪與青蛙的關係。我與丁丁童伴時愛互相吹牛，你的用語是畫虎卵，她說是大食人後裔，我說我有原民巴布薩族血統。她膚如凝脂，深目高鼻，的確迥異於一般漢人，她假期跟著父親做生意當助理，常故意冒充外國人，去過鄰省大城一個小區全是非洲人，放眼皆是深淺不一的黑皮膚，襯著女子的花布格外豔麗，一活潑男生一口白燦燦牙齒對著她唱一首英文老歌Ebony & Ivory。從此她螢幕名字改為Ivory。我取笑，象牙久了或者保養不周是會發黃。

幸好我預先訂好青年旅社，靠近一個大菜市場，逛進去，盈耳是鄉音，全是伯公姆婆與祖父祖母的母語，連吃食也好眼熟。兩年前，在帝都近東四條的市場，我發現一攤賣驢肉，天上龍肉，地上驢肉，我很土包子的瞪大眼睛看那鮮紅一大塊肉。

大約兩小時後，我在商場的茶飲店傍窗坐著，看人。我發覺自己在洶湧人潮裡搜尋安迪，有那身影與他相像的，我便心一沉而眼熱，但我已不再躁亂。因為海港的關係嗎，海水回映，此處的日光敞亮多潮意，對街的人在下晝彷彿有煙的光影中如同錫箔。啟程前，螢幕有一條消息，我無從判斷是真新聞還是惡作劇，來自數個小劇團的成員組成一個旅鼠行動劇，計畫徒步環島（多麼古典！），最後在東部海岸的一塊形如抹香鯨的黑色巨岩上，戲仿旅鼠般跳崖自殺，再集體於浪潮中裸身走上灘岸。此一行動劇無口號，無說明，演出的意義觀者自行解釋。劇團先在螢幕送上一條視頻，巨岩在某次颱風受狂浪拍擊，海天蒼灰，碎沫瀰漫，非常像某個老電影公司的片頭，結束的黑幕出現兩個字「之後……」。自殺是假，重生是真。我從這行動劇接收到的訊息是，絕望自棄，或者他們的積極目的在戳破、譏諷這樣虛假的絕望自棄。我一直很欣賞那一行字，「始自絕望的希望」。

一位匿名者的提議相當引起共鳴，且是那種安靜的、不鬼扯潑糞的共鳴，讓我們的島好好休息吧。一如勞心勞力的勞動者諸君有年休，大型機器得歲修。休息，沉睡吧，單純做一個大洋中的Sleeping Lagoon，就像千萬年前。

我在你的筆記發現上世紀九〇年代一個被封為自殺醫生的剪報，他協助絕症或癌末病患、甚至失去活存動力的重度憂鬱症患者，以他發明的自殺機器進行最後的生命自決。那機器如同吊點滴，自殺者必須自行按下按鈕閥，第一階段流出麻醉劑，數分鐘後身體陷入昏迷，第二階段是氰化鉀隨生理食鹽水流出，使心臟停止跳動。

自殺醫生引發的還是那古老的爭議，人是否可以有自由意志處決自己？在沒有任何實質的利益交換的前提下，人是否可以協助另一人處決自己？是行善還是謀殺？是犯法還是褻瀆上帝？宗教或認為人不可僭越上帝，篡奪他的職責；或認為不可殺生，殺高等生物。

尊嚴的死不是罪，遠大於無尊嚴的生，自殺醫生如是主張。筆記上你抄寫這一行文字：「要自殺的人，也會怕大海的汪洋，怕夏天死屍的易爛。但遇到澄靜的清池，涼爽的秋夜，他往往也自殺了。」

之後你寫，「某人的意見尤佳，一到六十五歲，每個人發一顆劇毒藥丸帶在身上。死亡是唯一必須長期嚴肅思考的，一如實習醫師，一如祕教法師，隨身攜帶一顆頭顱骨。」

一顆豔紅如丹頂鶴如火鶴花的藥丸。

翻下一頁，字跡轉為潦草，某某人不解隱喻之意，譏刺那豈不是與財政困難多印鈔票一樣，禁不起現實的考驗，藥丸到時候成了最方便的殺人利器。

你應該知道，早在你長睡之前，極北的樂土小國已有安樂死志工的醫師，當事人只要在公證人監督下簽妥法定文件，附上心神並未錯亂的鑑定診斷書，即可注射致命劑量的戊巴比妥鈉（Nembutal），經由麻醉也是催眠的效果，平靜快速地死亡。諺語，死亡使人平等。錯了，這樣的所謂有尊嚴的死亡自決需要一定的經濟能力，一般人尤其是重病者如何到達那遙遠的極北小國？

你不知道的是，經過改良，致命藥劑新的名字是NoBrutal，現在是需求量成長最快最大宗的走私藥品。那每一個老人發一顆毒丸的理想國，確實在成形了。

讓我們複習一下這一首詩吧，當年你介紹我看的，過目不忘。

「這次我離開你，是風，是雨，是夜晚；你笑了笑，我擺一擺手，一條寂寞的路便展向兩頭了。念此際你已回到濱河的家居，想你在梳理長髮或是整理濕了的外衣，而我風雨的歸程還正長；山退得很遠，平蕪拓得更大，哎，這世界，怕黑暗已真的成形了……」

我記得你遞給我詩冊時，那挑釁又瞧不起的神情，意思就是，你們世代知道什麼是純情浪漫？什麼才是情詩？

凡港口城市必有濱海或濱河公園，傍晚我走那蜿蜒岸邊，海風夕陽中好多彼此摩挲肢體的情侶，日照仍然炎熱，我一人走著愈覺前路漫漫，彷彿走在來日，人類移民到另一個星球，那裡，重力稍減，自轉速度略緩。我可以獨處，也能夠享受獨處，但我不誇張我善於獨處，我以為這是獨生子女的我輩為適應而發展出來的生物機制。孤獨不等同於寂寞，一如音樂與噪音，自慰與性愛。

這次出發前，行李都整理好了，無事可為，傍晚一人浮屍般（原本想到的字眼是浮標）晃蕩到大河水門，一切沒變，那有如古城牆或監獄高牆的堤防還在，狹長的草坪綠帶與水泥地的步道自行車道都在，沿岸那些奉祀河神、土地公的老廟卻翻新得粗醜也都還在（神明早已一尊尊棄廟而去了吧，到哪裡去了呢？），下半部根莖浸泡河裡的岸壁樹叢，當然累世不能改變其坐水牢的命運。不一樣的是，放眼好空曠好荒涼，堤防邊的高架道路、跨河的大橋，昔時車潮轟隆轟隆的聲響偃息了，因而河魚在水面跳躍的潑刺好清晰。那年，是對著灰混混的河水，你與我講〈賦別〉那首詩嗎？我懷疑那次你是因為感情創傷而企圖藉走長路以療傷，一如游牧之人水草枯竭後必得向遠方遷徙。

狗狼暮色，也是恆常的現象，若從遠處看，我必是那起意投水自盡的剪影吧。其實我是朝著入海口方向走，高聳的堤防壁畫著龍鳳與飛天仙女，也莫名其妙有一白髯持杖老翁，最多是那些粗肥英文字母的塗鴉，夾著白牙、眼睛、舌頭與性器，我始終看不懂究竟塗寫了什麼密碼暗號。落單行走太久，我有些害怕，遂回頭。再前行，是報廢汽機車輛的墳場，三年前一個預測失準的秋颱豪雨導致河水暴漲，沿岸停放車輛滅頂，水退展開清理，發現車主失聯的棄兒車好多，最簡單也最偷懶的辦法是剜取零件引擎後車體就地堆積。破窗不補效應，那一長段河堤一年後成了高過堤防的廢車墳場。

在一間小小的如同塵封的福德廟旁的榕樹下坐著，整個河濱灰澀低迷如深秋，想必源於大海的河風長長氾濫上岸，足以撲殺行吟河畔尋尋覓覓的憔悴人，我看著對岸犬牙交錯的建物影子，遲遲沒有亮燈，肯定一棟棟人去樓空，起碼未來數年都不會亮燈。天際線如同一堆堆破敗瓦礫。

暗濛濛的大河平緩流著。它就是時間自身。

我想起曾經有個少女，對著也是這樣的大河風景，她咬著一口亂牙，想著算命的說依她那口亂牙活不過四十歲。大不同的是彼時的大河沿岸有路燈若一條珠鍊。

為什麼想起這些？在我成長過程，你植入了多少你對世間的喜惡與判斷，想望以及妄念。我再引用一段，來自你的藏書，我非常喜歡：「生命的程序：和她交配，生孩子，寫書和死亡；這與天地般廣闊的壯志相比算什麼呢？成為大海、星辰、宇宙的主宰——或者至少胸懷他們？」

到底是誰寫的？我迄今找不到。

暗濛濛的大河平緩地流經我的胸懷，它就是時間自身。

千萬年前，這河岸有茹毛飲血的人，黑夜的河海，宇宙星空如細沙。

有歌聲從水門那邊的水泥地像草間流螢飄過來，我摸索走近，電子琴琴師與走唱者男女二人組，粗電線接著一台吽吽悶響的發電機，四個角落拉一盞燈，光度不足，顯得光影昏黃，稀疏二十多人圍坐一圈塑膠椅像幼稚園，唱的全是我父母輩甚至更早的流行歌，克難舞池裡十多個歐巴桑歐力桑列陣跳舞，其中一細腰男子扭擺得比女人還嫵媚，那樣自得其樂真好。河風也是晚風一陣陣讓人如在時間大河、水中的魚。我自覺這樣旁觀像是情治人員在監視，但有一瞬間，我渴望加入他們，無一有苦相或怨容，好滿足地消磨時間。群體容納也消融個體，得以逃避我那螫人的自由。

獨有一騎單車者，將車輪與他全身纏上七彩的冷光棒，慢慢地甚為逍遙的騎著，在黑夜的虛空中獨來獨往，凡看見者都覺得歡喜，因為那美麗的光。

千萬年前，聚落河岸的茹毛飲血的人也會圍著火堆歌唱跳舞，他們日日夜夜看著河海，若有一人生出遠行的心念，他也會想大海盡頭是什麼？

就在我離去時，賣唱的清晰地為我唱這一首有些耳熟的歌，我猜你一定知道，「晚風中有你我的夢，風中借來一點時間緊緊擁，擁的那個夢像一陣風，悠悠愛在風中輕輕送。我心的愛是否你心的夢，可否借一條橋讓我倆相通？」

在這無事可為的時代，只好找一個人戀愛，互相傷害。

我覺得自己有相當能力做一個羅曼史作者。

說鄉愁實在矯情，現在我望著悠長黃昏的洋面，尋找我島的方向，但我好想念的是久未聯絡的港島的坤丁第諾。至於安迪，他像傷口的結痂，微微癢著，得忍住不抓破它。今天就寫到這裡，我好累好睏了。

古名金城的機場感覺上不會比一個三級城市的車站大，小但便利，出關直走就是轉運櫃台，買了票隨即坐上直達市區的大巴，烈日當空，太陽特有一種邊疆曠野的蒼黃色調。乾燥的高原，沿途地貌是一丘丘層疊著，不多的蒼綠淺淺附著在黃土丘，使人了解山脈確實有老年期，線條鈍了平緩了，像極了電影侏羅紀公園那一群草食性恐龍在集體午睡。

這樣吧，這次行程，我不寫日期地名，試試看日後記憶是否還能定錨。

大太陽下突然一陣急雨，雨光銀燦燦，好像這大樓包抄的廣場上的刀光劍影，只有一女子匆忙跑過來，在我面前跌跤，提袋裡的物件灑出一地。我不忍，扶她一把。是個美麗的女子。從彼此的口音確定都是我島人。談話時覺得口中有蜜，心裡覺得苦。不必問，我知道她住在這裡，她知道我是路過的遊客。這樣的相遇並不困難，她絲毫不好奇家鄉的事，我告訴她我要一路向北行呢。她散發著愁悒的氣息。

急雨下的大城一隅，我們一起看著她脂白的膝蓋泌出細細的血，等著凝成血珠，滑下那修長白皙的腿。

她是另一個我，我另一種人生的可能。如果當年我爸留下來不回我島，如果我淡忘了我島的家族以及一切。

於千千萬萬人之中，於時間無涯的荒野中，我們在交會的那幾分鐘，對彼此充滿了理解。

介於平原與高原之間的青色天空，霸氣地覆蓋大地，巴士遂像一隻甲蟲朝地平線駛去。天蒼蒼，野茫茫。洪荒，原來是這樣子。

希望有一天我能夠以最原始的走路方式，在這塊土地上走一日一夜，將孤獨走成夢幻泡影。從此，再也無懼孤獨。

遠在稱為魔鬼城之前，這個「之前」精確推估是將近兩千萬年（兩千萬年是怎樣的時間？），那時，這裡是汪洋大湖的一部分，然後在某個時間點，湖底盆地傾斜，上升下沉的翹翹板作用開始，水枯竭了，沉積物與岩層裸露，始終不斷的風蝕力量於是主宰這裡。天空下，什麼都沒有，一株草一棵樹也沒有，風吹走砂石塵土，也帶來砂石塵土，吹蝕地表成為溝谷與壟脊，供巨靈大神路過時徬徨迷走。也像所有強國集結的海上艦隊。

我走在一墩獨立的殘柱底部，風力颳出一道道水平紋，土質看起來好鬆脆，確實像湖底淤積曬乾了。是千萬年一層層泥沙腐土與無數動植物的屍骸分解共構。沒有直立人的那時，是什麼生物在這片海洋似的水域？

若還有世界盡頭的執念，這裡就是——為什麼要去到盡頭處，世界果真如此令你厭惡？

若能自我流放到這裡，像中世紀的柱頭隱士——但是，萬一發現我能捨棄的竟然如此的少？

然而，真相是這廣袤的原始地貌畫為國家公園，我即使脫隊失蹤，一架小直升機加上紅外線熱感應，很快便能找到。

規畫妥當的觀光車道，蜿蜒遠方，一輛輛大巴士間隔有序地開來開去。無車的空檔，曠風吹來好舒服，整個人確實給鑿空了。風是這世界極少數乾淨的東西。即使兩千萬年的沉重也吹得如同棉絮。所有的神聖與魔鬼先是都已枯竭，再被風吹颳淨空，曾經的寶物變為泥石。

下一站，邊關。

燥陽下紫外線強烈，放眼平原除了這一座關牆堡壘，沒有其他可遮蔽處，一馬平川原來是這樣。所謂的邊疆、國界，縹緲無邊際，流瀉的白雲層一如大河，天空清藍得令人瞌睡，陳摶老祖一睡睡過了不知幾多次的改朝換代。修復得很好很新的城牆，有一則淒美傳說，傍晚時，飛在後方的雄燕撞死在正關上的城門，其後雌燕悲鳴殉死。從此出關的人敲擊城牆，若有啾啾燕鳴，就是此行可以平安回來的吉兆。

古時候的人，要走多遠，回頭才看不到這邊關高聳的城樓？前行再前行，便是世界的屋脊，空氣稀薄，酷寒，凍傷壞死手指腳趾與耳朵。

現在即使真有燕鳴也聽不見，廣場上一個武術雜技團正在演出，三五個一身短打漢子凌空翻身彈跳，喇叭音箱直欲刺破耳膜的敲鑼打鼓配著搖滾樂。我真希望有一挺機關槍，正好架在鋸齒狀的城牆頂掃射他們。

角樓都有一根旗竿，仿古的三角旗迎風獵獵，城洞的石磚甬道有數十公尺長，一走入洞蔭裡好沁涼，壁上有監視鏡頭。這是盛暑八月。行前我去看陷在混沌的父親，養護中心才幫他洗澡換衣服，我幫他推輪椅逛著，我不確定他是否感知我的陪伴，是否知道我是誰，天氣晴朗，他顯得蟬蛻般的輕，就像邊城歷經長久時光的乾燥氣候的磚瓦土石，或者在某一種意義，父親與邊城已經無視時間的存在了。邊關觀光化的標準配備，女導遊，方志彙整的簡明解說，夾帶一二則或鬥智或勵志傳說，整篇一字不漏背下，錄音帶般放送，毫無感情像小和尚念經，尾隨一群人總是走一半路程便潰散，導遊也樂得輕鬆。城牆無有遮蔭，導遊戴著白手套唰地打開陽傘，指著城樓向西坍塌的陰影，拱門上緣正中放著一塊曝白的磚，當年哪，坐鎮的大將軍與興建關城的工程師打賭所需磚塊的數量，少一塊多一塊都是輸，斬頭是賭金。竣工是日，工程師將特意多出來的最後一塊磚安置關牆拱門上，給你大將軍看看老子的真本事，但民不與官鬥，他星夜遁逃。寥寥聽者呵呵笑了且鼓掌，沒人追問工程師是逃關外還是返本鄉。

隱在牆陰有一痞男揚聲問：「那天下第一雄關在哪兒呀？」女導遊白手套收了傘，並不動怒，「你回去念點書，增加一些知識水平。」

我故意脫隊走在最後，想體會一人守著邊關的感覺。日光定靜地玩著光影遊戲，直角鈍角，風沙就有那能力吹透日影，稀薄之，縹緲之。我捧著相機，入眼都是空鏡頭，彷彿大擺空城計，我是在牆頭打掃灑水以迷惑敵軍的小卒。再十分鐘就得離去，等不到「四面邊聲連角起，千嶂裡，長煙落日孤城閉」的時刻。

煙霧散入空氣，影子遁進日光。於是，時間的脊椎被抽掉了。

凡人皆知的真相，當鐵鳥飛翔天空，當人們螞蟻那般遊蕩世界，邊關的命運只有一條路可走，做一座物質文化遺產的觀光景點。

邊關，不是邊城，來一次，徹底打開心胸與眼界，足矣。

附記，這裡的瓜果真是好吃，日夜溫差大，白日曝曬，晨夜霜壓，養出了我有生以來吃過最好吃的瓜。老友告訴我，那以毒氣製造恐怖攻擊的扶桑國邪教教主愛吃高貴甜瓜，他逃亡時，藏匿處附近的超市的頂級瓜果反常地銷量暴漲，聰明的警探抓到這條線索，逮住了他。瓜市裡，我雙手抱起一粒瓜，真沉，我敢打賭人頭不會如此沉，更不會如此甜美。

可愛的冤仇人，是伯公愛講的一句話，是他那代人的語言。

行走得愈遠，經過的城鎮愈多，愛憎愈是淡薄。

夏天的首都居然也有霧霾來襲，前一晚在路上，友人K傳來照片，在他的住處大樓遠眺，天邊像是黃褐色的海嘯隆隆撲來，次日將密密覆蓋整座城市，有毒霧霾來了。從機場搭捷運進城，高架橋梁上如行駛在大湖底，能見度數十公尺，恍惚的美麗世界，人們除了接受毒氣侵蝕別無他法。與高架橋平行的高大白楊，樹下蠕動有人行走，肩頭扛著沉重的繭包。地底轉了兩條路線，出站，停放一大片的腳踏車如同鐵蒺藜，站口階梯一個年輕男人俯跪畫著一長幅的白衣觀音，旁邊一堆捲軸是完成品，要買要捐獻請便。過兩天謎底揭曉，他手持畫筆如同唱歌對嘴只是擺樣子，那些觀音畫是批來的。K給了我兩道門的按鍵密碼，蜂巢公寓大樓，我放下行李，盥洗後戴口罩出門。霧霾曠野，路樹是懸鈴木，修剪得很整潔，一座商場前一台賣CD的小貨車大放悲苦膩人的情歌，不辨東南西北地走上立體交叉橋，底下天塹嘶嘶嘶嘶的風聲捲著車流，車頭燈車尾燈一如鮭魚群。我以為會看到最先進的無需軌道的移動捷運在半空中如一隻蜈蚣嗎？或者飛行車像大黃蜂、人們踩著風火輪浮行如仙人？別鬧了，沿路有在腳踏車後架賣奶酪的，都是青壯小伙低頭盯著手機，令我懷疑是便衣。當一座城市的人口與我島的總人口數量相當，霧霾一如細雨，像是它已經完成歷史，餘下的是個體的選擇。

我已經能夠安於在那些不發達不抒情的城市逗留，街道兩旁二層樓店面，每一間面寬相同，禿禿的沒有騎樓走廊，賣五金、建材、油糧雜貨，賣吃食。然後，突然發現在這些城市看不到一隻野狗，但有貍色白腹家貓細細鐵鍊圈著脖子鍊在几腳；住宅樓群間的綠地，看見一棵扁桃樹，驚訝於它的高大雄偉，樹幹附生青苔。（為何我將扁桃樹與一場苦難偉大的愛情連結一起？）繼續前行，百年前沙洲灘岸而今是長長街廓的中藥材南北乾貨，香味迷人。

遍地古蹟，遍地文化遺產，遍地風流。但還是驚訝湖岸欄杆是水泥柱雕飾漆成竹管，一湖蒼綠，波紋不勝，日暮來到一條白牆黑瓦傍河街口，一張長桌就是關卡攔下外人收過路費，打印的票券假得可笑，冒充的賣票女孩紅紅蘋果臉卻板著，戲劇化的防衛張力。我反駁是進去餐館吃晚飯，一方頭大耳男說：「裡頭有幾個景點。」我怒火上來，用水滸的話語，「天黑了，看個鳥。」

記憶快轉，深夜的老城區，路樹還是懸鈴木，進了一家燈火明亮的狹窄矮房，一排五張塑膠沙發癱著兩個濃妝得風塵味女子，伸著甘蔗粕似白腿，嗲氣要按摩師傅重點沒關係，「我今天累死了。」必定是個女子漢。服務我的恐怕未滿二十歲的鄉下男生，還有著土腔推薦我特製中藥泡腳，笨手笨腳蛇進屋後提來一只木桶，黑色T恤牛仔褲球鞋，脫農入城的第一步驟。總是遇見這樣的少男少女，或精明或土直，是來大城脫胎換骨還是給無聲吞吃了就看各自的造化。湖水偶爾咕嘟響的湖旁酒吧街，一高大少男衝來身邊好親熱叫著哥姊，招攬生意。那一疊聲的哥姊稱呼令人臉紅。

城市擴張像癌細胞，飛機誤點，公路不塞車了，小巴一路飛奔，蒼白路燈裡沙沙飛著趨光的蟲蛾，奔過市區鬧街的霓虹燈光，更覺得小巴所在是冥界，去往烏何有之鄉，棋盤道路的曠地連雜草都不生，赫然一棟塵沙大樓，輝煌大廳的櫃台人員一男一女如螻蟻，盯著螢幕敲著鍵盤說開不出房間，不是電腦當機，總之鎖住了，「啥意思鎖住？」拿起幾張卡片反覆感應，還是開不出。「趕快打電話叫經理來啊。」我們一群消費者意識十足的房客圍著櫃台盯著，都忍著喉頭的「笨」字。兩人頑石不緊張不愧疚，持續感應卡片敲鍵盤，吟唱起來，不給開吶。「幫我們轉到別家旅館行不行？」他看一眼大門外無邊際的黑夜荒野，不應答。熬到過了子夜終於房間開出來，我拖著行李進房，居然是有客廳有三溫暖烤箱的豪華套房。

當所有的江河不再氾濫成災，當所有的城鎮入夜的燈火都是一樣的陌生又熟悉，舊城牆釘上霓虹燈，老建築立了解說立牌，我行走的意義也完結了。

唯一不可取代的是那我在其中老去並且死亡的城市，只在我島才有。

穿過海拔兩千五百公尺的長長隧道，盛夏亦可飛雪的現代邊關，如同穿越夢境。

我的睡美人uncle，我要告訴你一個異族神話，俊美無比的牧羊人安迪彌翁為月神所迷戀，她遂請求諸神讓安迪彌翁永保青春，凡人豈可永生，結果他得到的是永遠沉睡。如此她永遠擁有他。

當你醒來，我寫好了這些給你。我寫於旅途上。同理，穿越你我的夢境，我們將會看見什麼？

我深深期待與你重聚的時候。疾馳的夜車上，彷彿穩坐在時間的龍背上，我在檔案裡發現這一段文字，是你寫的？那女子會是我嗎？

歷史加速前進，我愚勇無懼自己掉隊，如是我得以目睹捷運車廂裡不是更年期更不是老年的眾女子，罕有不纖瘦的，兩耳垂下耳機線如昆蟲的長觸鬚，塗了指甲油的柔荑雙手捧著手機，兩根大拇指快速點彈螢幕如跳芭蕾，送出訊息，她視線依然黏在螢幕，一指滑動牽曳它，一邊反芻之前的言詞，一邊等待回覆，長指甲偶爾喀喀敲響螢幕。如是我聞，「已讀不回是重罪！」想必得到回訊，她兩根大拇指又快速點彈起來，似乎更快了，送出新訊，如拉滿弓射出箭，如是輪迴，不疲倦，不鬆弛，她才是螢幕的延伸。古有神話，東王公與玉女玩投壺遊戲，每投千二百矯，投中，天為之噓，脫誤不中，天為之笑。我究竟該為她吐大氣還是暗笑？她捧著手機靠著心口，終於抬頭仰臉的一刻，精細描繪黏著假睫毛的眼睛矇矓了起來，是動情，是迷惘，是知其不可而為之，還是一點點的心機，都好，列車呼呼前行，我確實看見了她穿越現實的快樂，她穿越現實的期望。

8 狗狼暮色

日落，我城的輝煌時刻。

據說，若登上任一制高點，朝西看，奇觀出現。所有傾斜將日照面積極大化的樓頂太陽能板熠熠地、粼粼地反光，依當日的氣流與季風的強度，白熾的光亮以繖形花序的樣子、以草履蟲的樣子或火山岩漿的樣子流動，印證古時的異族經書的句子，「天起了涼風，上帝在園中行走」，意圖割傷凡人的視網膜，不讓鳥類飛上高空，照得雲層更白更立體。

夏至的乾燥白光，持續到秋分後一天天轉為蒼黃的暖色，晝短夜長，視覺的黃金狂歡一下灰燼為暮色，厚厚覆蓋我城，一併寂滅市囂。

然而現在，輝煌的狂歡時刻靜靜延宕著，傍晚起風，燈光遂像灰燼下的炭火復燃。

節電緣故，鴨腳木區的土丘雜樹林迤邐而下的棧道一路鋪設腳燈，與店家住宅為了風格化都統一用杏黃燈，便有了復古韻味。過於黯淡的光暈於枝幹葉隙靈動，曾經一群有心人鼓吹，要將柏油路改為石板路，鐵門鐵窗改為木製並以花草美化，但計畫畢竟不了了之，幾戶的門楣還掛著木片毛筆字寫著「田舍翁」、「草堂」、「蓬萊」，改革遺跡。社區公園每到黃昏，趴著一隻藏獒一隻鬆獅狗，都垂垂老矣的懶洋洋，據說是一富人去國前託孤給老友，兩大狗似乎有著思主愁容。

我與兩狗對望一會兒，向著簷下一盞素淨的棉紙燈籠走去，門雖設而常開，進屋，煙燻火烤過那般的室內，燈下兩個赤裸的年輕男子有如孿生，手持有噴頭的塑膠罐，彼此幫忙在身軀噴水，水平伸開兩手，大開雙腿與肩同寬，那仔細審視的過程一如雕像的完工。我心想，不管什麼年代，年輕的身軀總是發光呢。然後兩人穿內衣褲那般各自穿上一層絲襪般的物件，照鏡子似幫對方將身上的皺摺抹平，拍打，按壓。原來那層絲襪膜上有著繁複的青藍圖案，與拓印相仿，稍後黏在肌膚上。兩人並立，衣膜的圖案合成，一頭躍出海面的鯨魚，座頭鯨。兩人隨即牽手就地躺下，示意我走幾步換個方位橫看，照眼成了我島的鳥瞰圖。我理解了，刺青的進化，隨時隨心情可以撕除洗掉。麻煩的是，得經由螢幕委託東西兩強國的同好訂製，過程是陌上花開可緩緩歸矣的慢。

兩人繼續牽手躺著，閉上眼睛。孿生似的二人分辨得出，稚氣未脫的是大麥，自稱是天蠍的果然陰沉多了。屋子另一頭有女聲清亮地喊，「別演殉情記啦。」兩人吃吃笑了，握緊了手，模仿癲癇的全身抖擋，兩條盆子裡的鰻。一粒紅球飛擲來，落在兩人身旁炸裂，是水球。大麥娘氣地尖叫，起身拉著天皺跑向隔室，都是圓翹的臀部，旋即那邊扭打嬉鬧一團，豁啷嘩啦不知是否一疊杯盤瓷器跌地。

位在巷口毗鄰的這四棟公寓，據說屋主之一是獒犬與鬆獅狗的主人，最後的大統領飛離我島後跟著空置，這樣的空屋遍布我城，幸運的是沒有變成鬼屋或廢墟，而是異化成好像展示屋，是武器大觀所描述的中子彈唯死滅活人而不毀建物硬體。那幾年，東強國一級城市的摩天樓計畫陸續完成，未來感十足的插天高樓仍然像極了巡弋飛彈，或是電鑽頭、螺絲起子，不以高度取勝的則是單細胞的不規則扭曲麗於地，像變形蟲，標榜完全的綠建築。

空屋或是爬藤纏上，或是傍有喬木大樹，最常見的是圓葉血桐，落葉一層層堆積腐化，公部門早已廢弛，颱風季前不再疏幹剪枝，幾年下來，綠蔭青苔與爬藤也是一層層濃厚，蚊蚋昆蟲孳生，營營嗡嗡私語，夜裡偶見螢火蟲慢悠悠地飛，像是屋子的遊魂。

四棟公寓因是位在巷口的地利，第一批自行遷入借住的有音樂治療師、轉做燈具改裝的水電師傅、退休中年二三人，囤積一屋子垃圾堆揀選出來的廢棄物，卻自認是精神上的豐年，合力敲掉牆壁將四棟公寓打通，隱然師法古典的屋邨生活，夜夜一屋的人與暖光，有如祕密結社，其實什麼也沒有，小鍋小爐灶燉煮家常菜或補品，至多啟人疑竇以為煉丹藥。但開風氣不為師，某個夏天，第一批入住者突然全數離開，走得乾淨俐落，一如颱風過後的天空，接續入住的是天皺大麥諸人，年輕一輩接收滿屋子水電師傅巧手救活再焊接改造的燈具，屋邨規模向地下室與樓上擴張，頂樓成了菜園與大麻園，從一部老電影學來的原本想開辦搏擊之夜，才發覺眾人對血腥暴力好怯懦，還是晝寢熬夜、清談喝酒唱歌聽音樂省心省力。

不得不承認，人口老化的嚴重。繞道南洋渡過海峽而來的虯髯背包客，借住期間，腰繫沙龍移植大花曼陀羅在房屋周圍隙地與防火巷，憑藉旅途上累積的經驗與交換的知識，他想要結合大麻提煉出新品種的迷幻藥，無副作用，藥效卻可讓用者通天人之際，欲仙欲死。實驗結果是留下一桌的焦黑試管，一堆異國情調名字的盆栽，有那記性好且警覺性高的想起小花蔓澤蘭的災難，拔起盆裡草木，一把火燒了。雨季，樓頂高過人頭的大麻遭霆雨打伏，大蝸牛成群霸吃著曼陀羅，濕氣共腥氣糊著玻璃窗，也是虯髯背包客複製下來的音樂檔，異族人語的歌聲慵懶地呢喃著大河漲水，不用害怕，爬到樹上睡一覺就好了，好像在古老的夢裡。虯髯背包客當初說，好驚訝休養生息中的海峽的水表層紺碧，不時有聰明的海豚躍起高高。

因此屋邨、這打通的田字形公寓充滿了偽裝的末日氣息，即使白天也始終亮著燈群，假裝自棄在偏鄉，大門終於貼了這樣的對聯，「荒村雨露宜眠早，野店風霜要起遲」，橫幅「呼呼大睡賽神仙」。有如病毒感染，來來往往諸人都詠嘆著這樣的禿頭句子，「反正無事可作——」，那就戀愛打炮抽菸喝酒耍廢潑糞自殘吃飽飽。寫成文字則是，無事可為，天色晚矣。當初從垃圾堆搶救回來的囤積物裡露著一截老舊木樁，等到無事可作的一人，手賤抽拉出來，是一張朽蠹的古琴，某個深宵有人撫出幾個簡單卻悠然的音韻。啊，是那樣梅紅梅黃色澤豐富的傍晚，鬆脫的紗門被風吹得咿啞響，天光由眼而胸臆注滿，讓人發呆，那是上兩代人才有的家常記憶，廚房的抽油煙機嗡嗡響，電鍋冒著水蒸氣，客廳燈光大亮，一家人都會回來吃晚飯。

領頭說無事可做的是反抗者，而今是禿頂、一身病痛的初老年紀，不定時來盤桓數日，因為寂寞也害怕孤獨死吧，絕口不提他以前個人的輝煌戰史，當然不是謙遜，而是今昔對比檢驗而來的折磨太難堪了，也忍受不了年輕的視他的過往如糞土。但是瞞不了有考據癖的洛克。洛克也叫施帝夫，敲敲螢幕大神，輕易搜尋到反抗者的資料，粗略瀏覽，螢幕上能感受的只剩源於義憤的美感，他食指點著一張黑白照片，鼻孔哼氣，偏頭告訴珮珮，Every dog has his day。珮珮敦厚不哼，手指修長撫著他的背，專注看螢幕上風起雲湧的天空下，鏡頭焦點是群眾中的反抗者，額頭綁一布條，黑框眼鏡，手持大聲公，抗爭什麼不重要了，或者是抗爭的場次太多了難以分別，然那吶喊的姿態，握拳的張力，白色麻質襯衫的皺摺，確實有一份自覺的氣勢，一份浪漫之美，是這樣的殘餘證明他曾經存在。珮珮的藝術修養讓她說了：「拍得真讚。」反抗者當年最後一役，加入馬沙競選大統領的智囊團，一如他的同路人未免太多，湮滅其中，是以洛克找不到那時期反抗者的個人秀資料。之後大統領倉皇飛離我島，洛克相信那聲明是反抗者捉刀的，螢幕顯現他之前一篇手稿即是草稿，很諷刺的是整篇簡短的聲明最牽動島民淚腺的是引用一位阿拉伯詩人的句子，「在最後的國境之後，我們應當去往哪裡？在最後的天空之後，鳥兒應當飛向何方？」

大哉問。

洛克以菸酒咖啡與音樂絆住反抗者，先從經典搖滾聊起，反抗者封閉的心一分一釐重開，談那一年風靡的一款螢幕遊戲，貓抓老鼠，登入者外出行走，沿路遇螢幕鼠怪則捕抓，遇虛擬武器與法寶則收取，遇虛擬擂台則決鬥，落敗則降級貶為鼠……，兩人爭辯遊戲規則的細節，反抗者當然知道遊戲盛行時洛克頂多幼稚園，所知大抵是螢幕得來的二手資訊，橫過禿頂的稀疏髮絲掉下，他笑了。

程式設計了一個玩家稱為結界入口，有兩種意見，原本就是bug，或故意偽裝的後門漏洞。要怎麼才能找到呢？晉升到α30級只是基本條件，九種武器七樣法寶也不是必然，如果打敗了被貶為鼠輩也沒關係，所以純粹是機率？好像也不盡然。怎樣能像愛麗絲的跌進樹洞？有一說是在街道巷弄走出一個迷宮圖案，或者饕餮紋，或者一個類似大腦地圖、左腦還是右腦？另一傳言遊戲開發者也是星圖迷，所以是月圓之夜，現在即使登上高山也沒有繁星滿天，夏季大三角最亮的時候，反抗者自言自語似的背誦，「纖雲弄巧，飛星傳恨，銀漢迢迢暗度，金風玉露一相逢，更勝卻人間無數；柔情似水，佳期如夢，忍顧鵲橋歸路。嘿嘿你可以接下一句嗎？」

「兩情若是長久時，又豈在朝朝暮暮。別賣弄了，也別農業時代牽牛織女了，是天鷹座α星，天琴座α星。」

傳統的歸傳統，現代的歸現代。所以江湖傳說，那遇到結界入口的幸運兒，日日夜夜行走如同進入魔瘋狀態，腳掌起了水泡，胯下磨破了皮，衣服覆蓋不到的肌膚曬黑一層，累積的里程數足夠人類祖先露西人猿來回走一趟黑暗大陸，他以為吃了迷幻藥，到底像愛麗絲是變大還是縮小了，進入Matrix基體，做一日主宰，至為榮耀的時刻好像在高高的雲端，俯瞰地面的玩家，真是人如螞蟻，他深入而碰觸螢幕的螢幕，程式的程式，自由自在，要增加減少老鼠與武器法寶的數量，請便；要提高玩家的戰敗率挫折他們，請便；要引誘他們暴動般在街道集體狂奔，一日數十回，要讓他們憤怒、沮喪還是快樂呢？你想欽點某人、仇家或愛人讓他一路一抓就有、戰無不勝，幫他造一座超級擂台，加冕他成為霸主。你會不會因此突然佛心來著心生悲憫，可憐這一大群被操控還不自知的無腦生靈？你不也正是其中一個，最大的一個，結界結束時，無聲無息，像一個氣泡破滅，你回頭望，很遠很遠有一顆金黃的星向你眨眼。回過神來，沿牆有草綠漆的人行道的巷子，那戶大門門把是一對精鑄的鹿頭，擦拭得亮晶晶反映天空與大樹一角，圍牆裡那樹是一棵華美茂盛的緬梔，大葉無有一片枯黃或萎相，簡直貴氣，旁邊公寓大門哐啷開了，走出一位美少婦，屁股緊翹，戒備地幾乎是瞪你一眼。一條安靜過分以至於愁悒的巷子。投石沖開水中天，水中密密麻麻令人起密集恐懼症的錦鯉霎時散開。

他注視著洛克眼下青翳的臥蠶。防火巷有人行過，上半身不免與曼陀羅花摩擦。

「我反抗，所以我存在。反抗先於存在。我老老實實告訴你，與其想為什麼要反抗，更應該思考的是為什麼不？我要告訴你一個故事，兩百六十年前，有一個歐羅巴人，我說是大騙子，你會說是七海遊俠大冒險家，他會認為是大夢想家，海洋上浪蕩的某一天，多麼令人神往的時代，他鬼使神差來到我島一個小海港，岸上那時的島人迎接客人般，想必是含笑招手，來喔，大人先生，來、來。貝紐夫斯基在他的航海日誌評論我島人雖已有開化，但怯懦、慵懶——是熱帶島嶼潮濕炎熱的白日太長，南風一吹催人欲眠，而且瓜果遍地伸手一摘便有導致的那種慵懶？他以槍砲幫助一批島人土著打敗另一群奪占良田的奸巧島人，他的航海日誌大大吹牛，離開時，頭目送他真珠、八百磅白銀與十二磅的黃金。之後，他簡直發熱病似寫了一份殖民我島創業企畫書，他一定夢想能夠跟同行前輩哥倫布一樣獲得西班牙女王的賞識與贊助，當上我島第一個歐羅巴番王。如果當年這事真的成了，現在將會是怎樣呢？我們都將是『來喔，大人先生，來、來』奉歐羅巴為宗主國的子民嗎？我祖母一輩子總是稱呼警察『大人』，那樣前現代的語彙，呵呵。我島會是歐羅巴在亞細亞的櫥窗？歐羅巴在亞細亞的一顆明珠？歷史是，相同的戲碼一再上演，卻是、不到一分鐘我又要講鬼使神差、錯過了。我自己相當敬佩的一位學者，很正經地用考據來調侃愛以番薯自況的我島人，他說番薯起源在南美，飄洋過海來到我島是四百年前；同樣是塊莖植物的芋也，本源在亞細亞東南，在我島有一萬年之久。島人，哎呀，顛鸞倒鳳哩，卻用芋也比喻不到一百年前大批移來的東強國人。好像把家傳寶物平白扔出去，自己卻不知道。」

「既定的歷史局勢，命題是：自選一個宗主。我拒絕說命運。如果我島先人遠在今天的兩強國之前，做對了選擇，選對了宗主，整座島嶼將走上一條完全不同於今的道路吧。姑且相信那個彆扭司機的牛皮，那笑臉迎接大人是個美好的開始，好的開始是成功的一半；那頭目送厚禮是交結盟金還是保護費頭期款，我島確實被納入歐羅巴的版圖。哈雷路亞。大船載著顢頇的伯爵與黑心的夫人也是後母，還有天真善良的公主光臨我島，以及每年固定數十名額的金髮碧眼童男童女，在我島配種繁衍，進行優生改良人種。必然有一日，在東北季風洶湧的寒雨夜，壞夫人聯手我島女巫下蠱毒殺最高統帥奪權。哈雷路亞。」

「歐羅巴化的我島，亞細亞的混血兒，高等亞細亞人。歐羅巴化或許才是符合我島的歷史軌跡。我年輕時讀過一篇採訪報導，得標我城第一條地下鐵的法蘭西包商，他總結在我城工作生活的感覺，說法蘭西人與我島人的習性真像，說好聽是隨心所欲，難聽是散漫，不準時，不愛守規矩。我再說哈雷路亞你要笑我神經病了。那就用我們固有的傳統語言吧，我島的命盤偏偏不能徹底的歐羅巴化。我就說到這裡。」

「啊，聽，Bohemian Rhapsody，你聽過這首歌嗎？我好久沒聽了，我非常喜歡。波希米亞狂想曲，我們先別說話……，就是這裡，三分三秒開始，仿歌劇，天使與魔鬼一起，灑狗血，為下一段暖身，創造高潮……，四分七秒，就是這裡！開始搖滾！……就滾吧，快滾吧，離開這裡！你知道嗎，這偉大的主唱正是一位歐羅巴化的亞細亞人。他真是幸運。」

燈罩讓暖黃光圓圓投在木地板，珮珮與天皺大麥從昏暗角落悄悄冒出，陰影不能遮掩他們肌膚的光彩，四人看著反抗者閉眼隨著旋律搖晃。整首歌結束，他睜開眼，看著四人目光晶亮像列席裁判，「第一段不就表明了，不管風往哪個方向吹，干我屁事。人，有許多生理的、生物的限制，不可能卸除或超越，身體的種種譬如膚色、高矮、逐個器官基因的優劣，我認為每個人的母語也是。You're what you eat。同理，You're what you speak. You're what you write。你使用的語言文字決定了你是誰，再反抗再不服，你也頂多爭到了亞種的區別。但既然是亞種，就是次一級等，不是嗎？」

「有些名詞、標籤，像是特別美麗的人，起碼你無法抗拒多看他兩眼，甚至想占有，那真的是榮寵。舉實例，進步，反抗，公義。你、你們認為還有什麼？熱血？呵呵，何不說是肉身菩薩呢，還更活色生香哩。不，別誤會，我不是在懺悔，我最好的歲月都在反抗，反骯髒能源，反強國以及其島鍊政策，反車輪黨舊權貴與保守腐敗，反戰，反歧視，反死刑，反豪宅，反假先知，反異性婚姻霸權，反污名性解放，無役不與，多麼美好的歲月，多麼美好的戰役啊，我好享受，我曾說過將來我的墓誌銘是五個字，反者道之動——雖然一位壞朋友惡搞說成，盜之洞，阿里巴巴的四十大盜。我島進入休眠狀態後，對於我這一代人未嘗不是很好的盤點、清算、反省的時候，檢視我們的反抗的成果。只是這樣的時間未免延續太久了——這你寫的？你是天蠍？有點低級喔，但算你反應快，不錯喔，『反者到膣洞』，有意思，女、性總是最後的救贖，我不能更同意了——你問，像我這樣的反抗者都到哪裡去了？傻孩子，當然都到墳墓去了，雖然現在早已沒有墳墓那鬼東西了。所謂解甲歸田，我們不過是各奔前程，自尋生路，離開我島或者留下來。我得承認，到了晚期，是的，還真像是癌症末期，我有很深的倦怠感，那種一再重複的倦怠，與各種進步issue聯姻的反抗行動，變成了一整個固定的套路，螢幕正反兩方壘戰得遍地烽火，表態、選邊、串聯，同時搞口號做貼紙，愈時尚才愈有指標性，反抗時尚化，力量極大化；還要巡迴演講座談，最好加碼與藝文結合的創意演出，最後的高潮是以大統領府前為終點的大遊行，當晚嘉年華晚會壓軸。敵營中傷我是晚會活動兼公關的承包商，從租流動廁所到衣服帽子道具、舞台工程，海撈得內傷。哼哼，反抗真是一門好生意。我唯一後悔的是一念之仁，沒有反最後的大統領馬沙。我有充分的理由，當年後到的島人對馬沙先人、原島人虧欠太多了，我們後代必須為先人贖罪。馬沙離開，最是倉皇辭別日，我看著螢幕，他念著他本人也許都不甚明瞭的文稿，那雙帥氣迷人的電眼淚光盈盈，機場跑道天高雲低，有種怪異的悲壯，他最後一場表演。然我清醒極了，我一生最好的時光的作為，不必等到我老病彌留，已經是灰燼了。死前的老人狀態比我身體的實際狀況還早太多來到，最嚴厲的懲罰。一切，只因為我深深地、無可救藥地愛這島，這未如我願歐羅巴化的島。除此之外，沒有什麼真正值得我愛。管它風往哪個方向吹，干我屁事。」

大花曼陀羅於半夜綻放清香，一如它做了美夢。反抗者驚訝地看著洛克眼中蓄滿熱淚，那花香的牽引，竟讓淚水潸然滑落了。

不遠處小型電影院的午夜場結束，打烊，整個鴨腳木區沉沉睡著。

我一大早發現反抗者眉頭緊蹙、嘴張開死在燈屋的沙發上，紗窗外防火巷的潔白曼陀羅花醒來，盛開一大簇一大簇，一如天使們吹響號角。

前一晚，他與洛克珮珮天皺大麥去看電影，小戲院原本是超級市場，放映的電影則是幾個經營者玩票剪輯片段拼接，製造笑點與謬點，讓觀眾玩遊戲般同樂，是有些cult film的意思。因此，「卡薩布蘭加」的配樂真的換成老歌Casablanca，男女主角在夜霧茫茫的停機坪淚汪汪的分別，緊接著粵語的古裝花癡杏眼圓瞪，「你幹麼眼睜睜望著我，你毋好中意我呀！……你想也無用，想也有罪，你不要以為我不知道你在想什麼，你想我住在這店裡，你就有機會了，無，一點機會都無。」全場有默契一起念台詞。雷聲一響，大家的雨傘隨著嘩啦雨下打開，若有更上道的帶來水槍朝空中射；打鬥時，搶先螢幕一秒替主角喊出拳腳方向，或者喊痛。諸如此類確實無聊消磨時間的遊戲，反正無事可做。

我注意到反抗者雖然跟著玩得開心，但有些不自在。大約一百人的座位八成滿，超過一半是歐巴桑歐力桑。嘻笑的孩童當然天真可愛，年輕的胡鬧搞笑是本分，但在老人身上卻有癡騃的嫌疑。那些淪為笑鬧材料的電影片段，我冷眼看著，也考試自己能辨識出多少原作。影像建立的世界，情緒大量加料，正好補充一般人平淡的日常。

散場後，夾在腳踏車與電動獨輪或雙輪的人堆裡，我們轉去一家小酒館，午夜零點正，蒼茫的熄燈號響起，供電調節開始，整個城市亮度減掉一大半，高矮建物黑鬱鬱的剪影貼在夜空。晴暖，好舒服的西南風梳理著所有的樹冠，棲息其間的群鳥不驚，人人大可以避秦心態想像自己身在神話裡漂流大洋的浮島。有太陽能板蓄積的自備電的小酒館，打開落地玻璃拉門，小片朝鮮薊草坪的夜蟲低頻發聲，偶爾流瀉螢火蟲的冷光，店家自釀的梅酒很順口，黯淡中仍可看出天蠍大麥很有個性的情人裝打扮，及腳踝的無袖修身黑長衫，頸後若有似無蛇著一小條細辮子，天蠍纏綁青色絲絛，大麥紅色，尾端都繫著一枚精緻小銅鈴，走動時偶或發出細微的清越響聲。

大麥將手中螢幕轉向，遞給反抗者，「這真是你寫的？」

他瞇眼看，笑了，「這題目響亮，文章更讚，是不是？」

珮珮將她手上的給我看，題目是粗大字體，「老渣不義論」，幸好這昏暗的深夜讓我得以稍微藏躲自己的年齡。

反抗者說：「人渣當然不是新名詞。上次兩世紀交替時，流行用渣這個字自嘲，使用人最高的年齡上限，姑且放寬到四十，超過了還用，就是事實而不是具有落拓美感的象徵。為什麼不用粕？像甘蔗粕。大概渣發音清亮，容易說。」

洛克點頭，接續說：「發表的名字是賈古微，這更有意思了。甲骨文的微字，本意是手拿棍棒打長髮稀疏的老人，更細緻地說，打死老弱的老人。衍生為祕密地暗中行事，則是後來的事。」

形勢上，是我們五人對著唯一的老人反抗者，尤其燈光不足的夜暗裡更顯得他髮蒼蒼如蒙上一層寒霜。

「以自認文明的現代眼光來看，殺老人與殺孩童一樣，都是很邪惡的罪行。但籠統地講，人類自古就有這種不是特例的事。譬如那個總被當成寓言或傳說，其實是美化掩飾的版本，一戶人家不遵殺老人的命令，將老父藏匿地下洞窟，等到出了一個同輩人都沒經驗也沒知識可以解決的危機，怎麼辦？老人的記憶大大有用了。我們想想上古，一旦發生饑荒，糧食不足，人口結構的哪部分最會被首先犧牲？當然是沒有了生產力又要分享資源的老人。多處考古出土的破碎頭骨都是五十歲以上的，沒有年輕人。即使是在上世紀，還有活太老的人是在『食子孫』的說法，想想那心態吧。是的，我對棒殺老人的認識都來自一位許姓學者的書，所以那意義將之畫面化真像是窩藏在洞窟的老人的智慧。但我也讀過另一種駁斥，打殺的不是活人，而是儀式，對象是帶災厄回來作亂的祖先鬼魂。我們還是再看看許學者的解說，死亡是如此必然又不可解的謎，先民的思維，流血是死亡的程序與關鍵，靈魂隨著流血離開肉體才是好的，不流血的死亡才是恐怖、不自然。如此，導向另一層次，棒殺老人是讓他流血死亡，是神聖的儀式，對老人對整個部族都是有利，是雙贏。流血見紅的原始想法，一再變形保存下來，棺木漆紅色，死人蓋紅被，點紅，等等。流浪的吉普賽人也是以紅色迎接親人的死亡。」

洛克插話，還有寄老洞。他點頭，另一種看似比較緩和的處理，壁窟一人大小的洞，老人反鎖進去餓死。洛克悄悄遞給我螢幕，意思是搜尋一下便知什麼是寄老洞。

「死亡是值得認真思想的事，太值得了。年輕的死亡總是讓我們惋惜，而老人的死亡常常是讓我們吁一口大氣，如釋重負。為什麼？前者陪葬的是希望是想像、是剩餘價值？而希望、想像、剩餘價值已經到了盡頭的老年，死是最好的結局。」

「最後的大統領任期，有一場最後的螢幕大戰爭，以四十歲為分割，四十到五十勉強是灰色地帶，端看個人認為那一邊是比較大邊的西瓜就往那邊靠攏。雖然兩邊爭鬥的是相當嚴肅也嚴重的退休金全盤改革的大議題，然而遠不是真理愈辯愈明，因為兩邊只譟訐譙、潑糞潑硫酸，時隔許多年回頭看，那一場大鬥爭無關乎價值與信念，毋寧是赤裸裸的消費者大鬥爭。國民、納稅人、消費者三合一，卻分為兩國，老的說我們已經上繳了那麼多，依當時的契約該怎樣就怎樣，現在反悔要我們少領多犧牲？年輕的怒嗆，各種稅我們也都在繳，你們老的一代現在吃乾抹淨，破產的爛攤子留給我們。哈雷路亞，我也要說，這一句太好用了，哈雷路亞，大鬥爭隨著大統領下台去國戛然而止，我島開始休眠。就像過去我們愛跨年夜放煙火，美麗的煙花一蓬蓬三百六十度散開，島民以這樣的姿態離開我島。以前怎麼來，現在怎麼離開。」

「經過那麼多年、長久的磨耗，一旦從那島鍊剝離，進入休眠，卻是我島真正清醒的開始。方生方死，方死方生，死中有活眼。哈雷路亞（一桌六人齊聲歡呼，呼完大笑，乾杯）。首先是我們發現沒有了大統領，完全無傷，甚至是好得很呢，又不是上古的野蠻人非得有部落首領有祭師；其次，該走的都走了，走不了的、自願留下的生物本能啟動，自知非得自食其力的利害，所有官方的或私人的組織轉為自動駕駛那般地運轉。就這樣，我來到了老年狀態，晚期風格。我很難解釋為什麼我留下，我大可與馬沙一起搭機遠走，體會一個流亡國王當寓公、以哀怨當三餐的餘生，每當有人問起你的來處，你將像放錄音帶重複說了又說，夢中做夢，鏡中照鏡子。他要我好好考慮一起走的那些日子，我嚴重失眠，天亮才睡，醒時黃昏了，我一個人專注看晨光看晚霞，想像光的粒子億萬穿過我的身體，獨自一人遇見的自然光讓我無比的平靜，因而有一種從未有過的滿足與溫暖。有一天，我收到以前親密戰友、差點成為我的妻、是她拒絕了我，真是聰明的女子——的訊息，她回到中部鄉下的父母家，與全家人耕作祖先留下的田地，她喜歡這樣的新生活。沒有任何形容詞的簡短訊息，我讀懂她字後的充實心境。隔一段時日，有一天我心血來潮，便去找她。接近她家鄉鎮的路旁偶爾有那大家族的祖塔，乾乾淨淨像間廟。我在無人的客運站等她——（別再她了，就用瑪丹娜聖母代稱吧。）——那就M君吧，M君騎腳踏車來載我，完全農婦模樣，回去換我騎，後座載著她，田地旁水不深的大圳溝，有個上年紀的婦人挽起裙子涉水走，打撈著什麼。黃昏我與她家人在門口埕，頭頂上一團蚊子的雲。M君家的田地恢復踏水車灌溉，亮麗的霞光照著她規律踏水車，雙手抓著胸前的橫槓，我順著她手指方向看見遠遠的山脈，飛得低低的鳥群，必須耕種的田地好大一片，M君父親說家族田地當年在興建高速公路時被徵收了不少。我想起來M君曾給我看過那有照片的剪報，高速路通車時，被徵地的地主們受邀參加典禮，感謝他們的奉獻犧牲。為什麼要說這樁事，我也不明白。或者，年輕時，我也有一顆黃金的心。辭別踏水車的M君，她曬黑的紅紅的臉是那麼的光采熠熠，我想起我們在一起時總是在爭吵，吃一頓飯也能吵，她尖銳地總是能夠一下刺中我的矛盾與浮誇，因此我就發怒得更加戾氣。我更記得她習慣睡前看幾頁她喜愛的書，那側臥的光滑背脊，我愛撫以食指畫著，直到她忍不住咯吱笑了。我承認，聰明的女人令我容易性慾高漲。（珮珮插嘴，嗯，聰明是最好的催情劑。我喜歡你。大麥接口，最好是啦，性感與智商高低成正比。洛克結論，男人也有挑選優秀基因的本能。大麥昂起下巴，哎喲，長見識了。）那早上，霧氣才蒸發，她帶我去一小片及腰的灌木叢採一種花生米似的豔紅漿果，吃了再吃檸檬，竟然滿口清甜。她看我訝異的樣子，笑得開心，拉我攀爬上樹摘玉蘭花，好香，一整樹茂盛且明亮綠色的大葉子。如同伊甸園的一日。我好想說，就讓我們做一對住在樹上的伴侶吧。回程的高速公路上，玉蘭花的香氣裡，我向左看大片野綠的毫無開發價值的丘陵地，累累亂石堆的枯河床，沒有人氣的農舍與廠房，一排排的檳榔樹，我試圖領會大地萬物自有其規律。我望著魚鱗雲的天空，有些心慌發覺自己開始喜歡這樣的空曠、安靜。終於，我自己來到了老渣的年紀。我始終掛記著那點石成金的故事，反面是點金成石，我最好的時間所做的一切，總總，在我島休眠後零和了，我的業績——你們笑什麼？我說了業績？喔，我的事業都成了灰燼。無主之島，點金成石。我繼續留下，留著，因為這無主也無神、什麼都不需要有的時間裡，我徹底自由。直到遇見你們，我的自由似乎渲染了明亮的色澤。最後我要說的是，夜裡睡不著，黃昏醒來的時候，心中有微小的聲音說著一個小故事，上世紀末有一種新型瘟疫破壞人體的免疫系統，感染途徑是不安全的性交與注射毒品的針頭，一垂死者如此回答記者作為總結，不，我不後悔，因為我快活過，Coz I had fun。」

反抗著夾菸的左手撐頭，流螢穿過那一小縷菸頭冒著的輕煙，年輕的四人幫喜樂複誦，「不，我不後悔，因為這一生我快活過。」

旋即我們感知那龐大、處處破綻的靜夜有一種輕盈的莊嚴，若願意耐心尋找，可以發覺巷弄裡有那短波收音機的細微聲響，也有那類似百年前打電報的噠噠，幽祕，緊張。夜遊神的貓狗，眼睛好亮好深沉，看到人們不能見的世界。枝葉茂密的路樹後偶爾有一盞路燈，渾黃如在古代。良夜如此，哈雷路亞。

我與反抗者並行，四人走前，貓狗似的沿路相互踢一腳打一拳或著猥褻地抱擁。大麥誇張的笑聲像彈簧，珮珮的暗影形似螳螂，想必是練過體操的天蠍兩個車輪轉後俐落的後空翻。「我在他們這年紀，還更難搞、更討人厭。」反抗著說。我注意到他走不快，鼻息隱隱有喘意，偶爾右手摀胸。「看得出他們四個人哪個是頭吧？」

「太明顯了。」

「他們要不是生錯了時代，就是更嚴重的雙重錯誤，也生錯了國度。」

除了大麥是祖父母養大的，天蠍洛克珮珮都是單親，與父母的關係落在平淡、疏離到很壞的陰暗那一邊。這是否必然導致底下的結論得謹慎存疑，總之，對上一代，廣泛名之，老人，他們充滿了生物本能的厭憎，就像對糞便排泄物。事實是，起碼過去數十年，算整數一百年吧，尤其是廣告、影視娛樂產業為主力，都在教育培養老與老人之廢渣可鄙，「我印象非常深刻，電影有一幕，敞篷跑車後座，富有的老人伸出皺巴巴的手到當然是貌美的年輕女子的大腿一放，電影院裡哎喲驚叫四起。」懂得欣賞皺紋也是美麗，一如好酒需要時間釀造，是要人們自己也老了。但是，同代的老人也是不知恥地妄自以為可以從年少者分取一杯青春泉水，恐老與恨老同步同質量。

「你覺得我也是嗎？」反抗者問。

我只在心裡答，不要做氣虛、軟弱的老人。

突然間我心跳加速，腳下踩著是一層積存的落葉，那腐爛的味道混著草木呼吸釋放的芳香，間距長所以不多的路燈被枝葉遮擋加強了幽靜感，這裡的住民入睡時想必如同蟲癭或卷在葉片裡吧。暑夜清涼，大片樹冠上擱淺著夜雲，我相信是來到了以前常來走路的地區，最早曾是西強國一批技術人員與軍方顧問團的聚住區，也就複製了他們的城郊住宅區（他們內心真恨，fuck，被貶放到這fucking悶熱的落後的小島），差別在於改成連棟的低樓層，前庭後院面積也大幅縮小，街巷裡努力種大樹，不種可以快速抽長的而是栽植樹相好的。數十年後，我城人不得不承認樹木長成的時間珍貴無比，換算鈔票價格驚人，因此而生的貧富差距感，讓螢幕族常時譏刺這裡是舶來區，或是嬌區。我就是喜歡它開敞的天空，沒有鐵窗，多綠地，每有新人在濃蔭巷道拍婚紗照。我們確實心中暗暗認定這是我城的異國，到處是西強國文字店招，住民愛講西強國語，長長夏天的假日，草坪上滿是野餐日光浴的人，離去時自覺是良民，必定收拾乾淨不敢留下垃圾紙屑。此區如此多嬌，引無數島民競折腰。

街道昏暗，我們卡嚓卡嚓踩著乾燥了一夏天的落葉枯枝，樹冠隙縫看到幾顆星，夜靜裡有大喧囂，千萬不要形容是蛙鳴蟲唱，細微的是那或及膝或高到胸口的野草，暗中還噴發腥味，街巷兩端的屋牆覆著厚厚的爬藤類，但也不要就說是廢墟鬼屋，偶有窗洞洩出一些黃光，大概聽到我們的聲響，旋即關燈。一戶門前有小水塘，植了大概是垂楊，絲絲縷縷中吊著幾支瓶子，瓶中明滅著點點的冷光。某個街口，橫倒著一棵大樟樹，反抗者拍拍它好像老友打招呼，他喘息得更嚴重了。至於那些有涼亭花棚的小公園應是成了每年夏秋的颱風颳到摧折的樹屍集中堆放地。在這清爽的微薄的黑暗中，我見到了我城人棄守且願與草木共存。我喜歡。

忽然漂白水的氣味襲來，洛克四人加快腳步，啪啪推開鐵柵欄，跑進一棟建物大門，隨即有撲通跳水聲。

飄著不少落葉的游泳池水，四人裸身發光呢，如瓷如玉。黑暗是最好的遮羞布。反抗者與我彷彿立在冥河岸。他們是毫無選擇地被拋到這昏睡的海島，一生還漫長，而我們如何不做氣虛、軟弱的老人？

我們坐下，脫了鞋襪，赤腳探進柔軟幽暗的池水，好舒服，恍惚起來不知自己是活人還是鬼。

洛克經由反抗者的庫存檔案找到馬沙的幾篇筆記，我拿了幾張回收紙，問他能否列印在紙背，我慢慢看。他頗有城府地看我一眼，其中鄙視的成分最多吧，我這不能也不願適應新工具的老朽。

既然是筆記，滿紙零星片段，唯有這一段是完整的。

「豐收的年份，田園分外美麗。山神與雲神為祖先傳遞訊息，借風耳語，蛇郎君趁著雨水充足的花季下山。那時候，天神時常有憂色，不願意來入夢，雷聲也退得很遠。平地的大片田園，田水倒映天空，成為幻境。田岸的茉莉花香迷醉了蛇郎君，田園主人說，我三個女兒，你選一個入贅，不然我將你剁了飼鵝。山神見蛇郎君久久不回，派蛇二郎下山去找。田園主人持火把，說，我兩個女兒，你選一個入贅，還是我剝了你的皮燒你的肉食。雲神要獵鷂與雲豹護送蛇小妹下山尋找兩位蛇郎君，田園主人的大女兒說，我請你食雞卵，送你繡花衫褲，我們來去看古井水照鏡。大女兒一把將蛇小妹推落古井底，再擲大石頭砸死。蛇小妹變成一隻飛鳥，飛去向蛇大郎君申冤，卻被二女兒三女兒抓住，扔進大竈，燒成火灰。火灰撒到田地，天亮露水還飽滿時，蛇大郎君經過，聽到一個好熟悉的聲音此起彼落叫著阿兄阿兄。」

一大群麻雀吱喳好吵低飛過，我親眼目睹我城蒼蒼老矣的樣貌，比諸老人，身體器官鈍化並緩慢，活動量減少，大幅度讓給其他物種，最明顯的是植物與昆蟲。人不作為，不再主宰，事物露出本質，譬如爬藤類附生類與蜘蛛網大面積纏覆大樹，尤其是那些林蔭大道，野草地堆積落葉枯枝還有像阿勃勒的黑色長莢果，厚厚一層，無數蟲蟻寄生，直到一些早起的老人為了活動筋骨，竹耙耙聚成了一丘，看了多日覺得不妥，點火燜燒，無事可做的人們發現這是一場復古的儀式，學樣耙了一堆便燒，唯恐釀成大火焚城，老人提著一桶水一旁看守，嗤嗤澆淋。半個我城陷在茫茫白霧中，有巫魘之感，遠遠近近有那腳踏車的鈴鐺響與咳嗽聲，古老的記憶。大霧籠罩，城中人們果真以為自己是咒語封鎖的城堡裡睡死的公主。

馬沙的筆記雖是逃過燒毀（唉我在想什麼，鍵寫在螢幕，何來像紙張的燒毀？）難以解讀，「瓦斯火焰藍。修女白。計程車黃。客家阿婆黑。嘴角檳榔汁紅。大雨後的山溪灰。你回頭一望手繪門神的衣裙那退色的靛藍。但你無法說出那石屋前數代人走著踩著的堅硬土地的顏色。」

「登高山，望大海兮哭兮笑嘻嘻。那時候，天神在山林漫遊，白日與黑夜之間的區域遼闊，所以我們給生靈的命名都不只一個意思。那麼，呼叫的時候，我們心嚮往哪裡？樹上像雞冠的紅紅的花，草叢裡閃爍的眼睛，流雲長長的挽住一座山。柴火變成灰燼，火裡取出美味，最後一切回歸大地。當草原的光輝再度閃爍，我將歸來。」

「我是誰？我是誰。鏡子是騙子。」

「太白金星在上作證，這一切，就像踢一具屍體滾下樓梯，我、都、不、要、了！」

「當年我揮別媽媽，我那美麗但苦命的媽媽，她流的淚，我發誓，有一天，我會用等量的真珠彌補她。她烏黑長髮飄散開來遮住了我回頭一望的天空。」

螢幕資料顯示，馬沙在任期內的評價並不惡，於今回看，他實踐競選政見，以電子花車與露營車改裝的大統領流動辦公室，也是咖啡座餐車，環島宣示此後施政不再只有我城觀點，統籌款與資源分配也不再重北輕南、重西輕東。變形金剛般的電子花車停駐時，油壓式的承軸伸長骨架、展開摺扇，它的另一項教育功能是地名復古，水沙連，笨港，哆羅滿，瑯嶠，台窩灣，大目降，聖薩爾瓦多城，聖多明哥城，Punto Diablos魔鬼岬，吞宵，半線，番也挖，王宮，紅布條掛出金箔紙剪出的當地古名，音箱播放黑膠唱片音樂。馬沙尤愛選擇有海景的高曠處，戴墨鏡坐在遮陽棚下與有閒人口大都是耆老孩童會面，漫談當地特產與景點，也調查人們未來的打算。那時我島瀰漫著末日前夕的鬆弛，好像暴雨前低氣壓讓飛蟲降低高度，螞蟻爬出窩巢，歷史偏愛重複鬧劇更勝於悲劇，人們詫笑東西兩強國在扶桑國古都密約似的進行高峰會，馬沙趕去哀兵之姿提醒國際媒體正視我島人的存在而不是籌碼，卻在大飯店階梯跌一大跤，鼻血流溢。兩強國領袖晚餐後專機飛走，馬沙隔日早晨在一家現烤法式麵包聞名的咖啡館一連點了三次豐盛的套餐，他告訴跟蹤的記者，美食當前卻願意犧牲的人可見其心狠手辣才最有可能是叛國者，他更希望有人引進這家咖啡館到我島。密會內容公布的是不痛不癢的樣板文章，然而兩強國發言人有著忍不住的詭異笑容，令警覺性高的人們非常緊張，尤其那位禿頭銀髯、總是老派的紮著領結的學者，幾次來我島評鑑也督促改善人權狀況，那次也是西強國的代表團員，會後接受訪問，充滿耐人尋味的說詞，他說，基於我島過去四百年的經歷，起碼從大航海時代到兩個當代帝國的衝突與融合，一直是一處堪稱完美的實驗島嶼，對此我們有高度的信心與期待。所謂我們，是不包括我島人的主宰者。我島人看著他清藍眼珠，直覺地害怕起來。

跟著馬沙的流動辦公室的紀錄，我的記憶死灰復燃，那好腥臭的外海的小漁港，夜暗後海天反而亮了，質純溫和的藍，溺死其中絕對無憾，翌日早晨沿著濱海公路走，路基旁沙灘一到兩公尺寬，那溫暖的大海讓人快樂得真以為到了慵懶的南洋，繼續走，不要停，不回頭，直到天荒地老的流放之旅。那隨時起霧冷得森森然的埡口，向陽坡的針葉林在雲霧裡因此耳語，來吧埋骨在此吧，靈魂跟我們一起住在樹上。與彌勒佛似的好友坐在茶飲店，對面是紀念駕機殉難空官的小學，兩人都想若那年輕空官復活想必氣死當年做了大傻瓜，十二月，圍牆邊卻是大樹開著滿滿的紫紅花，我懶得去認清是豔紫荊還是美人樹。黃昏告別友人，車過跨溪大橋，夕陽給髒空氣污黑，一輛小貨卡不要命的超車，咻地擦過去，車斗裡數精瘦少年與幾尊亮光漆的大頭木偶神像，霞光引燃神偶與少年。我癡心想像，好想將那光一如引信收藏在盒子裡。不走高速公路走縱貫線，以為仍然是以前可以路樹分辨地方，譬如那沉沉墜著擦著車頂正結實的芒果樹，譬如那樹身下半漆了白漆，有著醒腦清香的大葉桉。因而會在深夜猝然醒來，發覺來到好荒涼的祕境，路燈照亮的柏油路面像剖開，兩旁門窗緊閉的連棟兩層樓房，人鬼絕跡。總有一夜，噩夢實現，我抵達一無所有。

兩年前，設定午夜為世界毀滅開始的末日時鐘，調快了三十秒，距離毀滅剩下二分鐘半。一群科學家下此決定的理由是，氣候變遷持續快速惡化，加上西強國新上任的醜惡總統重啟國際核武競賽。首席科學家哀傷說，「這是我們一生中最接近末日的時刻。」象徵的時間，換算真實的究竟是多少時日？同一時間，螢幕有人忍受不了咆嘯，現在女人流行在牛仔褲兩個膝蓋處挖大洞，到底啥意思，醜死了醜死了醜死了。美感先於世界毀滅。

我現在都是天亮前醒，看著破曉的情形，野鴿搶在曙光前以喉音咕嚕，或者痲雀群在昏暗中展開今日的第一次飛行，偶有響亮叫聲是猛禽大冠鷲嗎？慚愧我飛鳥的知識貧乏。天亮前的我城如此暗昧，睡死了，天光一瞬間破亮，那可喜清新的光，摩擦著樹冠，讓接受照耀的人血氣暢旺。但是經過多年，即使大量的植物遮掩，鳥瞰下的我城還是一如漂流垃圾淤積的港口。物質存在遠超過人的壽命，所以物哀是沒有了人的潤澤照顧，其朽敗好久長。我不看嶄新的太陽能板，而是逐一檢視那些老舊的水塔、抽風扇與鐵皮屋頂；不是當年人們所憂慮的，我城崩潰成為廢墟或大垃圾場，而是進入持續的半衰期，一半的一半的一半的一半……。若能有一場颶風將一座城市席捲颳走，反而是幸運的吧。

十字路口，日光滿盛，很久才有一台電動輪板寂寂地滑過自己的影子。日光打亮樓牆，在我沉睡前的前半生，這從未有過美感的城，樓牆從最早期的二丁掛、仿珠貝、仿磚窯紅、仿雲母石或花崗岩瓷磚，一度零星出現的清水模，現在無一不是黃垢與黑黴蔓延。當年尾隨馬沙第一批飛離我島，其中一位經營數家畫廊的藝術工作者，留言螢幕：「感謝老天我終於離開這醜斃了的城市。」

藝術工作者曾經師法那位所謂包裹概念大師，巧妙抄襲，用氣泡塑膠布將鬧區已經空屋化的街廓整個包紮成層疊的雲，對於那些有能力離開也選擇離開的，那巨大造作的雲代表他們的心情，也粉飾他們對我城的記憶。不少人則認為沒有那麼複雜，大變前夕近乎無政府狀態的時間，那裝置藝術令他們只想到神話的筋斗雲，何其自由便利。另有一夥反正是待業中的業餘藝術愛好者混入惡搞，還是巧妙抄襲，剪破巨雲，全身套了豔色緊身衣，模仿蝙蝠倒吊，或者擺著蜘蛛人的招牌動作，甚至裝扮成雲端上的媽祖還是觀世音，腳穿紅色繡花鞋，手持楊枝灑水，引路過的人咯咯笑罵他們無聊。我試圖尋找那巨雲的遺跡，只看到樓頂與外牆許多生銹的鋼筋支架，勾留著絲縷的塑膠布篷。

今天日頭好炎，我曬到眼眶發熱才去櫃台找阿珠，她抱著嬰兒，輕柔搖晃著，正跟一位頭頂禿成地中海、背影看是個胖大中年人講話。阿珠努努嘴，「認得出來嗎？」禿胖笑著看我，兩眼掩不住的精明光芒。「凱西的親侄子，偉哥。」阿珠看我還是茫然，「路易士的酒吧，那時的小胖子，還是小學生，常跟著我們混到半夜，還會偷喝酒，你恐嚇他，熬夜長不高，現在是一八五？」他制式的跟我握手，旋即離去。恐怕他也不記得了我。

偉哥是小學畢業讓凱西帶著去西強國，其後歸化為西強國人，去年他父親在我島老死，他等候到航班回來處理遺產。阿珠說著，一股怨怒之氣上來。

「說起母語，故意耍洋腔，聽著真討厭。假洋鬼子。小時候多可愛，我多疼他呀。他老爸後事幾乎是我處理的，回來送我一小瓶香奈爾五號，我稀罕什麼禮物了。跟我盤點他老爸的遺物遺產，嚇，他不當刑警真是可惜，還跟我玩心理戰。我說你一定有清單就拿出來核對，缺什麼一目了然，你老父託我保管的，我全部交予你了，我無可能偷腋起。問我有些相當值錢的物件怎麼都找不到，是幾大本歷史悠久的集郵冊，還有古早銀票跟錢幣。我哪會知？我真想笑他歷史悠久四個字倒是說得字正腔圓。他問我最後照顧他老爸的人，我是不是認識？我酸他，父母留下的房地產，房子就三間，很補喔。他翻白眼，值屁。確實，還不如攜帶方便的珍稀骨董。以前我們亂想房價崩盤，現在美夢成真，沒人要的房子遍地。」

阿珠鐘擺般晃著上半身，一旦垂眼注視著嬰兒自然流溢著溫柔母性。我楞想著，災難之後，與另一個人結合組成家庭，最原始模式的家庭，生育第二代，是一條穩健的出路。扎根或無根，終歸就是實踐的問題。我庫存的記憶觸碰閃出火花，但我記不起來是誰說的。

聽我說了要搬去屋邨，阿珠抬頭盯著我，「偉哥老爸最後的看護就是洛克他們。」

我不響，但兩人都覺得好像一起摸到了一條引線。

「偉哥的懷疑合情合理，但可惜他沒時間調查。」她再度靜默了下才慎重說：「你要不趁這機會摸清他們的底細？」

我靜默著。大睡醒來後，我總是對實物有著恍惚之感，我幾次想像復活者摩挲他的殉葬物，唯有物累一詞。

嬰兒睡著了，阿珠小心地放入溫度濕度最舒適的睡箱，然後問我要不跟著去看看一位日前甦醒的女人。我們上樓去空中植物園，向著落地窗的位子，那原本秀麗的女人的頭髮皮膚枯澀蒼白，淚水盈眶。我們各握著她的左右手，活人的接觸讓她頓時淚水湧出，大顆大顆滑落。顯然她從大腦到喉舌的說話能力尚未恢復，順著她的視線，她看到的應是我城堪稱美麗祥和的早晨，在屋頂太陽能板還未開始運行，那些覆蓋建物的植物在西南風裡綠鬱鬱地好放鬆眼睛，初陽照耀，確實令人心曠神怡，會願意相信這是座被森林包覆的理想城市。我想起一則心理測試，幾個孩童分別在水泥地、小公園、林木茂盛處玩耍，受測者最愛的集中在第三個。我希望這女人流的是歡欣的淚。

「可憐喔，親像埋在土下十冬的洋娃娃。」阿珠用紙巾拭著她臉上的淚水。

我看出阿珠的憂心。甦醒者最壞的狀況是心理承受不了重回現實的劇烈變化，那心一如破了大洞，突然衰竭不動，臉上最後有著冷冷的真珠光輝。儘管已經有不少的案例，猝死的檢查報告無法歸結癥結所在。阿珠的觀察雖然未免形而上卻是敏銳，活不下去的都是個性怯懦的。大麥傳給過我文藝腔的一行字，「死亡與睡眠是雙胞胎，這極度相像的兩人各有自己的道路，但永遠心靈相通。」

我專注看著女人滿是淚液的眼珠，其上映著凝縮的我城。我就近手抓一抓一叢迷迭香，將手掌放到她鼻下，另一手使力握她的手，來吧，陌生人朋友，讓我們心靈交流，我這一點經驗要告訴你的是，生亦何歡，死亦何苦，勇敢接受沒有親人、沒有老友甚至沒有熟人的第二人生，沒人在意你所有過往的記憶，我們等於得到另一個全新的記憶體，換個角度看，豈不是很美妙？永生才是最可怖的詛咒，你要知道那個神話故事，天神給了一個像你這樣的女子永生，但女子忘了同時請求不要老去。你自己想想一日一日老衰而不能死去的情況。我們同代人那科技首富，曾公布他的大願是傾其所有幫助人類壽命突破一百歲，我覺得他是最大的撒旦。我城那整點報時，幾樣可愛的動物木偶蹦出來旋轉的歡樂大鐘，前面的廣場現在常野鴿子飛翔，每天一對老夫婦散步來餵食，我想帶你去認識他們，好溫暖冬天陽光般，雖然兩人笑說死了就餵一屋子來自自由的貓，他們會給你一袋種子，小小的比石子堅硬的黑珠子，沸水泡一分鐘，看你要沿路撒或是埋在花盆，然後等到冒芽長高，有開花與不開花的。那時候，甦醒者將會徹底了解種子的力量。

醒與睡，不連續的時空，自我意識的跳島作戰。

阿珠鄭重要求我搬去屋邨得每天跟她一通電話。她的意思，常常保持聯絡。她醒世界的邏輯，愈多層的人際網絡，愈有力的救助網也是保護網。握在手裡的舊手機傷痕斑駁，記得以前我曾經操到它過熱，有幾次自以為徹悟它是孤獨個人的神龕，個人的定義到此完成。

阿珠盡量控制自己以平淡語氣說，洛克四人經營一家螢幕急救站的小店，現在應該還在營業，只是要做不做的很隨興，開店時間不定。螢幕軟硬體任何毛病，他們都修理得來，操作問題他們也很樂意教，非常有耐心，所以很受歐力桑歐巴桑喜歡，簡直當他們四人是孫子孫女。又譬如偉哥那樣，找不出他老爸老媽的螢幕密碼，找他們準沒錯。

阿珠停頓一下，意味深長看著我。

急救站裡珮珮養了兩隻胖呼呼老貓總是睡得打呼魯，店門口姜太公釣魚餵食幾隻野貓，店裡堆積著螢幕產品，送修的、二手的、資源回收的，還有洛克收藏的。四少年人娛樂老人，讓店裡所有的螢幕同時響鈴，好像一支交響樂團，屬於老人年輕時的流行歌曲以那樣洪大的音量響起，有攝魂大法的功效，總讓他們滿眼熱淚，一臉恍惚。下次，洛克加進七彩跑馬燈，小店變成馬戲團歡樂屋。啊，總是怠惰於簡單、戲劇化的人腦，敵不過電腦的人臉辨識，立即找出在場老人們年輕時至美好的影像，連同那些代表黃金時代的人事物，投射在整間店連同房頂，夢幻泡影地湧現。阿珠最後一次去，洛克在音樂影像的洪水結尾，打出一行異國文字，My island, my island, why have you forsaken me? 我的島，我的島，為什麼遺棄我？老人們全部肅靜也委頓了，散去時有人摸著胸口好像心碎裂了。

「你抱一抱。」不等我應答，阿珠將嬰兒塞到我臂彎裡。我慌張地抱著，他必定敏感陌生人的氣味，不安地蠕動手腳。

「一到那裡，先打個電話或傳簡訊給我。」我吃驚嬰兒的重量，與那毫無雜質的眼睛，那眼白白得如此無瑕。生命的沉重與靈動。我問阿珠，紅嬰的生母你認識嗎？她開心笑了，「不認識，但用的是我們的老朋友凱西的冷凍卵子。」驚嚇我的目的達到，她隨即說，騙你的啦。

我收拾好大約四席榻榻米的寄宿房間，我的所有物件裝進一個廿四吋的行李箱，很輕。整個房間一張床，一張書桌椅子，類似磨沙玻璃隔間的衛浴，無有其他累贅，空洞，明白。牆壁天青色，我想是因為房間僅一扇窗，對著隔壁大樓側面。一人的身外物可以低限度到什麼程度？刪減到不能再刪減，不得不想起那位臨終寫下悲欣交集的聖僧。

我坐下，無所等待的等著，孤寂像被我踩破的蟻窩，蟻群密密地爬上雙腳，企圖齧咬我的心我的靈魂。

我城的天光在窗戶上沿，一直試探著要進屋，屢試屢敗。

暑氣卻是豐沛，穿牆越窗湧進。

在這無一我所有的空間，我腎上腺提高分泌，但我並不期待，也不恐慌。

我延遲二十年回到未來，開始一個人的行程，我必須完成。

我獨自在時間的激流裡，來日這必定腐爛而分解的身體感到如此清新。而我的存在必得在我離開這房間才開始有意義，即使一如新生的飛蟲闖入蜘蛛網，爬出冬眠的洞穴的蛇遇上大冠鷲。

叩叩叩，是阿珠敲門。

「你準備好了嗎？」

9 無人知曉的抒情時刻

當然，我絕非第一個悟解此話者，老年使人逃離那凶猛的主人，他的慾望。主客易位，換個意象，老年讓人打開牢籠，讓那頭慾望猛獸離去。但人牢牢記得那獸的濃嗆氣味與發燙的肌膚。

河堤營火大餐的隔天早上，我在空空的牢籠看著地上四隻酣睡得發光發熱的小獸。白晝的光透過窗簾照映四人像才出窯的瓷器，頸項與手腳的血管勃勃地流動，都可感覺其上蒸發著熱氣。睡在大好暑光裡。我是否該再引用那位可敬也可愛的上古老頭的話，逝者如斯夫，不舍晝夜。或者，岸上枯槁的老人看著滿滿一池盛開的荷花，他還會希望，僅僅希望，那花香能如同衣服讓他撿起穿上。

遠古的人雜居洞穴，與儲藏的腐肉、果實一起，以體味穿透黑夜。

我也知道我如此愣看著四人睡覺好可笑。像相思病發作的鬼魂。

那天，中元節前幾日，珮珮邀我一起去採收蔬果。延遲到近午出發，等天鰍大麥取回兩大袋似飼料與一個粗樸的小陶罐。珮珮臉上漾起一抹神祕的笑。等待時，她俐落地洗了堆積的碗盤，掃地吸塵，晾衣。強烈的日頭曬著乾淨濕重的衣服，她習慣將衣褲使勁凌空抖開，再拉直，聲音脆亮，彷彿年少的決心，難怪從前從前有一貴族女人愛聽裂帛的聲音。

我們兵分兩路。天鰍大麥用電動輪載運那兩大袋，珮珮領路帶我抄捷徑，日正當中，她戴闊沿草帽，走路如行軍。大概是連著兩日半夜急雨的濕氣，整城微茫如罩霧，那些畸零地整建的小公園，好佳哉以前的政令宣導、溫馨提示的LED跑馬燈看板全部移除了，夾在兩街路衝的土地公廟因為廟公不離不棄，維持淡淡的香火，我探頭看神龕好清寂，心中與他說好久不見。昔年有一友人說他每每極度鬱卒時，便去住處附近的城隍廟看人們喃喃拜神求神，給自己信心。我更記得的是，初到一個陌生的城市如何找對吃食，我父親教我就選那客人多的店，起碼不會難吃。聖人不死，大盜不止。路過的店家都像那土地公廟，清冷少顧客，然店家也不失志讓店面髒亂。一條狹窄長巷，巷口一座立柱，觀光夜市刻字猶在，上午是菜市場，悠悠晃動的一些人，彎腰或蹲下買賣，我不免懷疑視力出了問題，不可能再有偶語棄市，但我城人幾時進化得如此斂靜如印象中的歐羅巴洲人。

紅磚人行道一大簇美人蕉的焰火花朵，珮珮停下摘取幾個曬得黑乾的果實，收進一個織錦小袋。她拍拍背包，說陶罐子裝的是反抗者的骨灰，今天沿河找處好地方連同這些種子撒了，「看日後開出什麼色的花。我們要賭一下嗎？我賭紅色。」旋即稱讚我滿能走的，比她預期的好。她說她的健走能力是讓洛克訓練出來的，連續三年，兩人走遍我島的古道，某一夏天黃昏經過如海的草原便遇見真正的大海，放眼再看不見一個人，海天如同幻境，兩人很自然地妄想縱身一跳，敲碎海。在青藍夜的虛空裡，在永恆的海潮聲裡，兩人緊緊擁抱取暖，以為是千萬年前登陸我島的第一個男人女人。

沿路讓珮珮注目甚至回頭再看的是那些老渣，渣中之最譬如那插著鼻胃管癱仰在輪椅，家人幫他脖子襯靠墊，穿襪子，戴上遮陽帽，唯露出一雙手爪子擱在椅把上，停放花棚下吸收日光精華。物傷其類，所以無人願意細看那冒汗的蠟像臉。而年輕看護者稍遠坐著，出神。一人必定是另一人的夢。

另一樣本，是幸還是不幸，幾個裝填鼓鼓的大小塑膠袋是其所有的家當，是老渣公或老渣婆，大熱天依然穿著鴉鴉烏冬衣，屈膝側躺在椅子上或者假寐，或者岔開兩腿，脫了鞋襪，捲起褲管，持一把傘自以為在海灘。他們需要這炎陽加熱日漸冷卻的元神。傘蔭裡一雙水汪汪大眼朝我們柔媚一笑，渴望陌生人的慈悲跟他說說話。

珮珮走過了還是忍不住拳手向老渣豎出中指。

經過兩條日光白茫茫的大道，轉入一斜巷，接一條四線道，兩旁高大黑板樹鳥族眾多，午時不鳴，立時覺得清涼許多，迎面是及腰的笨重水泥護欄共四層，第一二層顯然被撞擊過，幾座被敲碎，其上的噴漆文字風化磨損，不可辨識。我們跨爬而過，「歡迎來到豪宅區。」珮珮笑說。棋盤式的方正街廓，圍綁鐵蒺藜拒馬，保護那些沒鐵窗、沒晾內衣褲、沒冷氣管線或任何雜亂纜線的高貴建築群。靜極了這豪宅區，珮珮食指貼嘴示意我別出聲，擇走圍牆裡外野草比人高的路段。那庭園立著仿希臘羅馬裸女雕像，噴泉淅淅澌澌，牆頭張著電網，大門口看得見起碼有兩位荷槍實彈戴墨鏡、耳戴無線通話器彷彿陸戰隊的警衛。我仰頭發現那造型如月灣的高樓層露台，正有個小胖子舉著望遠鏡瞄準我倆。

珮珮說若我有興趣螢幕多的是當年豪宅區的攻防戰資料。那時她太小，「還在襁褓中呢。未能躬逢其盛，呵呵。」我島休眠前夕形同無政府狀態，人性考驗俱在這裡發生，搶奪資源本就是一場無義混戰，反正這些奢華空屋閒置也是閒置，讓留下死守的島人用一用有什麼不對？都捲款落跑了，還保護什麼私產。所謂七月在野（觀望計畫），八月在宇（侵門踏戶成功），九月在戶（遭驅逐回自己住處），十月反攻不克蟋蟀在我床下（唉想起豪宅恍惚在夢中），一群反抗者模仿二百年前法蘭西大革命那奇女子，集體裸上身舉一面大旗，迎著爽颯秋風。能夠自組警衛軍保護豪宅，原因是最後大統領下野前，西強國派來一隊駐軍，軍火商藉此遊說通過立法，允許民間保全公司可雇請有武器裝備的傭兵。

珮珮展出那年少才有的詭詐卻無邪的笑，「再來打賭，我如果告訴你那些武裝警衛是生化機器人，你信不信？」見我猶豫不答，她大笑。

抵達大河邊，過豎琴般的斜張橋，橋上無車無風，河水並無臭味，正午日頭下是一大張錫箔，跳下去一定可以安然托住，順流而下就出海了。河堤下廣闊綠帶從上游逶迤下來，遠處有幾個集中的白點，有人晃著手掌裡的鏡子向我們折射反光，是大麥天蠍已經到了。

L字形排列的帳篷遮蔭下是以農產品為主力的交易市集，人多熱鬧，旁邊石砌圓弧台階空地是野炊區，爐竈土窯都有，粗大竹筒引河水進過濾塔，分出支流接通一水池養魚。日影裡，一片鑊氣飯菜香。人們大多是農人裝束，膠鞋草笠草帽、花布長手套，毛巾掛脖子，肌膚又紅又黑，一身泥土味道，吃飽了捧著一盅熱茶或咖啡，也有一群同好捲紙菸抽，菸味飄過來，奇香。我心中歡喜人的素質是往如此的方向轉進，或者就是反璞歸真吧。

天蠍大麥運載來的那兩大包以物易物，換了蜂蜜蔗糖水果乾果醬蝦米等豐盛的一大袋。大麥說：「洛克要的咖啡豆還是缺貨，回去小心他生氣。」

珮珮皺眉，「搞什麼鬼。上回也是這樣。」天蠍說那人解釋貨輪不明原因還是沒有到埠。「還海峽封鎖咧，肯定是給了別人。我找他理論。」

我看著珮珮氣洶洶的背影穿過人群，也巡視著看阿珠是否來了。有人拍我肩膀，「久見喔。」王祿先一張笑臉，門牙卻缺了一個。「幾天前食番麥咬崩了。真思念你呢。無你和我開講，我只好佮雀鳥講話。」他指著十幾個群聚戴草笠的白衣人，說是與他們運送蔬果雜糧與手工皂等物件來，「你有特別需要啥？無喔，勿要客氣，任何死人骨頭我也有門路。你得要留著，今晚有胜膢。」他重回白衣人群裡，特別顯得矮胖像一粒蛋，仰臉與一人說話，說著大笑一聲。笠影罩著臉孔的白衣人不苟言笑。

「幹，自命清高的一群邪教。」天蠍譙道。「大家能交換買賣的東西都差不多，就他們最膣屄的高馬。」大麥解釋，語出Get off high horse，高坐馬上的踐樣子，戲稱高馬。「每次跟他們交易，我就槊卵孢火，價格硬，要交換亦是條件比別人苛。」大麥插嘴，「可他們東西真的品質比較好啊。」「主要是那態度好嗎，有次還嗆我要不出國去買。」「你加入跟他們稱師兄師姊，是自己人馬上就有特惠待遇。光生氣有屁用。」「你為什麼不先去加入？」「少幼稚了。你加我就加，師兄。」「你欠抽。」

「你們倆都欠抽。」珮珮一臉得色回來，揚揚手上一包咖啡豆。

大麥笑了，「你女王蜂。說，你是怎麼搞定那色老頭的？」兩手拉起短衣露出胸膛，扭臀。珮珮甜笑著，不答。

一下午，我們四人繞走上下游，堤岸正如平原，盡是開墾成田地，穀糧、蔬果、藥草三類間隔配置，更錯落著那以膠膜覆蓋如低矮溫室，每一塊耕地立有小木牌寫明編號與負責人。河灣一棵茂盛得鬱鬱的大茄冬，珮珮在樹下向陽處挖了小坑，跪著將小陶罐反抗者的骨灰與美人蕉種子撒入埋了，再將罐子敲碎一起掩土拍平。起身時，眼裡有淚光。

河灣野草豐美，不生蚊蟲，滿滿水氣的涼風是一股柔勁不絕的力量，一旦坐臥下來，人如水流屍，稀釋了存在感，也就忘記今日何日兮。天蠍大麥在草坡上相擁睡著，人間平常的至福就是如此吧。珮珮閉目養神，但並沒有盹著。隔河的我城只剩三分之一，大幅讓給天空與毫無個性的低矮遠山，我也無從分辨我們的住處是在哪一方位。若以此角度拍攝一張沒有顯著地標的黑白照片，測驗人們是國外哪一個城市，相信必然考倒大多數人。記憶的碎片乍然浮上，一女子走水路到遠方異地去探望她愛戀的人，快到達時，她覺得那從沒到過的地方竟像珠寶放光。獨孤的人沒有可以在乎的人，沒有可以在乎的地方，如是，我也不會覺得我城像珠寶放光。大河暢流，水紋永恆晃動，此河可愛勝過此城。

河面折射，日光更加強旺，珮珮無懼，飽實的胸部細細地起伏，那足以哺育一二，若願意甚至眾多，讓她的所在石變為寶。

入住屋邨以來，我倆是早起的勞動夥伴，三男晚睡晚起，尤其是洛克總要睡到過午。屋邨靜寂，據說夏天往往無其他人入住，而花草的生長力特別強盛，清早我們繞走街廓一圈，收一布袋的大花曼陀羅，等太陽一高，與多種藥草、果皮攤在竹蓆上曝曬到傍晚。她在寬闊的廚房製作清潔劑，釀酒釀醋，料理台上擺砧板，地上幾個大小高矮的木桶，一堆玻璃與陶瓶罐，茶几上一台磅秤；她磨刀，逐一迎光檢查瓶罐有無水氣，骨碌碌倒出一大袋檸檬，桶子裡精靈似彈跳。再去有冷藏櫃的儲藏室拿了幾樣我不知所以的材料，或者到後院剪一把香氣草葉。與我父親一樣，她使刀時是左撇子。勞動時，她肅靜不語，天空偶有猛禽類一叫，她才會停刀，側耳一聽。我想到從前有那知識癖的，但凡做事，都要格物致知一番。

中晝她不想開伙，我們簡單吃了中飯，我負責將封蓋的瓶罐搬到地下室。屋內暑氣膨脹，都是日炙味，她調了醋冰水，我們喝著，她鼻頭冒著汗珠，問我是不是澀了些。她每一批所用的水果數量比例不同，才能創造驚奇與趣味。

「喂，女巫。」洛克只著四角內褲揉著睡眼，說他餓了。她以手梳理他蓬亂的髮，他靠著她，雙手附著上她的乳房，自然而然地。

我驚覺自己在臉紅，悄悄地逃離眼前這一對凶猛的慾望主人。

還被她的主人狠狠奴役著的珮珮也會試探問我，「活得久讓人看見他不想看見的事。這句話你覺得怎樣？」

從她閃爍的眼神，我知道他們四人清楚我的過去。我說，你不能只要這一半，不要那一半。同樣，活得久讓人也看見他意料之外、而且樂於看見的事。

「很小的時候，我們會自製一種遊戲，一張紙條捲軸，紙上畫著不斷的分岔路，捲軸一點點展開，看你選擇的是死巷或是繼續前行，能否闖關到真正的終點。」我說，不必多想，這純是題外話。

她眼睛發亮，「物哀，我覺得這個詞真有意思，物通常比人的壽命更長，如果你惜物。所以物主活得久，終將了解他是替下一個物主保管。物主？我好像用錯了字吧，物奴才貼切。反過來說，物才是主人。」

所以，真正的愛物是了解，是鑑賞，一如光照亮它，一如女子將一匹布裁製成最能展現它的款式，將一件衣服穿出它最美的樣子。點石成金，要用在這裡解釋。但世間多的是點金成石的物奴。

珮珮豁然起身，帶我上樓去洛克的工作室。入住以來，我謹守房客的分寸，這是我第一次進來，想必是特殊防曬材質的一片式窗簾密密遮蔽窗戶，那大書桌細看是一爿骨董門板，風化退色的繪像看不出是神荼是鬱壘，是秦叔寶還是尉遲恭，桌上諸物收拾排放得莊嚴秩序，即使筆盒裡一律筆尖朝前。桌邊一道密門，我判斷這門是後來打通的。開門前，珮珮睫毛顫動，似乎想到什麼，遲疑了下。

門後幽閉的大房間，必然也是敲掉了隔牆，四面靠牆及頂的層架，有兩面安置了非常沉重堅固的保險櫃。另一爿門神門板架在房中央當大桌，桌子上空兩盞吊燈。珮珮開燈，光照裡大桌上攤著三大冊郵票、古錢幣與古鈔票，一隻放大鏡。她每一冊翻了幾頁讓我看。我隨即打斷她，我不懂。

「你不覺得美？你講的鑑賞力呢？」密室寶物前，她輕聲說。

嗅覺提示我，房間裡有除濕機，四壁層架上影影綽綽想必都如同桌上這三大冊。我阿里巴巴進了盜賊藏寶窟。「就像進了故宮倉庫，抓到籃子裡都是菜，而且是好菜，哪需要鑑賞力。」說完我立即後悔，這密室也可以是很理想的囚房。

珮珮拿拭布擦著冊頁的膠膜，「我跟洛克很少一起來這裡，以前好幾次來總是會吵架。」她仔細擦拭的樣子如同消滅指紋。

我靜默著。明礬投進濁水裡，必須耐心等待水清。

「他認為這些是好東西，我們不能見死不救。是啊，物遠勝過人的存在。那些孤獨死的老渣留下的遺物簡直難以想像。最容易的方法是當垃圾全扔了。老實說吧，一切都是因為老K。」

她走向右壁的層架搜尋。老K珍藏幾件字畫，先不交代作者了，否者衍生的筆法、流派、掌故軼聞，敘述起來太占篇幅，螢幕的資料還更詳細呢。我們看顧老K時，有另外一組禿鷹兩人常去探望，帶頭的瞇瞇小眼睛，很賊，洛克人臉辨識一搜便摸清他的底，嘿嘿。記不記得，老城區那棟全是古玩骨董還有玉市的大樓，瞇眼賊是那裡的行家，他很用心，每次都帶老K最愛吃的南棗核桃糕或是雞湯、東坡肉，陪著懷舊，我們嘲笑他是老太監，兩人聊到老K打瞌睡，他服侍他上床睡，那發臭薰人的床。完全是在演電視劇，喲老爺子你仔細，老爺子你今兒個胃口好。睫毛倒插，兩眼濕爛的老K根本是老狐狸，保險櫃鑰匙掛在手腕晃蕩，得手打開了才會發現都是贋品爛貨。老K幾次露餡，那斜視瞇眼賊的眼神陰狠完全是貓弄老鼠。所以我說得沉住氣得耐心觀察。他幾樣寶藏在床下混在灰塵、蟑螂屎的雜物裡，絕不讓人換洗他的床單墊被，脾氣真壞，我們也理解那是老人憂鬱症的病徵，但有次還是把洛克惹火得當他面砸了一張椅子。我也懷疑那是洛克的心理戰。老K臭死在床上，瞇眼賊先發現，畢竟守候了多日，但是禿鷹智商低，繞室三匝，無寶可挖，惱得臉都綠了。我猜他肯定向老K屍體啐口水洩忿，努力了大半年或者還更久，一場空，兩手空空。老K二號則是另一個極端案例，好良善自愛的總是自己收拾得好整潔，老派的讀書人，我都不好意思叫他老渣，小公寓等於是書倉庫，稍微地震便是土石流災情。他心肌梗塞發作時滿天霞光，那西曬的房間橙紅，他瘦瘦的躺在書床上，面向牆壁，好像一尾蠶，也似乎向我們說敗勢不好意思吶。畢竟呼出最後一口氣、最後的脫離身軀是很隱私的事，我們坐在霞光裡陪他。我們沒有動老K二號的書，讓它們留著，陪伴他不會離去的靈魂，表示我們的敬意。老K一號啟發了洛克，開始自修研究古物珍玩的鑑定。只是老渣們都將寶物藏在哪裡？幽微隱密的所在囉，嘿嘿，最平常的地方就是最隱密的地方。洛克說漢字真是博大精深，那幽微的微，追溯最早的造字，是棒殺老人的圖像，原因呢？我們現在很輕易地推論資源短少、糧食不夠，那就人力來減縮人口，從最沒有剩餘價值也最沒有抵抗力的老人下手。有沒有推論二、推論三？老人是自願犧牲的？人肉鹹鹹，都是蛋白質，對族人最後的貢獻，或者是一種儀式？洛克對著螢幕與滿書桌的書，整個人像陷進流沙。他需要一個智慧老人來指點迷津，教他持咒喚醒隱藏書裡的老靈魂。我們幾年的經驗，那些帶著死去老人生前使用的螢幕，焦急地要我們幫忙解開密碼，太有趣的遊戲了，大多數人真懶，這點倒是不分年齡，稍有防衛心的，譬如進階一級用星座拼字，再進階的將鍵盤圖像化，最簡單的一個，姓王，W，qsxdrthnji。姓林L，你依此類推想會是什麼？鋼琴老師彈起貝多芬的命運來敲門，癡情的用他一生難忘、想起就心跳加速的情人的生日，理想的三圍；好吧，還有日後肯定後悔的結婚紀念日；或者，星圖對應落在鍵盤，躁鬱情侶攜手跳樓或瓦斯中毒的住處的段數巷弄門號，第一張薪水單，終戰日，還有人知道什麼是王雲五的四角號碼嗎？總之，千萬千萬別是1234qwer。好了，我們就別囉嗦這些無非炫技且是占用篇幅的細節了。老K一號珍藏的字畫其實沒那麼稀罕，洛克鑑定一半是假貨。他自己或者知道，重要的是物本身夾帶的情感與記憶。還是物哀作祟。我該提醒你今日何日兮，哪需要我們四人與死人進行心理戰解謎，交給幾款解碼程式操作就是，只不過那是老渣們不懂也無從聯繫上的世界。我討厭的是密碼解開，記憶體的檔案攤在眼前，我不想做偷窺狂，死人既已抵達彼岸，應該一起死滅的祕密不該遞送回來。人族早已過度繁殖，請快快節制。離開螢幕，走出屋邨大門，我喜歡無論白天半夜，整條巷道無人，兩旁大樹與爬藤，所以濃蔭，南風吹起，空中好多葉子，有一天，我會離開這裡，不要帶著記憶去到遠方，但像那古老的技術，我知道的一切，值得記下的一切，在底片重複曝光，加倍那快樂的幻影。只有到了遠方，濃嗆的七里香才會是香的。節電無燈的夜晚，星光如同露水。離開我城，唯有離開我島，才能去到遠方。你說對不對。老K三號是洛克的幸運數字，我們的幸運數字。那個委託我們三塊不同尺寸螢幕的人，原主人的兒子還是孫子再也沒出現，密碼很快解開，出生年月日兩碼一律顛倒，洛克在資料夾裡發現他父親的照片。他十歲後再沒有面對面見過他父親，再婚後移民走了，再也沒有消息。洛克認出來，那無緣的父親跟螢幕原主或者交往過，或者只是一般朋友，還好對父親洛克並沒有任何感情，連怨恨都沒有。但是在那裡卻成了觸媒，讓他仔細檢視所有的資料夾，因此發現了不少真正的好東西。物奴死後，兩方獲得真正的自由，直到下一個物奴接手，收藏好，等待休眠禁令解除。老K三號在打了嗎啡鎮痛後以一種扭曲的平靜寫筆記，一項項條列所有，令人錯覺看到古時候傳奇裡那怒沉百寶箱的女子。洛克拉著我走到屋外，我們忘了時間，夏天偶有那樣的夜晚，天色甘醇的藍，沒有一絲雜質，天地交融，此身非我有的若在海底。我們深入談過，希望不久的將來住在怎樣的地方過怎樣的生活？噓，不許幻想，必須根基當下現實，我們獨生子女、原子人世代，洛克說那是古希臘人說的，原子與原子之間的距離是廣漠的海，每個人得到完整無暇的孤獨，與完整但扭曲變形的自我，我們最好是住在大樹上，或著大海邊，只做喜歡的事，只交往喜歡的人，萬一生了一個小孩，我只能想到消去法，絕對不做那種接送上下學然後跟其他女性家長八卦比較鬥爭的媽媽。兩年前的七月半，是的，我們還知道中元節但不祭拜，老渣們要拜要放水燈隨便他們，我們過我們的中原節，聽得出同音不同字的用意？前一天螢幕瘋傳休眠就要結束的消息，半城激動狂歡，另一半城是老渣們默默祭拜好兄弟之餘沉住氣等著證實。我們送走好的舊東西，譬如遺世而獨立的我島、島上出神夢遊的自由，沒有神與妖魔供我們膜拜，也就沒有盟友取暖，沒有敵人憎恨。每天的太陽照耀著老舊、絕不新鮮的這一天。來吧讓我們讚美說，哈雷路亞——說這一句真是消痰化氣呢。沒有擁擠的嘉年華那般的人潮，人們懶洋洋在路邊在小公園在大廣場飲酒曬太陽，互相好意微笑。極少數清醒敏感的在螢幕當牛虻、不是流氓，螫刺昏睡太久的我島人，想想醒來必須面對的第一件事是什麼？我島不是神話中那漂浮的島嶼，經緯度絲毫不變，再想想復活後我們要做怎樣的島？過怎樣的生活？好大好沉重的問題。悠長的黃昏的微光中，休眠的一代島人飲酒喝咖啡喝花草茶，騎著電動輪以為白駒過隙，恍兮惚兮，嚶嚶嗡嗡的人語，流螢曳著冷光，全部屋頂的太陽能板翕合一千萬隻蝴蝶翅膀晃動以慶祝，我城有如一缽寶珠放光。那麼，還要繼續講老K四號以及五號的故事嗎？

大河湯湯，一大塊金箔，那棵大茄冬因大風搖晃得錯覺是要拔根跑走，樹下埋著反抗者骨灰處抽出嫩芽了吧。時間戲弄人，不必懷疑活人在此洗刷那撿骨，癡人也在此想將木炭洗白，更有那淘金的人。

金箔亂光反射將珮珮天蠍大麥仨漆成金銀人偶，空氣一如金色的膜，我們快步走引道橋上監獄圍牆似的堤防，鑽過鐵絲網的破洞，再鑽過原是出水閘門、長滿蕨類的潮濕隧道，然後貼牆走那邊堤防下一段路，路盡一條纏著鐵蒺藜的生銹破洞的樓梯，天蠍拉起已被剪斷的鐵蒺藜，我們爬上一處藤蘿覆蓋的圓弧觀景台，撥開眼洞，看見筆直一條柏油路旁一片棋盤式規畫，沒有鐵窗、冷氣管線、招牌、樓頂也沒有加蓋鐵皮棚與白鐵水塔、當然更無人曬衣服棉被的樓房，整潔、優雅、秩序，或者因為距離，感覺不出人氣，珮珮解釋，劃給東西兩強國的特區。天瞰笑問我想不想闖進去參觀，他指著沿路兩層鐵絲圍牆，很先進的電網，能電得心臟痲痺一命嗚呼。當年最後大統領下台，簽署三邊協定，劃出駐防特區，幾年的和平無事，兩強國的駐防人員以為是在海島樂園，每個節慶一起過，平常假日在庭院烤肉派對，任期一到卻馬上返國，絕不留戀。有一任駐官夫妻喜愛招待孩童，珮珮記得小時候是被選中還是抽籤中了，與數十位學童坐大巴士進特區裡一棟白色官舍，緬梔花盛開的草坪浮著彩色氣球，遮陽傘下豐盛的午餐，高大富泰的官夫人穿著色彩繽紛的蝴蝶裝，從頭到尾咯咯笑。

大麥看了時間，「要開始了。」從天瞰背包取出一副望遠鏡，視線所及的一塊綠草空地，低低飛出幾隻彩色鮮豔的大鳥，翱翔一圈回到主人手上，斜陽照得彩羽灼灼令人不肯眨眼。聚會的人帶著飼養的大鸚鵡來放飛，我們在高處更能看清展翅時的華麗奇景，也很快看出牠們飛行的模式，主人呼喊名字或哨音操控，鸚鵡實則不敢飛高飛遠，返回棲息處，主人噴水涼快或賞給零食，稍後再飛。

「洛克只來看過一次。他討厭控制小動物。」珮珮說。「我第一次發現他們，彩色大鸚鵡讓我立即想到那個穿蝴蝶裝的官太太。」謠言她與丈夫認養帶走了幾位從零歲到學齡前的小孩，與此並行的螢幕謠言，特區輸出活摘器官，買家可以指定下單。珮珮笑得神經質，「你信嗎？」

大麥揑著鼻子學鸚鵡人語卻左右搖擺身體像企鵝，你信嗎？你信嗎？他指著我們背後的落日，一丸熔鐵。

我們轉身去看，眼睛一燙，果然就像那則屢試不爽的神話，立即變成鹽柱。

我們越過臨暗的草地，聽覺全是野草嗞嗞抽長著，回到市集，夜暗沉澱在低下處，在人身上，高遠的天空溫柔地澄亮著，隔著大河的我城是壓扁的剪影。帳篷外燒起幾處營火，曠風吹得那火旺烈，卻又像是火魂要脫離柴身而去。營火與瓦斯燈的光搖晃所有的人並為之上釉，光影中瀰漫著高張的興奮感，因而人人眼珠突瞪，鼻子漲大。王祿先彷彿在鵝籠裡窩了一下午，變得更矮胖，他手持一管大型毛筆，淋漓地在大張紙板上寫了稚拙的「謝肉祭」，轉頭看到我，從白衣人堆衝出，粉面桃腮大聲笑說：「老兄弟，你無予我失望，無落跑，真好，等一下盡量食。你也來寫一張，主題是食肉，來啦，你字一定比我嫷。像我寫的謝肉祭，真趣味，是我一位師姊想的，我一直想欲介紹予你熟識。」轉身喊大師姊，我趁著一陣河風澎湃吹得帳篷啪啪響，那群白衣人衣襬飄飄，趕忙遁入人群。

方圓數百公尺內，比白天的市集來了更多人，草地上擺地攤，紅巾裹著燈泡，因而陳舊的紅光照著一墳一墳舊貨，我認出有手機有隨身碟有卡式錄音帶，老闆黑瘦的中年，瞇眼蹲在鐵椅上像是盹著，左手搖著一盒子金鑠鑠，有節奏地抖拋半空，清脆接住，似乎、應該是金牙套。居然也有帶著鸚鵡來，會是從特區來的嗎，太多陌生人讓牠們呱呱大叫，不知鸚鵡領域習性的伸手去摸，隨即哎喲痛叫遭啄了一口。一駝背老婦趕著一隻灰黑色大公豬。果然是我島人，載運來的音響接妥，圈地聚攏了唱歌跳舞。一個厚實男音從那一塘臭沼澤般歌舞圈傳來，「心虛微在路邊，路燈光青青，若親像照我心情，暗淡無元氣。彼當時伊提議欲分離，因何我會無來加阻止？啊，被人放捨的小城市，寂寞月暗暝。」

我聽了一怔，心臟劇烈縮起來。

堆著少許夜雲的地平線低地飛來一架客機，機翼機腹閃爍的紅燈豔魅得好可愛。我無法判斷那是從東或西強國啟航飛來。

吵亂的人墟裡，布置了一條黃綢布桌龍，珮珮與大麥從我背後勾住我兩手，「以為你被綁架去割腎。」隨著直徑二尺長的大圓盤冒著熱氣端菜上桌，幾人手持喇叭快步去廣播，開飯啦，整片人聲嗡地低盪下來，蟻群般圍上那一條桌龍，洛克突然出現，遞給我一個盤子，「不必搶，但手腳慢的是會食無。」珮珮要我跟著她，保證不漏掉任一道美食，「芫荽九層塔你都吃？」

沿著桌龍新架立的竹竿掛著瓦斯燈，嘶嘶的燄光如同盤著一尾大蛇。確實大家並不餓殍搶吃，而是吃得歡喜，大口咀嚼，太陽穴與鼻翼翕動，發出唔唔的讚嘆，「大師、大師，感恩喔，真是好吃，我差點連舌頭都吃下了。」

被喊大師的是一個像王祿先的矮男子，脖子短得幾乎不見，穿著廚師的白衣圍裙，腳穿長筒白膠鞋，喀嗞喀嗞巡視，大家尊敬主廚，側身讓路給他。經過我身邊，見我端著空盤，他眼睛銳利一掃，奪過盤子，快手夾了幾大筷，盤緣淋上醬汁，遞回給我，「不好吃，我手剁給你謝罪。」喀嗞喀嗞走向桌龍另一頭。

珮珮額頭冒汗，兩頰酡紅，她嘖嘖吸吮乾淨一隻豐腴白嫩的手指，啪噠將細骨吐在盤子裡，卻將油膩手指在洛克短袖揩著，說，「千萬別以貌取人，大師可是完美主義，上次獲邀去品嚐新菜，附帶義務就是要幫忙想一個信雅達又特別的菜名，我正吃的這一道，我們暫定柔荑美人，並不是很滿意，還要再想。那道理你也懂，好食材好難得，既然是柔荑美人，就不能用baby的，其實也沒有，又不能太老，還要不能黑或者是太瘦。嘿嘿，講到吃，老學究就啞巴了。」

洛克門牙咬著一節指骨一戳珮珮臉頰，反駁，「大家認為最好的名字是我貢獻的。」

「七竅比干，搭配彩椒與花果清炒的心肌，真是好吃透了。大師幫你拿了一杓，喏，你盤子裡右邊。比干不正是你們林姓的始祖？」

珮珮指的是我與洛克。他們兩人額頭相抵，微笑著互餵了一筷子，眼神是彼此才了解的無聲言語。珮珮還是對我說了，金玉滿堂那道菜若是咬到了小金幣，好運中了大獎，能夠進帳篷去吃壓軸大菜，星宿海。「你若是中了，我就是你的plus one，一起去吃。我先說先贏。」

好啦，大麥說，沒人跟你搶，祝你吃個腦滿腸肥。洛克有幾分不服氣的意味，人腦主宰人的一切，跟文明發源地的象徵一致，這我完全同意，星宿海是不錯，我當初想的肥沃月灣一點不輸。

我端著菜肴布置如熱帶雨林的盤子，卻只覺得口渴。洛克又說，金玉滿堂也挺好，但大師不完全滿意，雖然比初步的子孫滿堂好。珮珮換將另一隻油膩的手揩我袖子，我們都覺得大師潛意識有閹割焦慮，名字用的是子孫袋那俗名典故，當初還想出一個是擇九大會堂，他不要啊。哎呀，直通通說睪丸多粗魯，婉轉換作擇九是不是好多了，聽起來有幾分帝王氣呢。我們腦袋始終都是方塊文字的幽靈纏繞。

天轍端來一小碗湯，「你不是最愛喝湯？」隱約痲油香的清湯浮著兩粒黑丸瞪著人。天轍抱怨，我跟大麥想到的名字是Soul Mate靈魂伴侶，所謂眼睛是靈魂之窗，評審結果輸了三票排名第二。他仰頭喝了，咂嘴讚可媲美阿拉伯人的羊眼。大麥眄視他，你又吃過羊眼了，又推我快去喝一碗。

王祿先正好彎腰就著桌子進食，他面前那一大盤透著胭脂光暈、堅挺如兩秀峰，立牌寫著戀女房。王祿先好濃的酒氣湊到我耳旁低語，大師姊那兩粒仙桃就是咨爾嬪，我小漢時綴大人轉去故鄉坐客運，公路邊一層樓厝頂就有一粒粉紅色大仙桃，真想咬一嘴。他忍著不敢笑，因此瞇細了眼漲紅了臉，像極了掛軸上的南極仙翁。再下去的立牌註明，這兩條腿可說是今日夸父，健走我島兩圈超過兩千公里，肉質甜勁是放山雞的百十倍，徵求菜名，入圍者招待大師宴。再過去的立牌有丘壑二字，大盤子裡剩下一具帶著血肉的肋骨架子。

王祿先兩手扶著桌沿吃吃笑著，笑得全身肉顫顫。那是一股絕非我的意志與力道，我看著我的雙手突然猛力一壓王祿先的腦勺，電擊般撳在他那盤菜肴裡。我使勁壓著，救贖的時間如此長又如此短，等到他不掙扎癱軟了，我才看到自己放手。

晚風好涼爽，如臥河床，忘了時間。

頭頂上銀河倒懸，確實星辰都往東南滾去。

飽食的人群四散就地坐臥，喝著各種自釀的酒，每處營火旁有兩三個人將分類後的菜渣投入火裡，油脂助燃，火嚇的跳高。白衣人喝得最盡興，酒力差的歪歪倒倒了一地有如偃臥的白蛺蝶，醉到七八分的撩起衣襬露出兩隻腳蹣跚亂走，那大師姊臉如桃花，摘了草笠，披瀉一頭烏澤長髮，星眸放光，隨手抓了人就要抱要親。山影與夜空退得更遠，那厚實男音穿過涼風還在唱，「雖然是舊情難忘，暗叫你的名，到現在只好是祈禱你，一生過著心願的運命，啊，被人放捨的小城市，秋夜落葉聲。」

大河對岸稀疏幾盞燈在草叢裡忽明忽暗游移，大概是夜釣的人。以我城墊底的夜暗遂像一張浸透了的油紙。

大師站上一張矮凳，雙手拍了兩響，中氣飽足喊話，食到小金幣的出列，今天的星宿海食材因為腦容量大，每人可以多分一小口。全場歡呼，天蠍牽著大麥大步走去，大麥猜疑地回頭一看，笑裂了嘴牽著天蠍跑了起來。白衣人群似乎起了爭執，好多人拉扯成一團。洛克哼一聲，說，二桃殺三士，珮珮接口，一腦殺九呆。大師立在矮凳突然獅子吼，再吵你們統統不准吃。

獨有一頂帳篷燈光凸亮，抽中金幣的全進去了，裡頭的人影劇烈搖晃如同一群餓鬼。遠遠近近的圍觀者發出妒恨的訊息，看哪我們將見證餓鬼吃了後就地滾成一群豬。

飽食的人沒有悲觀的權利。不知吃的人是可恥的。當年馬沙競選時，夜市拜票抓住一隻又一隻的手舉高，頑童惡作劇的大喊，讓我島美食走向全世界，讓全世界來吃我島美食。螢幕人寵笑馬沙，好可愛。

珮珮拉我袖子，興奮地要我看大河上空正一架客機冉冉地起飛，航向東西任一強國。機腹滾胖，奮力跳高一定碰觸得到，破空噪音割著耳膜，珮珮返身抱住洛克，頭埋在他胸前哭泣。

那噪音彷彿一條繩索，許多人拉著它狂奔，飛機倏忽一仰頭，拉起一掛人肉粽子，旋即掉進大河。

一直到中元節前，我們五人三組避不見面。營火大餐後回到屋邨，四人接力嘔吐甚至腹瀉徹夜。我腹內空虛，沒有睡意，耳朵嗡嗡響著飛機的噪音，薄明中便起身，將屋邨旁咬囓曼陀羅的蝸牛抓了一柴桶，放在巷口，有人會悄悄來收去餵雞鴨。循著腥氣自能找到那養雞鴨的人。暑氣螫人的漫長下午，屋子是個共鳴箱，四人的腳步聲像不同的鳥叫聲，那沉穩又輕的幾次在我門口停了下又走開。以前我父母講的古話，深夜地靈輕，腳步聲特別清楚。

又一早，後門口放了一桶活魚，不時有一條蹦跳去撞那塑膠蓋。我屋前後漫走幾圈，確定四人正睡得踏實，廚房一排珮珮做的果皮酵素瓶罐呼呼地吐氣冒泡，我決定走一遍翻過鴨腳木區後的矮山。以相思樹為大宗的雜樹林，一路斷續有棧道與石梯，稍微有塊平坦地無不擺幾張座椅、掛幾把傘，甚至張掛那拾來的大片廣告塑膠布，枝椏綰了毛巾。彷彿一場聚會才散。向陽的林蔭裡潮悶，沒有一絲風，山徑旁遍生姑婆芋，那大片蠟亮的綠葉下嚓啦急促聲響，不知是什麼爬蟲。我調勻呼吸繼續往上爬，山脊有一座傾斜的電塔淹沒在樹叢與藤蔓裡，繞過走上一塊大岩石，得以看見大半個我城蒸騰著乳白暑氣，一隻大冠鷲的影子也無。之字形的下山坡路，近山腳闢了幾處架了籬笆與竹棚的菜園，黃色的絲瓜花盛開，糞便澆肥的臭味飄過來。我上衣已汗濕透，腰際到臀溝也是。

翻過一座山，遇不見一個人。

走過傍山的高樓社區，穿過有一條水圳的公園，我認出方位，決定再走一小時可以去找阿珠。沿途十字路口屢有家具堆棧，街頭戰的最佳掩護。正午的太陽直射一整棟辦公大樓的玻璃窗，彷彿那暴烈的白光在融化它。穿過光焰，走過虛無。於是，記憶的碎片浮上，昔時我住處附近的菜市場，早市收攤後噴藥消毒，柏油路面湧上那中毒瀕死、爬不動的蟑螂，讓車輪輾得嗶嗶啵啵。於是，日光照著儲存我腦中那古老的神聖敘述，如是我聞，大覺悟者拿著鉢率領眾跟隨者進入大城乞食，一個個都討到了，回到原來的地方，吃了乞來的食物，收起了鉢，洗了腳，布置妥了座位一一坐好。

紅磚人行道的長條椅上鴿糞淋漓。千萬小心別感染腦膜炎。

阿珠那大樓看起來更顯老舊，大門緊閉，看不到警衛，我繞了一圈找到後面的貨梯。整層樓如在深海底，又是找了一圈，才發現阿珠抱著嬰兒屈膝側睡在膠囊裡，不吵醒她，我再上頂樓在那蓊鬱的人造叢林，我懷疑我城效法南歐羅巴洲在暑天實施Siesta。

下眺寂滅般的我城，日炙的白色煙氣籠罩，人們總是習慣這樣形容眼前此景，淡淡的日常的惆悵。在這大寂靜裡，我想到，時空距離夠大，活人死人與所有物質，包括一座你生於斯長於斯的城市，觀想者因此能夠有著趨近愛無等差的心境吧。

當然我也絕對不是第一個悟解這一想法的人，所謂的歷史事件發生時，對於活在當下的個人，那每日生活都是重複的吃飯睡覺工作排泄，常常好似湖上掠過的浮雲。

我必得等待大覺悟者開口，說出神聖的語言，雷擊啟示我。

看著一大片雲極緩慢地移動，雲上不見神佛，我莫名其妙想到年少時流行的一款電動遊戲，陷在迷宮的小車努力繞行尋找出口，碰壁失敗是它的既定命運。

沒有花費太多力氣，我走到父母住家的巷道，在他們幼年，這裡是水圳蛇行的田園郊野，之前我不想回來並非怯懦，只是認為沒有必要。當然是久遠的事，巷道前大路拓寬，徵地拆除一長排某機關平房宿舍，連同前院的樟樹芒果樹也砍掉，樹木的馨烈芳香好像新鬼遊魂徘徊不去一段日子，拆屋工程緩慢，砍樹之後先拆大門圍牆，水泥地上堆著填滿遺棄物的紙箱，我日日經過，看資源回收的翻揀著舊衣舊書卷宗信件照片，古時候抄家大致是這樣吧。

我立在巷口，一如紅綠燈號誌上的人形，附近幾個街廓都是空巢狀態，不必驚嚇，沒有瓦礫廢墟，沒有樹妖藤怪纏繞，也沒有成為老鼠野鳥的窩巢，但屋頂確實伏著茂盛野草，鐵窗裡不少玻璃窗釘了木板封死，受潮的樓壁發霉著。傳說八仙的李鐵拐，元神雲遊去，暫時僵死的軀體留給弟子守護，並交代七日後必將回魂。這片毫無人息的住宅樓房，仍然每天吸收日月精華，等它們朽爛還要很久很久。在這長久的過程，無人來愛憎，也無人來干擾維修，更無人來宣示主權，因此，朽爛即是完美，朽爛即是永恆。物質是最後的勝利者。

巷口轉角停著一輛小貨車，輪胎消氣扁了，我想是那一輛固定在此賣應時水果的，那手臉黧黑的老闆總在熱天不時灑水柏油路面，荔枝落地踩爛，發出甜餿味。現在四個輪胎旁積聚的泥沙長出了樹苗，我推測應是荔枝或龍眼。

如我預期，我正做著點金成石的事。

我能稍微補救的是連著沙土挖起兩株樹苗，帶回去種在屋邨的後院。

洛克給我關於馬沙的資料夾裡，去國後，他在螢幕寫、最後大統領的流放手記，囈語般反覆說他的思鄉種種，想念極了尤其夏夜嗆鼻的夜來香，午後的西北雨那凶猛的來勢，正午的檳榔花香，某處海灣太陽射穿烏雲的光亮，魚塭抽水那湧開的銀泉，暗夜的一條充滿了木頭與野菇氣味的廊道。然而他在高緯度的大城的一個熱鬧的公園，噴泉啞了不噴水，異國的大樹開著複瓣的碩大花簇，銀鬍銀髮的老人吹著薩克斯風，真好聽，想念從前是一件奢侈的事，我成了一個多餘的人，他這樣結語。他最後貼出的幾張照片，是他那年環遊我島，尾隨一卡車彩繡鮮麗的神像，每一尊大頭濃眉大眼笑嘻嘻，在綠鬱鬱的山路，也在吵雜的街頭。他一腳站在踏板，一手勾著車門，回頭一望，他神采飛揚的臉在神像之上。

不到最後關頭，絕不輕易回望，否則只成了多餘的人。

很夜了珮珮來敲我的門，說洛克請我去密室。

防火巷的曼陀羅睡得很沉。穿著背心短褲的天螆大麥在門口與我錯身，跟我道晚安，大麥且溫柔地給我一個擁抱。密室瀰漫花草香，洛克先解釋，天螆有兩個案例，一個是他姨媽，另一個是他以前室友兼好友的爸媽，「我要他調出資料確認了細節。」

門神桌板上方的燈光調弱，洛克口鼻以上的光照漸層暗去，像是在酷刑逼供的主事者，但他比我更緊張。

大麥是祖父母養大的，天皺則是媽媽與姨媽養大的，兩個媽都有家族性的糖尿病，姨媽更是中年得了直腸惡性腫瘤，手術後在左腹部側做了造口，因為直腸到肛門口那段病變切除，只得改道做了個排便口。道在屎溺，說得好，然而處理——如果說料理糞便呢？這樣詞語的連結是不是更讓人不舒服呢？同樣是處理排泄物，幼嬰與成年人的差別好大，前者我們以愛憐、歡喜看待，只因為幼嬰不是完整獨立的人，而且繼承著上一代的基因，象徵著不滅絕的未來。老人的「那個」，用這樣抹掉內容的無色無味的詞語是不是感覺好多了？僅次於死亡，同樣是個人最隱私的一部分，當自己沒有能力處理，連帶的那來代理處理的人一併骯髒了吧。都不對，隱私與恥辱的核心是，你讓自己的排泄物展現他人，你就是向他人宣示，你就是那排泄物，你不再是人。

污穢與清潔，不是對立、零和的邏輯，兩者的複雜涉及了分類、循環、昇華等等細緻的處理過程。岔題一下，那麼，老人的性呢？你有興趣的話，螢幕的影音檔多如銀河星星，性娛樂產業的或者自拍暴露的，老渣們當然也參一腳，這裡也有自由的真諦，只要我喜歡，有什麼不可以。老人的肉體，堆積、鬆弛、呆滯、粗糙，這樣的性究竟是什麼意思？珮珮與大麥說得好，他們老伙喜歡就好，但別公開獻醜嚇人，如同展示排泄物。

姨媽臥病時，天蠍攙扶她去浴室，坐在便盆椅，很體恤病人的設計，然後她總先是窘躁地揮手趕人，走開，別看，她虛掩上門，艱難地伸手取物件，但是物件好像附魔不斷地掉落，直到她自己掉入絕望深淵，連啜泣都很無力。手術是若干年前動的，母親告訴過他，你阿姨可憐，今天拉肚子，倚著浴室門哀哀哭，已經第九次了。拉一次，得換一次便袋。那造口所在，腹肚左邊像是隆起另一個乳房，姨媽每天固定時間灌洗，以導管接溫水經由一個圓錐口注入，清理自己的那個。有時疑慮灌洗不夠徹底，她兩手在第三個小乳房擠壓，那造口吐露結腸末端，美化的比擬，花苞。女性的下盤大，脂肪厚重，他無從迴避的看見了，老去的身體變形，保有漫長時間的憂患與陳跡，但絕不可能一如古物保留滄桑與手澤的美。莫為物哀，但為身悲。

人羞恥於自己的那個。姨媽當年化療的後遺症，頭髮稀少，蒼灰的一綹綹，當她躺在病床，滿眼淚光看著天蠍幫她處理那一份自己的羞恥，她乏力地說，口罩戴上吧。

天蠍的朋友就沒這麼幸運。我們看阿才的螢幕記事，用蒙太奇的手法貼出照片，並不太久以前，他的工作愉快，生活逍遙，總是在戀愛，三十歲之前更是每半年出國旅遊，春風得意走遍歐羅巴洲，但十年前老父老母都病癱了後，他陷進了一個不斷向下沉淪的螺旋狀態，去往無光的所在。我們看事情的發展，儘管看到的極可能是表象，以阿才這兩張個人照為例，現在的他灰敗、落魄，椒鹽色鬚髮蒼蒼蔓長，眼光全是怨毒之氣，沒辦法好好的講話，因為他一開口，躁鬱症似的牢騷酸話不停，對方是沒有接話回應的空間。理解了他，便明白了同情是不必要的。他拍他父母的照片拍得真好，這樣讚美真是所謂的弔詭，我愛寫成吊鬼，把其中的鬼怪吊起來，打，打出原形！阿才特意調成黑白照，但始終不讓他們正面露臉，我們看見鏡頭集中在癱殘的兩人與排泄物纏綿並奮鬥著，是的，必得這樣寫，糞鬥。彷彿偷窺，也彷彿充滿憎惡的自虐，床上地上、浴室是失禁的遺跡，註記：「我昨天才清洗的，用稀釋的漂白水擦了幾遍，你們是存心整我是吧。」一系列褥瘡特寫，從糜爛到收口修復。又是那個，淋漓在父母臥房門口的地上，阿才不清理，唯日日照相紀錄，看它風乾，粉碎，散開，終究動手掃除，最後是一張舊照片，幼小的阿才方頭大耳赤腳立在臥室門口同一方位，未免畫蛇添足的註記：「我看到自己的未來。」綻線的護腰束帶，浴室原就發霉似的但新近碎裂的鏡子，碰出裂口或跌碎的瓷碗，用來當拐杖的舊傘，空奶粉罐，紙盒裝著買回來的便當，七格一排的塑膠藥盒在飯桌上排一列。這是阿才在咖啡館，「我都不記得空氣可以這樣香，他們的病房是一大塊、不、兩大塊腐肉。我恐怕也過上了那氣味，我身邊位子無人坐。」父母一同入鏡的唯一一張，臃腫衣褲坐在輪椅的背影，在出家門的巷口，日光打斜，照亮的牆壁屋頂與鐵欄杆。他父母的兩雙鞋子並排，尺寸差異大，註記是阿才的願望：「羽化登仙」，加一個笑臉符號。下一張，相同鏡位，沒有那兩雙鞋，「一覺醒來，他以為他們離開了，悄悄地，走得很遠不見。」

且慢，真正的最後一張照片別漏看了，畫面幾乎全黑，是阿才看著父母的臥房或是他在自己的房間，門的下緣綻出微光像一條火藥引線，得注意看才看出從黑暗浮現的輪廓。當你凝視深淵，深淵裡的魔鬼也在凝視你；一定會想起這一句警語。

進入正題之前，先去一個有燈塔的海岬，別緊張，當然是我說給你聽帶你神遊去。我們四人是為了那白色的燈塔而去，據說很久以前，冬天起大霧時會鳴放霧笛，傳播到三海里遠，那聲音的壯闊。陰沉的冬天下午，穿過兩邊林投樹高過人頭且糾纏得鬼魅的小徑，爬坡到達挺翹的岬角，那無人看守形同廢棄的白色燈塔讓海天更是有如濃墨，燈塔後方臨海的一方平地，猛烈的海風暴擊著，簡直是一群飢餓禿鷹掠食一隻羊。我們緊緊地手拉手團結著享受那顛狂的海風，感覺睫毛給吹倒插進眼睛，感覺風裡挾著冰錐，看見黑藍的海輕輕搖晃出些微的純白浪尖，等待一陣最強的颶風將我們捲起送入海裡，等待那夢幻的霧笛聾了我們的耳朵，等到死亡的威脅成了溫柔的愛撫，等到寒冷的蕊心竄起了火苗。

我預定自己的死亡是在夏天，關了燈，窗戶框住的天空青藍，一口吞了毒藥。

我們經手處理的死亡案例，全部紀錄，攤在門神桌板上，意義上像是那海岬的白色燈塔。你慢慢看。

我們最榮耀的紀錄是集中站一役，那是隱在山腰的一座養護中心，天蠍姨媽的最後住處，K是她的照護者，急事請假時固定找天蠍代班。那年春夏俗稱小金剛的小黑蚊攻陷集中站，我們輾轉接下了噴灑除蟲劑的工作，穿全副防護衣戴頭罩，中心的方圓一公里的草叢水溝噴藥，咕咕咕傳來斑鳩那蒼老的叫聲。體質容易招蚊子的K隨身帶著一罐粗鹽一瓶水，抹擦手腿叮咬處止癢。我們盤桓到傍晚與K一起晚飯，隔著玻璃窗看那寬敞廊道連接著一大間交誼室兼飯廳，再橫亙另一條廊道往寢室，夕陽明滅山峰樹叢，霞光強壓顯得微弱日光燈下，還能自理的乾淨地怯縮在輪椅裡靠攏一圈，那些重症的、失智或精神錯亂的老渣們癲癇地揮手、擺頭、扭身，有一兩個會猝然站起來抽搐像野狗吠；三個看護分派飯盤，腋下夾一隻細長棍子，起騷亂處便是一棍子鞭下，裂嘴也是一吠。窗玻璃隔音讓他們彷彿堰塞湖上一群蚊蚋。廊道牆壁的不銹鋼扶手，攔腰綁著一具鎖骨尖聳的枯瘦形骸，萎垂上半身一如釘在十字架上的耶穌。我們邊吃邊看就像在看螢幕。耶穌突然抬頭，玻璃窗飛啪的糊上一團不知是飯菜還是人屎。珮珮與大麥眼裡都是淚水。K說那陣子集中站每一兩週總要停電一晚，從半夜開始，老渣們察覺了趁機集體胡鬧，不能下床的也搖著床欄杆咿啞亂叫，陰陽眼中的七月半亂葬崗大概如此。又不是喝了曼陀羅水，大麥笑說。他與天蠍珮珮偷偷喝過幾次，戲言飲花露水。K很小就有協助自殺的經驗，他母親癌末又痛又臭，隔著簾子給他一條布繩子叫他用力拉，用最大力氣，他母親說幫助她坐起來才會舒服，果然看到母親坐著的影子，他好高興。曼陀羅水，比它的前身大花曼陀羅更有一種迷人的清香，我們將劑量分成多量、少量、適量三種，討論好久不能決定要放什麼音樂助興，這個影音檔拍得不理想，都是天蠍搞了紅外線夜視攝影，卻沒操作好，拍出來畫面一片傀儡戲似的影子。雖然是山腰，夏天深夜很涼爽，假耶穌一直綁在牆上看著我們，曼陀羅水老渣們在進入最後的睡眠前的譫妄、暈眩、又哭又笑的抒情時刻，究竟看到了什麼呢？年少的自己，青春的鬼魂？老渣的死亡像是一粒煮熟的蛋，我們只是幫忙捏碎那蛋殼。

後續的處理工做用了我們一整個夏天，卻是好充實的一個夏天。整個忙碌的夏天，我們喜歡聽Queen皇后合唱團的波希米亞狂想曲。上午都是斑鳩與白頭翁的叫聲，西南風吹起，空中飄著一些神祕的絲絮，我們繼續採收盛開的曼陀羅的大花，有一次偷溜進機場外的野草叢，遍地是咸豐草的小白花，客機起飛那陣轟然的熱風煙屁吹得我們好懊惱，但我們繼續等待我島休眠實驗的解除。

夏天飛鳥的影子總是讓我們想起假耶穌。

螢幕曾經收過一封信，只一行字，我知道去年夏天你們做的事。

大麥手賤回信，花露水放題，無限量免費供應。

陌上花開，慢慢回也可以，我們並不期盼地等到對方寄來一段影片檔，老電影剪輯了各種殺人方法，我們討論了，認為能夠空手不見血、最具創意的勉強只有兩種，第一，濕紙巾一張接一張覆蓋在嘴鼻上；第二——等你看了我們對答案，你認為的與我們有沒有默契。

我們一直在找第三種。完美的第三種。哈雷路亞。

洛克替我面前的杯子倒滿了水，花香撲鼻，那眼神是與他年紀不符的深湛。

天光時，K跟天皺大麥睡著了，我拉著珮珮走去交誼廳，夜露曉氣好像冷粥糊在所有大窗，空氣是鋼鐵的微微酸氣味，假耶穌已成了真耶穌，連垂頭的方向也一樣，古舊的磨石子地面濕漉漉，究竟是尿是花露水還是濕氣，全是雜沓的腳印，一條長桌趴睡著一個老渣，沒有呼吸的頭顱背向我們。

山稜線上初升的太陽只是一點意思，但刃光的銳亮，照到這裡驅魔殺鬼、破夢殺菌還要一些時間，但足夠我們抱緊取暖，令我勃起。

在那漲硬的時刻，日光射到玻璃窗，白色水汽怵然蒸發，第一隻醒來的鳥飛過，寢室裡一聲有重物墜地。

我的頭猛一頓，驚醒。

喉乾舌躁，斑鳩一連串的咕咕咕叫著，啄著正午的暑氣，門神板桌上的資料攤得整整齊齊，旁邊的茶杯是空的。

我覺得頭殼裡彷彿一把冰涼的手術刀在切割著。

我走出密室，順從直覺走遍了屋邨前後上下，找不到一個人影，我敲了洛克珮珮與大麥天皺的房門，打開，物件皆在，並無異樣，一如他們的主人，因為年輕，都發光呢。換下的前日衫褲扔在椅背床上，床頭櫃上的水杯還有水，床上的薄被還有一些體溫在。廚房靠牆的玻璃瓶罐一如昨日發酵吐著氣泡，流理台上直徑十二公分的陶盆裡，用零餘子種出的川七，葉子互生的一莖竄長了十公分長婉轉透光的嫩莖，莖端冒出葉尖如針。我打開音響，將音量調到零，只為看真空管裡橙橘的錟光。真空管上一枚畚箕指紋。

遲鈍的我突然想起有什麼不對，快步跑回密室，拉起所有的窗簾，開了所有的燈，四壁層架幾乎都是空的，虛空的如此飽實又焦渴。白熾的日光裡洶湧著塵埃絲絮，我確實看到也感受著光的能量與重量，我伸手進入光裡，那所謂的以太自由地穿過我那手的血肉骨骼。我這才發現門神板桌上攤著一張我城古地圖，皺褶的山，粼粼的河，小塊堆壘的街廓，幾處以紅筆畫了圓圈，莫非四人要與我玩捉迷藏？我瞇眼看著，彷彿其上有人如蟻一蠢一蠢行走。我將地圖丟給以太。

日光的焦味裡，我確定嗅不到他們四人的體味才推開屋後紗門走出去，裝大蝸牛的木桶是空的，曬大花曼陀羅的竹架是空的，太陽炎炎，沒有風，沒有蟲鳥，頭頂上一片白雲給日光槌打得純潔發亮，盹著了。

我渴望看見一棵高大的血桐樹，那茂盛的盾狀葉子在大太陽下鮮翠透亮，若折斷枝幹，泌出的汁液氧化會變成可愛的紅色。

樹猶如此，人何以堪。

我確定快六點時，不遠處一老公寓四樓的一扇玻璃窗將與夕陽一起燃燒，如同昨日，溶溶的橙霞。流入眼眶成為琥珀。

現在幾點鐘？有人可以回答我嗎？

在強光中得到大虛空，在虛空中時間浩蕩。

我回頭一望，屋邨、我城在白熱化的燄光裡熊熊燃燒。

10 多餘的字

你會來找我嗎？
你要怎麼找到我？
我們重逢，玫瑰穿過夢中到你手上，二度盛開。
你得到的答案，我不是詛咒，我認為將會全變成了謎。
玫瑰到了手上化成灰燼。

My island, my island, why have you forsaken me?
我的島，我的島，你為什麼遺棄我？
四處流傳的這兩行字，我要聽你默讀，聽你你大聲念。

那時候，海潮與海風的兒女們，在此漁獵，在此畜養，每天的太陽讓他們安心，但是以月亮計數。

有一天，海風特別芳香新鮮，前一晚的月亮好圓好亮，男人決定划船去尋找海水的另一邊。

從此，他們得讓夜晚的火燒得更旺，直到出海的人回來。

繼續漁獵，繼續畜養，繼續聽先死的人的骨骸在地下響著。

沒有時間的島。

我還想寫的是，島上遭獵人頭砍下的鬼魂回來訴說。

同樣，我寫了，就是玫瑰到了我手上化成灰燼。

那麼，這一首詩才是真正不會灰燼的玫瑰，有點可惜是異國人所寫，巴勒斯坦詩人，馬哈穆德·達威什（Mahmoud Darwish）。

你同意嗎？

在最後的國境之後，我們應當去往哪裡？
在最後的天空之後，鳥兒應當飛向何方？

鬼・少年・夢中故人
——淺談《某某人的夢》及其前後事

蘇州大學文學院博士後　楊君寧

莫謂夏之不立。每一天都會有新出生的奶貓，新完結的故事，新隕的星，甫逝之魂。溪山依然，方塔立在原地不能動身，而你我都已經是舊人了。

潛隱者現身

我們業已熟悉的，是林氏小說那永恆盛光溽暑的長夏情境，綿密久遠沒有消歇，不會失色。還有人讀弗萊（Frye）的原型理論嗎，裡頭四季的象徵意義之說不妨做一參照。偏嗜夏日之人總懷有少年精純之心吧。

青春之島的寂寂永夏，孤獨少年看見自己拉長的影子。Suddenly this summer。及至《某某人的夢》此時，少年成為沒有影子復失去名字的人，無新事日頭下的新鬼，在日日的暑氣蒸騰裡稜角圓鈍，衰減下去。

關於小說裡燃亮不熄的夏日之光，小說家本人則是如此講解的：「我確實喜歡夏天，將個人的偏愛不自覺地寫進小說，那大概是屬於寫作的神祕層次，我只能稍作皮毛解釋。我的家鄉在台灣中部的彰化縣，離北回歸線經過的嘉義近，冬天或者冬天的感覺很短，熱天的光亮、溫度、旺盛的生命力，理所當然的成為『一切（故事）發生的源頭』。最近重讀卡繆，北非、阿爾及爾的夏日與無所不在的太陽光，人的處境，存在的意義，每一日的時光，死亡的盛宴。我突然覺得那比馬奎斯拉丁美洲炙熱得讓飛鳥窒息掉落的夏天太陽還要吸引我，我無從解釋，那是作者與讀者的心靈摩斯密碼。」

《在美洲虎太陽下》也是落日鎔金般的收山之作吧，反是《月的另一面》調低了光度和所照亮的範圍：一個人一支燈，這是書寫者本人所能保有不多真正的自由和快樂之一。

過往的作品中，讀者多見隨林氏綺麗文句挾持而來的縱筆直書，揮灑禁忌身處無人之境的酣暢得色。就算是要寫其所不愛的資本主義大都會場景，卻常常因那切切關注的熱忱之眼散發出某種熠熠光照，反其本意而行之的蟻獅沙阱，拐帶讀者一步步隨之燃燭下視。導引的反效果（《我不是一本型錄》的意思），倒讓人心蕩神馳，想要去試一回看看，甚至是入隔板圈做一次地產廣告人也說不定。作者本人卻在憶往之際如此告解：「無需任何額外的情緒，即使微微傷感與激動也是多餘……時間，既匆促又緩慢地過去，二十世紀已到末梢，我們都是微塵芥子。」

這是「物的情謎，熱情的詠歎」之暈染作用。抒情的反諷批判下，難掩其本性的好意滿滿，那是一坪廣譜的小說基底，不狹隘不先在排他，從心下不喜的人事中咂摸回吮的苦甜笑微微之味。只要這些還值得動筆一寫，那它們包含的意義就非單一薄脆、入口即化，否則何必勞動文字再做記撰呢？任其自由解散以消弭其價值，不是更徹底狠絕的作法嗎？撥草尋蛇終有其斬獲，文字撿骨師得到的未必是舍利子，但回收和重生的用意正在於努力惜之，不從教墜。沒有草率挫骨揚灰就輕易打發掉了一切。

即便單就段落字句的華美豐贍而言，有句無篇地耽溺文字，橫徵暴斂之舉於讀者的要求、收服和考驗，客觀上是測試讀者的斤兩勁道，投不投緣吧。網路帖主常用語：不喜勿入。

「文字煉金術」這名詞久經推廣定型後，紅顏已老不敷使用。對文字的執迷與相信才是支持小說家在一個文字荒蕪的時代裡披沙揀金，戮力以行的最大奧援。煉金術的神祕色彩，不可知及其私密封閉性等弱點，與文字的若干鍛造使用要求大為相悖。沙金並置，且有著除不盡的餘數才是常態常情吧。

文字障的警語提醒不足以使小說家就此收手，得失寸心知，一種風格行至中途而未盡，對一個風格鑄造者來說是更大的折辱和不甘，不啻斷腕既憾且痛。

障之所以為障，回頭讀過林氏自己的解釋，最是簡淨明朗：「我們是寫字的人，對文字有信仰，甚且執迷，從讀者到作者的過程，很多東西會養成，也會有被制約、內化的危險。所謂文字煉金術字面上看來是讚美，另一方面也是個陷阱，若不有所警覺會變成是致命的牽絆。妳確實一語中的，指出了我的痛點與謬點。年少階段，妄想用修辭掩蓋自身的匱乏，包括經驗、教養、眼力，其實是捉襟見肘，我自己早就不耐煩了。」

這是不足，是匱乏，是心知肚明有能力可升級做到更好。一種眼大心雄知何以的明志之說。所有的障子都是可以親手戳破的。而那到了過量、贅餘、膨脹脫垂，一天世界沒法收拾的文字障才是需要清理整頓的對象。這也並不是常言道的晚期風格，晚期風格的脫逸、丕變，六親不認，固有其可喜之處，卻也未嘗不會衰敗。它走的是一招險棋，意在自我逆反，叛離那早年形成已被大眾接受稱誦的。晚期風格亦有好壞之分：通行的說法順從薩伊德的原始意圖，多從正面賦值著眼；作為症候的晚期風格，癌末惡瘤的不治徵象都算分內之事。

絢爛之上的絢爛，更好看成是早年風格的延續與熟成，一蜷持久鏈條上的咬得更緊首尾相啣的蛇環。若非懷著這般理念，文字軌跡斷然不會如此延展開綻，而是中途易轍。

文字絕非有些慣性認知所指陳的那樣，是單純修辭性的、如牛奶豆漿熬煮到一定時間所凝結分離出的浮皮表面，可以拿一柄調羹刮撈而去之的。文字既是形式也是內容，自身是一個可以渾整以待的多面體：「文字不只是創作的工具文字本身便是創作的對象　我無法安於形式上的既成模式只對內容作索求」（舞鶴語）。

至於何謂一種好的、適用的小說語言？語言本身的移物換形功能，衝擊力到頂級時就能令死去的貓狗自動飛越牆頭（而不是人為掛樹頭放水流），提供看似不合常理卻順應了情感波浪起伏的上升動力。《百年孤寂》裡耳熟能詳的雷梅苔絲抓被單飛天；尤迪特．赫爾曼筆下的短篇情節：外祖母在房間內翩然起舞，火焰燎著了她的頭髮和衣裳（《夏之屋，再說吧》／《夏屋以後》）。衛星上天，紅旗落地。到了近年的長篇第一打《所有愛的開始》，她反而重繪的是另一種緊貼地面而棲存的日常生活圖景：所有平易的開始（神聖的結束？）。

常態的狀況（再打個比方）下，小說語言相對於整個文本（特別是故事線本身）而言，應是那小說車輪之外覆蓋但非直接接觸貼合，保持一定的距離，以轉動中產生的慣性和動力維繫相對一致同向運動的，異種材料塗層。

語言即思維方式，字句呈給讀者的形貌已經宛然交代了作者的所思。「……書寫文字的美學問題其實就是認識問題，是文字一次又一次想盡辦法要說出來書寫者才堪堪觸及、猶裹在一大團迷霧之中、仍不斷躲開的東西；書寫者晶瑩地、盡可能纖毫不失地講出它來，心無旁騖，我們閱讀的人看得驚心動魄，我們認為這一切如此美好，從發想、捕捉到最後的呈現。」

同源書寫和性情興趣的天然相似、氣味相近之外現，常使讀者論者在基本認識論上，對林氏小說的讀解判斷發生與朱天文作品風格的混淆。除卻先寫先贏的辨識度和時機問題，以及在土星光環下某些個人志趣的取捨相近以外，新人類的古典情誼備忘錄、對歷史畫面留在視網膜上的凝動感、開拓一個個亞知識領域的熱忱之心——從老老實實搬字過紙做拼貼剪報到（而不是空炫技玩花巧的洶洶獺祭）萬有萬用順從己意。這確是他們重疊交集的若干特點。

——「在世界的盡頭，男孩出海尋找金羊毛，女孩化作了精衛鳥，啣微木以填滄海」。何況一生有些地方只會到一次。

那初始階段的三三讀者和小三三成員身分充其量是觸發林俊穎小說書寫的最初動力，見獵心喜由讀而創的連動奇蹟。這樣的早年影響在日後真正發揮的作用畢竟有限。

這裡必須要提請注意的一點是：針對同一種屬下的單一獨異個體，即使它們在外部體貌上呈現出來驚人的相似一致性，如細察其底色來歷，其間相去不可計數的差異成分仍會讓人覺得表象之幻之謊之不可信。色素週期表中相鄰兩項的跌宕起伏，異度異光難以比併，貌合而神離。

林俊穎的小說語言在其最沉酣暗流處，表現為陰性魂魄的內在靈視，如同葉慈所言之vision者。這也因應他在白先勇評論中的借之自道：「我更相信，白氏小說的背後矗立的是個陰性靈魂的書寫者。此一陰性，無關乎被書寫的題材、內容、深廣，而是書寫者的姿態、視野、詮釋方式，其浪漫本質，用色之濃烈，對青春肉體之絢爛執迷，對老衰必至之哀憐感傷，統合而成的氣質與氣息，『我見猶憐』。」中心欲搖不易為人覺察的思慕微微，下筆的掙扎揀選猶豫，文字氣脈和選字用詞精雅無比；用筆如椽的大潑墨大寫意，自在灑落甚至凌厲逼視的意味——到了《巫言》的大開大闔，連笑罵都有心情餘裕為之。分號前後就是林氏與朱氏風格的區別之處。

巫者以其完整犀利的遠方眼光掃描盯視當下俗常世界，變焦扭曲角度以後得到神光離合的全套個人沖曬。「用大白話來寫它一次看看」的個人心願達未達陣，尚待商榷。一種業已鮮明濃鬱的風格之擺脫由奢入儉難，事不由人。證之朱天文的近訪，那「用一整本書擊打一個核心概念」的勇猛精進，直如嵇康打鐵，玉山濯濯，或〈伊甸不再〉開頭處的花紋閃電劈落在長窗之外。

相形之下，林氏的文字有如針筆刺繡，特地標注「小心輕放」的感覺，不大會用到以上劈山掣鯨的手法力道，文字靜靜淌下時，暗河流動，聲光色溫的情韻徐徐釋出。

甚至是揀擇掂量每一個字的輕重疏密，像那已成林記標識性物量詞的一「葩」電火球，直接予人多重聯想，甚至可以拐到英文單字「bulb」本身兼具球莖與燈泡的雙重含義，又有音近之便上頭去（黃麗群訪問中稱之為不帶一絲毛邊針腳的文字——作者在將其晾曬出來面世以前，浣洗柔順多次自不待言）。

兩者之間決定性的分裂點，竊以為推及根本，不得不歸於那精金純鋼的身體感，及以之為中心輻射延宕開去的感官世界——眼耳鼻舌身意、聲香味色觸法，無一不在此列。身體像一件優秀的漆器，還是像一隻優秀的粽子，這當年一度笑擬的縱浪談VS粽浪談正是二者之別；至於有論者將其進一步發展成：要裹成粽子那樣層層疊疊抑或只穿那一條線，也是見仁見智之事。食物的情色化與身體化隱喻在中外文學傳統中都不難尋到豐富例證，飲食男女本就側應相通。漆器是純然藝術化的創造物，不涉及血肉腥羶。

《荒人手記》裡知識者的中性眼光，只有鏡頭回轉到情慾部分時，才覺得是鬧鐘設定提醒開喊：請大家繼續收看同志頻道（這與作者潔癖書寫的核心觀念有關，情慾部分大都虛化處理，行過自動匿跡，不留可疑氣味）。

為什麼《荒人手記》在同志族群裡曾受爭議討論，大部分抗議式的駁論歸總起來一句話——你寫的不是我們。之所以會得如此，其原因也很易找到，因為你不是我們（之一）。如那句歌詞：「除非你是我，才可與我同在。」作者借位張本，其寫作初衷一早言明了志不在此，就算是有為原型人物伸張曲意的成分在，代工之中的不到位非關筆力，而是體質種族的分道所致。這不須、不必，實則亦不能彌合之處，恰可與正港的同志主體所創作的文學兩相比照而讀之。

在《某某人的夢》之前，先行衝決潛隱位置，其義自見的是《我不可告人的鄉愁》。近年來三座華人共有的大城，分別有三位作者交卷出漂亮長篇，並且沒有懸念地在當年年度各城小說新作中占據一整年榜首位置，之後也各自有歸，名實相符地折了很多桂，奪了很多魁。《我不可告人的鄉愁》、《烈佬傳》、《繁花》就是這三部傑作。在全球化中西內外不分的時代，三位小說家不約而同在各自的母語方言上下了令人欽敬的慢工夫，做了扎扎實實的預備功課，一一淬煉磨洗出各自母舌暢達的方式。而那聲音開啟的時機，是要沉潛往復久之，才張得了口吧。

比引發了一小波投機效顰的方言寫作的意外副效應更重要的是，萬家萬民皆好漢的長篇寫作大潮裡有這幾位始終不以時俗為趨向要應變的冥頑向隅者，他們只不過是一直堅持坐在自己的書桌前沒有離開，從第一個字寫到最後一個字。

黃碧雲寫出一本對她過往和其後創作而言都堪稱是空前絕後的小說，題材語氣都與末世哀戚的個體抒懷之風有了判若兩人的分別。

《繁花》點題般引錄的穆旦詩句，標誌出八〇年代人在青年階段讀到這些詩歌的最初靜默喜悅；但結尾處〈新鴛鴦蝴蝶夢〉曲聲一起的浮薄感，使得俚雅在此並沒有形成充分的張力，就一邊倒地就範於下放的海派文學傳統（那相對品質貧弱種類繁盛，市民化程度實深，與小報廣告共生共榮的通俗文學一支流）。小說的混雜感不難覺察。

至於不可告人的鄉愁，我們已經前前後後散談了許多。

關於有意識地繼承和延續某個書寫傳統一再重溯迴游（櫻花鉤吻鮭？）的生物本能，到了寫作仿生學上的實況，若用債與償那套觀點來看，會表現為一種遺產即是債務的詭異情境（儘管沒有原罪要揹沒有債務要還沒有骨肉要給父母更不需要把親族長輩任一人生回來）。

重要的核心概念意象，一位書寫者全部的心力和作品攏總投放，大概只夠應付有限的幾樣。每重往迴旋地一次都務去陳詞套語贅言，將之打磨得光亮度愈加提升，愈加接近心中理想之境。

仍得多事一問的是，去除種種沒必要顧慮的外在干擾意念之後，小說家算得到書寫的身心自由了嗎？這無需措意之事，包括通行的流俗概念，不須多加理會的時興寫法，最後也有自己剛剛寫就的前一本書，與那某些過去縈迴不散的意念鬼影子們。

不可告人，乃是由於無從說起。

人的夢及其他

「人，是需要人的人。」——不如說人，是需要夢的人。因此上古有大雲夢澤。小說家在上一本書的開頭這樣起勢道：「當然，他記得他們盛年時所有的大夢。所謂大夢，如死之堅強，而最終擊潰他們一如灰燼。」信夢則夢在，沒有失掉做夢能力的人族就不會浪費仙塵，想飛可飛。但同時身為留下來收拾殘局的人，命定要擔待所有的前後事。與記憶的角力對敢於記得的勇者不啻一場漫長拉鋸戰。

少年十五二十時，一切都不稀奇，端正好東風第一枝，萬物皆備於我。「青春好殘酷，有青春的人對世界亦好殘酷」，恃靚行兇予取予求，少年情感事件簿恆等於青春殘酷物語，正值白日登山放烽火的大好時光啊。

萬人仰望的理想狀況是「他和他流放大西洋」，兩個人的絕對情境，如同天地之始，宇宙只有我和你。夏濟安描述的愛情理想是和一個愛人逃到沒有人的荒島上去。這幾乎是浪漫（自我）滅絕的極致想像，何其難找到願意配合出演的對手。

可切換到《紫花》裡的警句卻是：「讓美好的和美好的在一起，我將遠行。」這豈不比安哲著名的那句「我祝您幸福快樂」更窩心嗎？由妙悟而脫身，是太豐足快樂的理由，自安又成人之美。那「茫」向情色拜占庭的方式，也許竟是逆向揚帆之超然獨醒，分花拂柳就此不顧不問。

「豆花開放，鳦鳥歌唱；五月徜徉，六月徜徉。」寫下這句的人，可也寫過「我能等著你的愛慢慢地長大」，「死算什麼，你總有愛我的一天」。無人的空鏡頭之景才有靜謐恬美的實現可能，不然僅得墳塚上的紫羅蘭，也是逝後的盲視了。

一直要等到了《某某人的夢》，林俊頴小說世界裡面真正自我參與（主體介入）的愛情敘事才正式開始。心事幾人知，可能像《梳頭記》那般，絲縷毫髮得失自計。過往的星塵之事，如煙如鏡，幻美不實，無從把捉。時潮人影都散之後，當事者己身成為倖存（不幸？）的孤證一具。

沒有經歷過青春期的徹底幻滅，以及情感再生能力的由此磨礪而形成再加固，這一艱辛破繭的成長過程都不能算是最終得以完成。人在其間隨之俯仰浮沉，都是有所必要的歷練。少年維特的水中映影若非親手打破，紛碎的千萬亮片便成為冰雪皇后的鏡面殘渣，大寒冷過後再望出去無處非冰原凍土。

昆德拉那走出抒情世界的廢墟，重新認識自身的老到訓誡，不只是知識觀念的更新升級，兜底追問一步，更關乎情感教育的修補認知。靈魂深處的隱祕精神迴響，固然要讓沸騰的停止；情感一旦冷卻，則不易回溫，反而知會不到內中精微的溫度變遷。

詩人的「紫色玻璃管」時期，萬物皆著我之色彩，湧心塞眼，吞鳥夢花……無所不用其極，看似紛繁多變實則單一，落點都在窄小的個人視域之內。浪漫濛濛的單向死巷前行無路。脫困與解套的方式唯有不再倚仗於此，令玫瑰色退散，慘綠漸次加深成為蒼苔。柔脆的完全瓦解殆盡——「時間解體，水銀瀉地」以刪除線標示出，彷彿經過了重筆劃掉的句子，恰恰找到以實體形象對應，搬運傳達的時間感受。書寫／塗銷的時間—記憶儲存釋放機制於焉可見。汞珠靈動而毒性恁大也。

此前不限於同志題材的以情感為主軸之作裡，林俊頴讓讀者見識到了寸土必爭的心機遊戲：格局精巧，人物情節線索編織得絲絲入扣。但敘事者的冷靜旁觀角度，每時每刻都暗示讀者：「一切愛情故事　都只是一個故事　一切愛情　都是死結」。其中最為綿密細緻者，當數〈夏夜微笑〉、〈雙面伊底帕斯〉兩篇。前者明暗閃爍，盡顯小說家早年風格濃鬱稠密之長。珠花攢聚起了深心糾結的三角關係：過去的豐美，不足以維繫遞增的人數與膠著的情感——所有的三角關係裡總有一隻鈍角之謂。第一人稱主人公傷敗之形容，如海沫浮漚，易散難聚不成體統。〈雙面伊底帕斯〉的不動聲色光影盡收，亦是集合了世紀末瘟疫、雙生對照、家仇親恨、同迫異婚種種異象，冤孽複線集合作一團之愛非所願、情不得已。

初夏白皮鞋尖含一塊金屬片，踏過炎天暑色下的中華路天橋，柏油滾燙。這是林氏版本的「西城舊事任低迴」，西門町中華商場的逸樂之地斷裂瓦解以前，有過這般人物曾為此留下景觀消逝之際最後的風流俊賞。尤為攝人心魄的一個情境是：方家的族譜本元亨利貞一路順暢排下來，忽然跳絲般轉了頻道（與《倚天屠龍記》中作者後註——殷梨亭原名殷利亭——可作反向的讀解）。

人物之間森森細細，冤親莫辨的情感伏線，像是巧手一點點挑撥出蝦頭黑線之耐心精微。愛恨仇怨的暗中渡換時時逼出人額頭冷汗，情感成分從不單一套板化處理，而是模棱閃爍，不輕易遵從定勢和常規線路做性質的規約，因之呈現出的是五色七彩搖曳之姿。這時文本中的愛與死片段，具象化出來妖魅耽美意味猶重，慢鏡頭緩速拉長的延宕欣賞（遂不無自我肯定眷戀之意的）就像：「回頭看，兩具人體在大風裡幾乎是馬戲團愉悅地彈向半空，那年輕無敵的頭身腰腹手腳如此美麗不可方物地飄著，如花綻放地張開，抗逆地心引力的美麗停格。與天纏綿接吻嗎，然後蛆般沒有聲息地紛紛掉落，碎紛紛地掉，濺上我們的唇。」其藝術化的抒情之死，明白點說為死而死的傾向較為明顯。底子裡虛飄飄地踩不到花。

時移事往，《某某人的夢》中單向然情比金堅的決志之死，那意志的強勁有力，具備了金屬渦輪的高速飛旋（科技感未來感超現實感）和新機車的堅定之心，因此雙重保固。仿似電影《愈快樂愈墮落》裡，車過青馬大橋，《暗湧》樂聲響起宿命的迴旋曲，殊途同歸到此，舊情已泯。那種苦求雙雙殉身，然不得的向隅虛空感，只是陽光刺眼的金屬熱感，唇舌有鐵銹擦過。和自己立約，獨抱其身的悽孤況味——不是不願為之，偏生是苦恨不曾為之。蓋因那堪共演對手戲的搭檔早就缺席了，留白的空缺心願遂不得達成。

於是此際原子人的舊夢重綴之旅，再定神凝視，就有了不同於簡單朝花夕拾的氛圍：花未在手，今仍憾何不折之的意味更切。鬆散附身的夢之披蓋，回歸到人行走於天地之間（天地極可能猶渾沌未分）的本真情境，原初素樸，牽連出一個以自體為中心點輻射出去的單向聯繫：傘子中心點雨滴離心甩落流線。

我們不妨先從時序來找一點前行的旁枝線索：聯文同志文學專刊（幾乎同時《感官世界》復刻版面世），以訪問者身分出現的時候，林俊穎無疑是彈無虛發而機敏伶俐的叩敲之人。這也是聶魯達隱祕讀者與卡爾維諾意外譯者的跨國脈絡交互測試，閒話家常之間引發的對十年自我養成計畫（其實更似是誤打誤撞的酷兒漂浪、準奧德賽之旅）之回顧，關於志業取捨的今昔物語。不管怎講，即使當事人再望青春之影，都羞赧笑談稚嫩，仍可為後來人提供天真與經驗之歌的參考樣例。

曾為日落大道上的亞洲男孩，由衣裝而及心智的層層剝開自剖，超乎大眾想像，青年時代那專情獨居埋首書案之人。轉瞬已跨入傳道授業的另一天地，昔年宣稱「帶餓思潑辣」的心懷可還新銳如故，或是在有所歸時已經饜足？

時間的單向箭矢上，你我是騎乘而去的少年仙人。由無以名之的內在驅力激發起而行，離島出走，第一次遠行的契機樸實無華，太篤信親自步履測量的力量：日出在遠方。青春大概都可提取相仿的因子：科幻、酷兒的雙線解鎖，《島嶼邊緣》的彩筆曾經干氣象……幕幕生動如在目前。推至《台灣同志文學簡史》，轉換跑道以後再出發，田畦更替，躬耕之意仍精誠可感。當代修史的風險，身為親身參與創造文本的人，作者當然不會不知，因而其趣怪之處也在它類似於簡明提綱的可續性，只是此段觀察的階段性小結。內文呈現出來的不均質，使本如大冒險的文學史書寫，偶爾在街巷轉角冷不丁冒出來幾句作者脂評也似的真心話，體例與文風之間的疾緩起落時或應和有致，時或張力凸顯。從小說的創作到文學史的總結，那股沛然少年之氣始終飽滿如一。

「造反取經元一人」，這句胡詩被林氏引用來作為對紀大偉的評語（我們知道有時的斷言是頗能一句中的，一如定音錘切分勢力範圍也確認了屬性），也算是坦露心事。三三大教室內各人領受各自承擔的功課，又像詩筒的大抽籤問卜：有人拿到的是「浪打千年心事違，且向早春珍惜春衣。我與始皇同望海，海中仙人笑是非」；有人則取「唯恐誓盟驚海岳，且分憂喜為衣糧」。不一而足，各有各的得著。兩位小說家的對談在主體內容以外留下的分支開岔其實頗多，此則一也。

投桃報李似地，紀大偉以〈失神的建築〉為切入點論《我不可告人的鄉愁》，取譬小處，論述尖新。不無此書的評論自此篇起，方「眼界始大，感慨遂深」的意味。而這一乍看之下似乎邪僻的角度，卻正可將林氏的隔板圈生涯與其鄉思情結二者做一串接式的總結。那對台北「成住壞空」的四字評語，實不下於以福祿壽論傳柯三域的奇想當年。

城市的面孔不斷塗洗更替，日益陌生難辨，但又再難出彩創造真正的驚喜意外。安藤忠雄、隈研吾風大力吹卷整個東亞，所過境之處幾乎無一倖免。罔顧當地實際整體環境和合用材質的作法，非但損害了城市景觀，也使得有區分度、有個性的異國異地典型建築風格樣貌一去不返，喪失了多音齊鳴的可能。好像由批量生產依照某個不可思議的任務空投而下，精準均勻地散布在目的地的偽造仿製歐式建築，是未完成的殖民計畫之一。保護、修復再利用和創制新生之間的無休止爭議（以及看來是誤陷其中的某些死循環，兩極擺盪間得不出確定有效結論）仍在時時延續進行中。

文學與建築相望，阮慶岳早在其《惚恍》的黑白冷暖時期，已預言了城市廢墟的必然了局。藝術化審美化的廢墟有朝一日夢想照進現實，總有種猝不及防的錯愕。但羅馬不是一天建成的，所多瑪和蛾摩拉也並非墮落於一日之內。城市丘墟化乃在於人的離心離德。開門所見的山色亦無非是喪心失魂的，或者乾脆就是現代感的空疏與意義和美感的缺位。去除和重建的大規模造山板塊，正成為都市每日的習見夢魘，反而重新形成了某種自然的消長過程，如草木的發軔生滅。

空間位移、人際關係和獨居之道，以在原子人身周開展的三元因素（或是三態循環形式）環繞出現。他同時還是個異鄉客與捕夢兒。第二章〈原子人〉正位居中，為三者裡篇幅最重，用力最甚者。若果採用抽筋扒骨的粗暴提取主題法，或可將之稱為殷殷自問探詢此身何在，此心何安，此情何寄的三重切切貼合「某人一生」的迫近問題。

這類形似雙線DNA螺旋，開閉分合基因鏈條的編織敘述在林氏小說中屢見不鮮，堪稱他習用且純熟展現的風格特色之一。因而過往我們從林家舖子所見的通常情形是：平行宇宙的兩條人物＋敘事線索的對照展開。訴諸題材內容則往往是三大主題（原鄉、職場、情感）之任二的兩兩組合排列。這一回第三極的產生，或曰三極的同時同地上場，有如火線、地線、零線的三條併行接通。但這種三元素俱全的書寫狀態在排布分配上，又與以往頗為有差別，採用的是打一個核心概念輻射發散出三個聲部的寫法，然而三線平行互滲，似有關聯，實又不完全嵌合的用心則良苦。

詩詞曲楹聯這些帶有遊戲文字意味的文體形式中，從上下句到鼎足對之轉變，更近於二生三，而非二加一。儘管短篇集的圍繞主題去闡釋一個概念的作法，對於小說行家裡手而言，並不是多麼了不得的作法，甚至可以說為了維持前後一致的外在形式必經之途，也是較易踐行之事。

而我們也不會忘記，這是一次五十齡之後的寫作。更貼合於知人論世，或以人觀文及反向的以文觀人作法其實並不是生平事蹟與小說文本的湊作堆。如考據索隱過度，罔顧日常生活與創作活動之間本身存在的隔斷，或文本內外虛實那作為不可逾越底線的疆界，最後若非變成賈府老太君的老花眼鏡究竟度數幾何式的竹頭木屑（這是某期紅學學刊上曾真實出現過的例文），就是張愛玲垃圾桶案件那樣的低俗喜劇。

鏡頭拉近到寫作狀態與實際成品的定格檢視。那知識視野、閱讀經驗的豐沛還遠遠不足以徹底消滅填平生理年齡與心理年齡間的差距，因為那是大寫的GAP。那強為說辭由於逞強預支反而天真洩底的小開綻口飛絮，如多年的在逃兇嫌，遲早落網認罪。

年輪圈數和馬齒（無論徒增與否）的啟示或許可以推斷，要判別一段文本所對應的寫作者年齡狀態（成熟度和完成度），務必窮究內在認知的軸心線和最稱手常用的器物分別留下的印痕（亦即標記指示功能）與其耗損程度（使用頻率之高對其造成的形變與影響）。到了某一個放心開口的時間點，筆下出現更多的是引刀成一快，直言不諱。超克從前不能脫口的祕密一般，擦亮過去有意矜持，以繪影寫意清淡帶過潔癖書寫的部分。

這裡我們從林氏作品得到的十六字令該是：「五十之年，只欠一變；經此詩思，意無再縟。」

因此小說開頭劈面破空而來的是漠漠荒海，兩個人形影相隨。海邊舉刀刺豬，夜晚大雜居小聚居的通舖暗渡，軍中樂園式的人身獸性，生猛年華身體本能的慾望迸發。

異性戀家庭的開枝散葉，有分有歸，在此前對小說家也是情思與現實上的糾纏阻礙吧。祖父逝世是第一重解鎖，祖母是第二重。家庭與原鄉的牽繫不再有其實體，人得以獨立自由然而也是相應原子化，浪遊的起點正式產生了。

補夢人是捉影者，異鄉人亦是失鄉孤魂，只有原子人實實在在生活於此。簡單時間軸上的過去時、一般現在時、過去完成時錯落出現，都不忘為未來留下可能的探問空隙（現代主義的時間提問：現在幾點鐘？——同志時間的提問：現在是以後了嗎）。

書寫者對容易癡妄孳生的情感本身取捨有所變化。為了不使悼亡行為過分發酵膨脹，無限綿延危及自身，必須有所了斷。企圖以大回溯大總結的方式，讓讀者一本滿足，作者一次完成全壘打。一般現在時的日常緩速流淌，水聲潺潺只要還在就好。時間觀念和情感表達都柔熟低緩下來，敘事者以其凌厲強韌的力道掩抑了喟嘆感傷，生的清醒意志大大凌駕於愛與死的本能之上，又似一場現實和浪漫的紅白鬥，有意義求完足自安的孤獨之生，堅毅倔強。

與其說敘事者想重蹈夢土收復失地，不如說他再行一趟老路，是為了確定它們的不在，有心做個切分，再好好地與之道別。憑熱切的生之眷戀光芒映亮字裡行間，至於一死生輕去就在此是毫不適用的。

尤其同志題材的情感書寫，於惡德建立的平原與千高原，找到屬於自己的根鬚飄揚之勢，那息壤般保留下來作為原生塊莖的意念。即使沒有做出經濟建模那樣具體的通用形構，或如《理想家庭》般對某一種家庭組合的可能形式提出敘事的較完整形態，軟性滲透、細水長流的戳刺手法卻不難見到。原生家庭父母不堪天地不仁，同性愛侶的不能拉埋天窗而就匱於異性婚姻。匱乏與奪取之間要如何自處？

原子人寧可「憑著這一股怒氣」維持無名魚釘孤隻的繞圈圈棲游生涯，也不要再被有危險性的青春身體挑誘，再一次墮入情天恨海之迷魂陣。那樣的大規模反噬，真如身處火宅難駕馭，三顧一燒僥倖逃出也只剩下半條殘命。

故人之子暫時借住的小插曲茲事體大：完好運行的一己生活世界，一旦被外來者侵入打破，引發的內在潰散，產生對他人的極大反彈和憎惡。從決意脫離常軌數軸，甘做一個空心點那刻起，就不能再歸隊了。

生於南方

「我要到溫暖有人愛我的地方去。」——不用標記螢光highlight也會自動破屏跳出的句子。在此之前還有句粵語流行歌詞說：「愛要愛一種南方的，所有的溫暖都要。」這同義句群，果真都是「年輕幸福得近乎撒嬌」的修辭嗎？或者只是良辰白日開口夢，發過了便算？

我們更習慣那流浪飄散的南方族裔：古代史上每一次南渡，被省略與誇大奢美情節的花月痕偏安小朝廷們。舉凡近現代以來，往南方避禍不忘逸樂的割裂與連根拔起，南來文人、一九四九大分裂、下南洋……從郁達夫到黃錦樹，小說裡浪子的結局都是並不清麗的失蹤，留下重重疑雲，聚蚊成雷。曖昧的南方文學煙樹靄靄，而且有意將其面目自我模糊化，以獲得曲折柔婉之身姿，換取與想像中的北方大國對抗周旋的可能。然而煙幕彈的長期作戰法會有效嗎？不同層次面向的南方（歷史、地理、文化、文學、神話）必須清者自清，勇於自辯，才有自辯的前提和底氣。作者們留下南方的情意結，樹梢繫以絲帶的溫柔手勢，待好奇人讀解。石榴裡包裹的顆顆晶瑩紅，酸甘呀甜，南方色澤氣味之流轉。石榴是蜜源植物啊。

南方相較於那與之對對碰的北方而言，總是樂生安養的，不奔波勞碌的，專注熱火於最基礎的生之慾望。人恢復到或保持著本色活力，得以與溪山母土長相廝守私語，嬌暱難分。如果是一雙人，若非安於耕織，那便廢耕廢織。

「弟弟沉睡在南方古城的輝煌裡，每一天的日頭像尖尖一碗冒著熱氣的白米飯。」原子人拜訪南方古城時，友人之弟因病陷入昏迷，長眠如死。家人仍殷勤盡責地將生活之輪（之軛？）推動下去，勉力使其萬法常圓流轉不衰，停頓的唯此一位活死人而已。此間細思之後大力反彈而出那份的恐怖與強悍，轉手即消融在最不能計較的竹頭木屑淘米洗菜水之中了。久之病人沉痾深陷，居然成就了其神奇的腐朽，漸漸化為一件僅具人形的室內靜物、大型擺件之屬。連都不用塗油包裹的木乃伊，宛然有生色。

在一己生活裡深耕日常的諸君，不知是鬼神前身各自分頭做了一段垂直方向的上下位移流落至此，還是真正的世間常民生中應有之態。

「烈日獨裁的南方，人人都是沒有出路的囚犯，但有家庭生活這台絞肉機、刑具伺候，最後有幸骨灰還可以撒菜園當肥料。就讓我老死在南方古城吧，起碼它有無盡的太陽光。」

林俊頴不但寫出了花氣襲人的南方甜暖，也寫出了更不容情的南方酷烈：陽光養人亦能殺人，抉擇嵌留在一個家庭結構中還是獨影自居（或只是偶然過境一顧，暫且居停友人那邊廂，如原子人），具體的自我處置（凌厲些講不妨稱之為處決）方式決定了其個人生態與命運的出路著落。情歸身寄，記憶所繫之處的石罅電火，拉拉雜雜荒天赤地摧燒一片。

「所以是南方古城包容也蔭蔽了全家吧。」可能像眉間尺沸水烹煮人頭的那口大鍋，可能像陽光溫煦慢慢調和鼎鼐的生時棺槨，家庭是共犯結構，擬之以形器，那該是絞肉機、狗頭鍘？還是聽似奇詭事件，卻有過真實上演的：親友宴中得意忘形的父親將稚子高舉過頭，忘記頭頂無蔽的吊扇，鐵葉槳輪當場將其頭面攪打得血肉模糊——

紙糊的寶塔一層層高聳入雲，瞞和騙天天向上——老舍所寫「父親坐在寶塔尖兒上像個大傻子」，「四姨扶著三姥姥，其實只是為了給自己找個靠頭」般的人際血親姻親演劇系統——假面之必要？傀儡之必要？

由是我們不免要想起〈思舊賦〉裡那位癡騃胖大的將軍後人，與守護在側忠心耿耿的老家人。白髮蕭然一整個時代的悽愴與凋零。那也是關於往昔南方豐饒生活之海的追悼與懷念。作者自譯這個短篇時，特意用了《飄》裡的漠漠南方黑人口音英文，此間的因緣勾連，自然不必多言。

西北偏北。南方的南方，南方兩相對望。啊那懸想中在文學上的南南合作南北對話，有這個可能嗎？

但林氏小說裡的這一幕，比起那巨人傳主角般的癡肥男子，在年輕美好之時陷入當機失能狀態的青年身體猶自可戀：有著光潔緊實的公鹿之腿，不乏如花彌散的腐臭奇香，背後也沒有負擔了如此不堪負荷的家國迷情。

即使沒有同志文學從旁的磨刀霍霍，那常規建制中的家庭問題也早就來了：從下流社會到無緣社會，畫屏一轉，時代沒有罅隙給棲鳥容留，是不是良禽都一樣。與木下惠介《日本的悲劇》隔代互文的小林政廣版本，世代之間如仇的利用撕咬恨憎來自真實社會事件——這再次證明了幾乎是小說寫作研習之人最恐懼也因而當作庸俗講法自欺不去理會的一個基本事實：小說永遠不及真實生活的展開式詭譎，但爽白講出來，只會被人質疑在畫虎卵。我們不得不捨棄一些看來不那麼合常理的情節，蕉葉覆鹿似地刪削最有華彩的部分——換言之，不摻水添加劑全無的飲食有時往往不堪入口，純真得太假於是只好放假亂真攪上那麼一攪——以求適應一般受眾脆弱的心智（或曰接受平台云云）。這種形式的慨然而就下恐怕都是不得已而為之。

雄黃酒灑身的尷尬時刻，水淺而舟大也。

一切敘述都是重溯，相逢不識只是還沒有到適宜的點（老話一句：花苞踏對了時令開拆）。南方生活的甜美誘人，由「在地小漿果」（樹頭鮮？）語言及其題材的近途運送保障其鮮潤甘沁。一代有一代之文學，不如說是一地有一地之文學更符合實況，地域這個筐子比時代更能盛裝得下不同個體，更不會太早開裂。返鄉情熱也是一種不能自已的原初衝動罷，彷彿有所恃。「彼時高樓對海，溫柔都有倚仗。」作者才有不違本心的意志與熱情將之回譯成自己的文字，以求把那種母舌暢達的幸福感傳遞給讀者，文字的氣息色澤都隨之變得彷彿若有光。視覺上的眼球移轉帶動了其他各方面全能的感知系統。這點我們先在《我不可告人的鄉愁》中得到了充分的領略，然則原子人的深情貫通一脈，而且有了更多更鮮明的敘事者主體感受打底，由前書的實以地方為主角，人退乎其次演變為人站在鏡頭之前一切逐其而生，又是因其而起。要說《鄉愁》書中的斗鎮甚至可以不因其是無人之境而有片刻失色，在必須忍痛割捨一臂的情況下也會是被保留的那些章節和線索；那麼針對《某某人的夢》而言，只有活在人，且是特定的此一人記憶中的世界才有存在和被講述的可能。儘管到了收尾處，那孤伶伶主體開始急劇受熱般，竟至膨脹為全體人類的總和，從個體的人被抽空泛化到萬人如海一身藏的境地。

深淵水影，落花映潭。那些浮離筆底任意漂游的水文地質昆蟲植物們，無一不美，且深刻銘印著特定之地的腳蹤記憶，一位行腳撿字人的蟲葉之眼。舞鶴《亂迷》中緣曾文溪行，忘黑面琵鷺之遠近的閒歌雅意，想來聞者自知——《調查：敘述》的心意手法運用如初。

這一次是輪到東螺溪。It's your turn。溪水難得不厭生人。將人界憂歡外包給自然，文學中的動物好像是個彈濫的老調，但物種的選擇在著者則其心異也。

桃花水母、鮎（鯰）大魚、渦蟲……都是比夜遊的螢光烏賊還要傷感的生物族群。「春來桃花水，中有桃花魚。淺白深紅畫不如，是花是魚兩不知。」隨水而生入水而逝，尚辨不清是花瓣或是魚類的柔細生物令人神往。

溝通兩個世界，並且一定有往有返的信使RNA，拉鍊般將其咬合一處。那都市世界再妖曈灼灼，寫與被寫的雙方彼此目光遇合時，仍有同代同時的某個程度上之心照不宣。憑一根草莖在上帝之靈與人世間往返的前行者有之，神鬼不拘，人與地、人與人，或曰一切有情無情有機無機體之間的交流互通，最好的允諾就是那句，我想你以後就這樣來來去去都可以。

玉蘭花和交趾陶的世界。我們回得去嗎，總還可以從容嚼食一粒桃紅，另一粒杏白，如同食花療飢的雙色球湯糰。

粉白蛺飛過庭園，一如姆敏山谷的傳說，夏日所見第一隻蝴蝶的顏色決定一季的幸福悲傷指數。在那獨造的情感結構與象喻體系裡指涉與被指涉的本體喻體，其聲光色影很能見出寫作者其時的心電腦波圖紋走向。Zigzag聲一路響徹天地無從消音。

小小的車站們個個有著俳句裡掉落下來的美麗名字。真夏，日文漢字光色灼灼。少年時起與夏天的盟誓似斷實連，是迎風款擺砍之不斷的牽藤攀蔓。面對南方幻影之國生長繁殖力旺盛到使人熊熊燃燒起生之意志的花果植被們，由此生發出了飄蓬思定之意尤其難得。

書寫者此際化身為一滴琥珀千年之淚包裹的蠅子，凝生樂死的珍異時刻，幸得庇護宛如在世，那封凍在凝露中方能窺見本貌的透明感。

惡德之美

與氣勢洶洶自詡天賦其權的反恐（同）之浪潮相比，今日所見的性別平權運動再激進，都更像是溫和善意的自保，不得不出聲喝止那些太惡毒過分的攻訐。我們常常忘記置身何世，這裡究竟是二十一世紀還是十二世紀。太明顯的時代錯誤反而異常合理化。如像違章家庭、多元成家草案，這些概念都帶有寬鬆戲謔的反躬自笑之意，幾乎是以退為進在爭取保留地的作法。

然而文學的對抗方式總有其猶豫曲折，流水湯湯商略黃昏雨。這是消極之惡，逞凶哈氣無非要保持不被侵犯干擾的安全距離而已，底子上骨子裡是充分的溫柔贔屭。美惡的界線於焉模糊閃爍成夜雨霓虹般絢爛的一片——遠樹含煙，不知平蕪幾千？

牙尖角利的外在中空所容的仍是一時時刻刻在找寄身之殼的軟體動物，易感而流動不居。往昔愛說匈奴未滅，如今身逐水草而不疲。細敏柔和的陰性靈魂凝視之眼，通常都難以抉擇，無法驟然去之。漫長的自我追尋和向外詰問行旅之中，多少中轉站連同迴旋地可供勾留。

林氏小說典型情境之中原生家庭父親的衰朽肉體，母親的不貞市儈，都正好成就同志酷兒怒而叛離的客觀情境與動力。同梯與異性成婚組家之後的惡行惡狀，妻女昏聵癡傻只會做電視土豆，那駭笑食糞的場景用精神分析可以寫上一大篇病歷，卑賤之物的象徵。

同梯之妻和男弟子池中腐水死魚般污穢不堪的私通，直是一道恐怖莫名的睡蓮方程式。至此，敘事者眼光已不再是伊底帕斯時代烈火熾燄同歸於盡的狠話負氣，同情、嘲弄甚至某種羨慕的幽默感糅合一處，情緒複雜化了許多。

母系銀河常軌，開花在星雲以外的不羈個體在此產生。弟媳唯一做得好的事情是晚餐後切水果送水果，除此之外特立獨行。日光沸水的大街女戰士機車獨行，自血拼前線凱旋，又或打超市搬回一箱零食大快朵頤。固然伊人衣食為大甚至成為其生命核心和唯一的生活方式之俗蠢，飲食男女汲汲營營（唯愛與美食不可辜負）為敘事者所不齒；但只是這樣茫然無所思地活下去，也是愁心百結（人事易倦心事在，依然一寸結千思）的原子人萬萬做不到的——相反相成，鄙薄又不無羨妒的心境油然而生。

人間地獄處處修羅場，但毫無進益的龐大結構將人嵌卡其中，拖帶到動身不得被碾壓而過，從起初的抵抗者到後來的斯德哥爾摩從犯，太多人超越自我地抄近路走了最短的直線小道。彷彿加修向下延伸到了負十九層，電梯直通地獄的戲碼。

美麗的空屋，打初訴衷情到從容誠實講出最後的話，需要的只是這樣一個空間。意象隨身而轉（還好不是及身而滅），情到多時情轉薄。瓊花一瞑之後又見瓊花開。面盆底四大朵詭異之花長開不落，孺慕之思，隔代教養者的懷戀童年有所庇佑，面水面巾趕上學前食的一碗麻油麵線。

由於保持這樣羞澀童蒙的心理狀態，萌芽形貌，多少側應了原子人對性情之事的態度和寫法吧。有句講句，看到過太多莫名其妙將行初血和師身人面的啟蒙（不是教壞細路嗎）段落以後，實在樂見青春稚嫩點到即止的，化作黑鳥飛去不問下文的一小句，寫過便算。多謝作者手下留情。

這裡讀不到靈魂身體的殺伐旅，冒險浪遊之類，更似是漸漸打散溶淡的人類學觀察日記，敘事者小心有限地做著自我參與，逐條記錄。字母編號如同（字典？檔案？分類收納的植物昆蟲標本夾？），從A至X仍然小心劃分保留了必要的公私界線——給我愛過的男孩們。輕重緩急，嘈嘈切切錯雜彈，區別出各人各事的心潭映像，誠實地一一予以備案，到此為止好好告別。

大多數為建立而建立的異性戀婚家中，成為妻就意味著失去本名，那只是一個虛空架設的位置，人人得以取而代之。

世間的集郵男女們甚至可以草葉朝露相逢不問姓字，風雨散飄然何處。

抽象化的字母記錄法，形色各異的聯覺對照表只存乎書寫者一心，名副其實的私人訂製。

「即使故事是悲劇，但寫作本身就是對生命的肯定。」

「不告而別，意味著你不值得我告別」，互寄卡片如通電報告訴彼此仍然在世，洗淨雪糕紙碗滅跡帶走……乃至原子人想到身後之事如何才最清簡，只有衣褲留下勞煩旁人幫忙燒掉就好。都是於極其瑣細的所在計較著針尖上站多少天使的問題。

抵心抵肺的人際細節。

在大地乾淨得不正常，既沒有人活過，也沒有事件發生的現代愛情故事裡，空落落自我虛室生白之外，多得這般戳人的小鋼釘舉手冒頭。那些穿行過生命的心頭人影呵——「這裡都是君王的紅嘴的小歌童，唱得出的都變成一朵明星，唱不出的都拆成兩片枯骨。」

刀劍比誓約鋒利，男與男的創世神話拓印牆上成為壁畫，女媧伏羲之會，天地洪荒的相伴喜悅無上蕩漾。行文至此，不得不再引一句情境彷彿的歌詞，與之互文見義權充註解——「多想和你一起吻著桃花雪，多想和你寄居一世洞穴，是我在喧囂街裡遙望原始社會好，但可惜沒法還原。」

情如逝水，人如何生存於世而不失格。作者即使偶發身心感慨，但其意緒並不枯淡，更不衰萎，如同〈追追追〉本色妖嬌奔馬前行的腳力仍健，怎一個觽字了得？

《盛夏的事》中〈原子人與他的虛空〉那篇完全可以拿來當作〈原子人〉一章的旁證補註。陽光幻界日日到訪的流動獸物，以光舌舔舐流理台的嬉戲交流。

神話的二人同修同行、同福同慧在現實中或不可得，到底保留了企望與昇華的可能。回望與善忘之間，蜂蜜煙灰的辯證不曾停止。蜜裡調灰，反手塗抹於額前頰上。

國家圖書館出版品預行編目資料

猛暑 / 林俊頴著. -- 初版. -- 臺北市 : 麥田出版 : 家庭傳媒城邦分公司發行, 2017.08
面 ;　公分. -- (當代小說家 ; 26)
ISBN 978-986-344-474-9(平裝)

857.7　　106010251

當代小說家 26

猛暑 *Formosa Heat*

作　　者　林俊頴
主　　編　王德威

版　　權　吳玲緯　蔡傳宜
行　　銷　艾青荷　蘇莞婷　黃家瑜
業　　務　李再星　陳美燕　杻幸君
副總編輯　林秀梅
編輯總監　劉麗真
總 經 理　陳逸瑛
發 行 人　凃玉雲

出　　版　麥田出版
104台北市中山區民生東路二段141號5樓
電話：（886）2-2500-7696 傳真：（886）2-2500-1967
發　　行　英屬蓋曼群島商家庭傳媒股份有限公司城邦分公司
104台北市民生東路二段141號11樓
書虫客服服務專線：(886)2-2500-7718、2500-7719
24小時傳真服務：(886)2-2500-1990、2500-1991
服務時間：週一至週五09:30-12:00・13:30-17:00
郵撥帳號：19863813　戶名：書虫股份有限公司
讀者服務信箱E-mail：service@readingclub.com.tw
麥田部落格：http://blog.pixnet.net/ryefield
麥田出版Facebook：https://www.facebook.com/RyeField.Cite/

香港發行所　城邦（香港）出版集團有限公司
香港灣仔駱克道193號東超商業中心1樓
電話：(852)2508-6231　傳真：(852)2578-9337
E-mail：hkcite@biznetvigator.com

馬新發行所　城邦(馬新)出版集團【Cite(M)Sdn. Bhd】
41, Jalan Radin Anum, Bandar Baru Sri Petaling,
57000 Kuala Lumpur, Malaysia.
電話：(603)9057-8822　傳真：(603)9057-6622
E-mail:cite@cite.com.my

設　　計　王志弘
電腦排版　宸遠彩藝有限公司
印　　刷　前進彩藝有限公司

初版一刷　2017年8月1日

定價／340元
ISBN：978-986-344-474-9